UMA SEGUNDA CHANCE

MORGAN UTLEY

Tradução por
MICHELE CAMILO

AGRADECIMENTOS

Escrever um livro é muito mais difícil do que parece. Eu sonhava em escrever um desde os meus dezesseis anos e nunca pensei que um dia pudesse terminar. Porém, com persistência e várias revisões, dez anos depois, eu finalmente concluí o meu primeiro romance. Devido a essa conquista, quero agradecer a todos que me ajudaram.

Em primeiro lugar, quero agradecer ao meu marido maravilhoso, John. Ele me incentiva constantemente, ouve os meus pensamentos e as minhas ideias intermináveis e me ajuda com as crianças para que eu possa ter um tempo tranquilo para escrever. Seu nível de apoio é algo que eu nunca poderei retribuir, e sou eternamente grata por tê-lo do meu lado. Ele é o amor da minha vida.

À minha professora Lisa Lowell que sempre esteve disposta a me ouvir, a dar conselhos ou a me indicar a direção certa. Se não fosse por ela, eu nunca teria terminado este livro ou conhecido a Next Chapter, então, muito obrigada.

Aos meus familiares por todo o apoio e por serem meus amigos de longa data. Aos meus pais maravilhosos, Jeff e Susie, que sempre me amaram e me apoiaram em meus altos e baixos. Eles têm sido os melhores líderes de torcida que alguém poderia ter e por me amarem independente de qualquer coisa. Aos meus sogros, Wendy e Chad, que me acolheram e que me amam como se eu fosse uma filha.

E finalmente a todos aqueles que contribuíram para me ajudar a terminar este livro: Mary Clark, Kirstin Glenn, Hailey Harris, Jenna Lumb, Rachel McClellan, Lynn McFarland, Vivian Rogers, Sarah Villarreal, Kylee Wilcox e Douhet Wilcox. Obrigada por tudo.

*Para o meu marido John, que me deu a minha segunda
chance. Eu te amo, querido.*

CAPÍTULO 1

- Olá, Peyton. Tudo bem? - o doutor Schoenborn perguntou.

Peyton entrou na sala, sentou-se na cadeira em frente ao psiquiatra e respondeu:

- Estou bem, e o senhor? - ela olhou para o doutor Schoenborn e tentou sorrir sem que parecesse forçado.

- Eu estou bem. Obrigado por perguntar. - ele olhou para um prontuário que ela presumiu ser o dela e leu brevemente as anotações - Então, - ele disse lentamente - na semana passada falamos sobre você voltar a falar com os pais de Derek... - Peyton se encolheu ao ouvir o nome - Por acaso você fez isso?

Ele olhou para ela curioso com seus grandes olhos castanhos. Eles a lembravam das vacas de sua fazenda que a seguiriam aonde quer que ela fosse, esperando com sutil antecipação. Peyton olhou para baixo para evitar o contato visual e tentar tirar da mente a imagem do doutor Schoenborn com a cabeça de uma vaca. Ele não era o homem mais bonito de todos e, às vezes, ele a deixava desconfortável quando olhava para ela. Ela sabia que, no momento em que falasse, ele começaria a anotar em seu bloco de notas como se a vida dele dependesse disso.

- Na verdade, sim. - Peyton afirmou.

O Doutor Schoenborn levantou a cabeça rapidamente e olhou para ela espantado:

- Sério? - ele engasgou e inclinou-se para frente ansioso - Como foi? O que eles disseram? Como você se sentiu? - ele claramente não conseguia evitar que as perguntas saíssem de sua boca.

- Hmmm... - ela não sabia por onde começar e estava oprimida com todas as perguntas que ele havia feito a ela.

- Me desculpe, eu não queria pressionar você. É que fiquei muito chocado. Há meses que falamos em fazer isso, então por que agora? Responda-me essa pergunta primeiro. - nesse momento, o doutor Schoenborn estava praticamente na ponta da cadeira, esperando pela resposta.

- Apenas senti que era a hora certa. Acordei e me senti - diferente. Eu não consigo explicar. Eu estava pensando muito em Derek no dia anterior e me perguntei como será que os pais dele estavam. Então, pensei em ligar para eles. - Peyton não sabia qual era a resposta que o homem estava esperando ou o que ele obteria com a resposta dela, mas ela não poderia explicar melhor.

- Ah, senhorita Peyton! Acho que finalmente estamos progredindo!

Apesar de seu comentário ser um pouco ousado, ela não pôde deixar de sorrir com toda aquela empolgação enquanto ele rabiscava em seu bloco de notas.

Os últimos meses não tinham sido fáceis, mas ninguém esperava isso depois do que ela havia passado. Após o acidente, ela foi forçada pelos pais a ir a um psiquiatra após semanas trancada em seu quarto, recusando-se a sair ou fazer qualquer coisa. Toda quinta-feira, às 11h, sua mãe a levava para sua sessão de terapia, ia resolver algumas coisas e depois a buscava. Nas primeiras sessões, sua mãe entrava com ela e esperava que o psiquiatra a levasse de volta. Com o passar das semanas, ela começou a confiar um pouco mais em Peyton e parou de acompanhá-la até o consultório.

Para começar, Peyton não tinha vontade nenhuma de entrar no consultório de um psiquiatra. Ela achava que estava bem e que poderia lidar com seu problema sozinha, já que apenas os loucos precisavam de um psiquiatra. No entanto, quando ela precisou fazer uns exames de rotina após o acidente, os médicos ficaram com a impressão de que ela estava deprimida. No momento em que mencionaram o especialista, seus pais concordaram imediatamente e marcaram uma consulta. Naturalmente, ela relutou, discutiu e ficou irredutível, mas quando o médico mencionou antidepressivos, ela concordou.

- Fico feliz em saber que você ligou para eles, Peyton! Como eles estão? Eles ficaram surpresos com a sua ligação? - o doutor Schoenborn perguntou novamente.

- Acho que sim. Eles ficaram bem surpresos e acabamos chorando. - ela disse e deu de ombros - Não sei, mas não falamos sobre o acidente. Apenas perguntamos como estávamos e o que andávamos fazendo. Não foi uma conversa muito longa. Sinceramente, foi meio estranho. - ela contou em frases curtas e grossas, esperando que ele não fizesse mais perguntas porque, honestamente, toda a conversa por telefone com os pais de seu falecido marido tinha sido estranha.

Eles não falaram muito e não sabiam o que dizer. Eles falaram mais sobre o clima, perguntaram como estavam os pais dela e se ela ainda estava trabalhando. Infelizmente, ela teve que responder não à última pergunta e disse a eles que havia largado o emprego e que estava ajudando seu pai. Depois disso, eles não insistiram em mais respostas, porque sabiam o motivo de ela ter desistido de seu emprego.

- Muito bom, muito bom. - ele assentiu com a cabeça e começou a escrever novamente. Felizmente ele entendeu e não fez mais perguntas sobre o assunto - Como está a sua ansiedade?

Ah, não! Ela esperava que ele não fizesse essa pergunta. Ela pensou em mentir, mas tinha prometido aos seus pais e ao psiquiatra de que diria a verdade da melhor maneira possível e não amenizaria nada.

- Está tudo bem. Tenho ataques de pânico de vez em quando. Acho que estou melhorando... - ela parou.

Ela sabia que ele não acreditaria. O fato de ela ter pesadelos recorrentes com o acidente não ajudava, pois ela acordava com intensos ataques de pânico. Então sua mãe corria para abraçá-la e enxugar suas lágrimas.

- Você sabe que podemos resolver esse problema. Posso prescrever algo que pode te ajudar com isso. - ele disse com preocupação em seus olhos.

- Não! - ela disse abruptamente - Não, acho que estou melhorando. Estou bem, de verdade.

O psiquiatra escreveu em seu bloco de notas, olhou para ela e sorriu:

- Bom, se você mudar de ideia, por favor, não hesite em me avisar porque eu posso ajudá-la com isso. E quero parabenizá-la por finalmente ter falado com os "pais de Derek". - Peyton se encolheu de novo. Ele parou e fez uma anotação, pois percebeu que Peyton se encolheu ao ouvir o nome novamente - Agora que completamos esse objetivo, eu quero te dar outro. Tem a ver com confiança.

"*Oh, céus!*", Peyton pensou consigo mesma.

- Eu quero que você encontre um amigo. Seja uma amizade antiga ou nova. Quero que você encontre uma pessoa com quem possa sair, fazer compras, comer fora ou simplesmente ser um ombro amigo. Ninguém merece ficar sozinho, e Peyton, eu sei que você tem estado assim.

Peyton olhou para baixo e sentiu as lágrimas começarem a brotar em seus olhos. Ela tentou esconder, mas nada passava despercebido daquele homem. Ela ergueu os olhos e um lenço de papel estava estendido para ela. Ela sorriu e acenou com a cabeça agradecendo enquanto enxugava as lágrimas gentilmente.

- Tudo bem chorar, Peyton. Não sinta vergonha. Você já passou por muita coisa e é muito difícil ver você passar por tanta coisa assim ainda tão jovem. Você tem o mundo inteiro aos seus pés. Eu só não quero que você veja sua vida passar e se arrependa algum dia. Mas você tem se saído muito bem desde que começamos! Não ignore todo o crescimento e progresso dos últimos meses. Você está indo muito bem. Então, Peyton, qual é o novo objetivo? - o psiquiatra olhou para ela e sorriu encorajadoramente.

Ela exalou e disse:

- Encontrar um amigo.

Agora que tinha dito isso, ela começou a ficar preocupada. Onde ela iria encontrar um amigo? Todos os seus velhos amigos estavam casados e tinham se mudado para longe. Ela não ia toda semana à igreja e não saía com muita frequência. Suas oportunidades de encontrar um eram bem limitadas, então ela tinha a sensação de que ficaria presa a esse objetivo por um tempo.

- Perfeito! E com isso, terminamos por hoje. - ele levantou-se e esperou que ela fizesse o mesmo. Eles apertaram as mãos e ele a acompanhou para fora de seu consultório.

Assim que eles chegaram à recepção, ele perguntou:

- Noah, quer fazer uma pausa para o almoço?

Peyton olhou para a recepção e viu um homem levantar-se por trás dela. Ele era alto, com cabelo castanho escuro e olhos azuis cintilantes. Ele era atlético e tinha linhas de expressão nos olhos que ela notou quando ele sorriu.

- Quero sim, obrigado! - ele disse e começou a vestir sua jaqueta. Ele tinha uma voz profunda e ela percebeu que ele tinha um pouco de sotaque. Ela não percebeu que estava olhando para ele até que ele olhou para ela quando terminou de fechar sua jaqueta e sorriu. Ela sorriu de volta e acelerou o ritmo de seus passos.

- Ah, Peyton! - o doutor Schoenborn chamou atrás dela, mas ela não foi rápida o suficiente - Permita-me apresentar meu sobrinho. Este é Noah. Noah, esta é Peyton. Ele substituirá a Nancy enquanto ela estiver de licença maternidade.

De repente, milhares de pensamentos começaram a inundar a mente dela. Em primeiro lugar, ela nem sabia o nome da recepcionista, muito menos que Nancy estava grávida. Ela tentou se manter reservada o máximo possível. Obviamente, o doutor Schoenborn não iria deixar isso acontecer. Em segundo lugar, ela estava chateada por ele ter se dado ao trabalho de apresentá-la a Noah. Ela já estava com vergonha suficiente de ter que ir até lá e não queria que as pessoas soubessem. Terceiro, Noah não se parecia em nada com o tio, que era um homem rechonchudo em seus quarenta e tantos anos de cabelo loiro encaracolado para combinar com seus grandes olhos castanhos de vaca. Ele não tinha absolutamente nenhuma semelhança com Noah e, claramente, Noah foi abençoado em relação à aparência.

Em meio aos seus pensamentos, Noah aproximou-se dela e estendeu a mão sem que ela percebesse. Assim que notou Noah a sua frente estendendo a mão, ela se assustou e, sem hesitar, pegou a mão dele, sem saber há quanto tempo ele estava ali parado:

- Oi. - foi tudo o que ela conseguiu dizer.

- Prazer em conhecê-la. - Noah sorriu para ela.

Ela podia sentir suas bochechas ficando vermelhas e conseguiu dizer:

- Prazer em conhecê-lo também.

Peyton estava olhando para Noah, e ele estava olhando para ela atentamente. Era como se eles tivessem todo o tempo do mundo para ficar ali, ainda apertando as mãos, olhando um para o outro e memorizando o máximo que podiam.

O som de alguém pigarreando fez Peyton assustar de novo e ela soltou a mão de Noah.

- Noah, acho melhor nos irmos. Tenho uma consulta em uma hora e minha barriga está pedindo comida mexicana. - o doutor Schoenborn disse, dando tapinhas em sua barriga.

- Vamos. - Noah respondeu, ainda olhando para Peyton - Peyton, vejo você por aí.

- Até logo! - ela disse e meio que correu para a porta da frente em direção a sua mãe que estava esperando no carro.

CAPÍTULO 2

No momento em que Peyton entrou no carro, ela estava respirando pesadamente, o que acabou embaçando a sua janela.

- Peyton? - sua mãe perguntou - Peyton, você está bem? O que aconteceu?

A única palavra que ela conseguiu dizer foi:

- Dirija.

- O quê? - sua mãe questionou.

- Dirija! Dirija, dirija, dirija! Depressa, antes que eles saiam! - ela disse sendo um pouco mais clara e sua mãe se afastou do meio-fio, seguindo na direção de casa.

Enquanto a mãe se afastava, Peyton olhou para trás e observou Noah e o doutor Schoenborn saindo do consultório. Ela se virou para dar um suspiro de alívio e fechou os olhos:

- Desculpe-me por isso. - Peyton abriu os olhos e viu sua mãe olhando para frente e para o lado, entre ela e a rua.

- Por que eu tive que fazer isso? O que acabou de acontecer? Você está bem? - ela tinha assustado sua mãe com sucesso.

- Sim, estou bem. - ela esperava que pudesse escapar sem responder às perguntas.

- Então por que eu tive que ir embora tão rápido? Eu

senti como se tivéssemos acabado de assaltar um banco e os policiais estivessem vindo atrás de nós! - sua mãe dramatizou.

- É que eu não queria que eles nos vissem e tivéssemos que ter outra conversa estranha. - Peyton admitiu.

- Nós? Quem? - ela não desistia fácil.

- O Doutor Schoenborn... e seu sobrinho, Noah.

Ela tentou olhar pelo espelho retrovisor para ver se podia vê-lo, mas elas já estavam muito longe.

- Por que você não me deixou vê-lo? - sua mãe perguntou preocupada.

- Porque eu fui uma completa idiota, com a boca praticamente aberta olhando para o pobre coitado como se eu fosse louca! - Peyton choramingou e colocou a cabeça entre as mãos.

- Ah, então ele deve ser bonito. - sua mãe sorriu.

Peyton virou a cabeça para olhar para a mãe:

- Por favor, não. - ela disse friamente.

Foi como se uma brisa fresca tivesse acabado de entrar no carro.

Sua mãe respirou fundo como se estivesse se preparando para o que iria dizer:

- Querida, já se passaram oito meses. Você não acha que estaria tudo bem se...

- Não, - ela interrompeu - não acho que estaria.

- Ok, ok. Mas eu acho que sim. - a mãe decidiu mudar de assunto por um tempo - Fiz carne assada com batatas e molho de carne. A sua comida favorita. - ela tentou reconquistar a filha para fazê-la falar novamente.

- Que gostoso. Obrigada, mãe. - Peyton disse com um sorriso.

- Como foi com o doutor Schoenborn hoje?

- Estranho como sempre. Hoje ele me deu um novo objetivo.

- Ah, é? Isso é bom. Qual?

Peyton suspirou:

- Fazer amizades.

Tudo o que sua mãe disse foi:

- Interessante.

Peyton percebeu que ela estava pensando que tinha sido mera coincidência ela ter conhecido Noah, mas não ousaria dizer isso. Peyton não tinha absolutamente nenhum desejo de sequer pensar em fazer novas amizades, muito menos em namorar ou pensar em outros homens. Aquele navio acabou se espatifando e afundando no fundo do oceano.

O resto do caminho foi silencioso, o que Peyton apreciou. Ela gostava de ver as árvores ficarem mais próximas enquanto se afastavam da cidade. Logo, iria parecer que elas estavam dirigindo por uma floresta, sem nenhuma casa nas proximidades. A entrada da garagem delas era escondida e, se você não estivesse procurando por ela, era fácil passar reto. Era uma estrada de cascalho com muitos buracos que se estendia por cerca de um quilômetro. Todos os dias, Peyton acordava e corria pela entrada de sua garagem, às vezes várias vezes para conseguir um desempenho melhor. Ela gostava bastante de correr e até tinha estado no time de cross-country do colégio. Após o acidente, ela passou muito tempo andando e correndo para cima e para baixo para chorar e se afastar das perguntas constantes do tipo: *"Você está bem?"* ou *"Você precisa de alguma coisa?"*

Assim que chegaram em casa e saíram do carro, ela sentiu o cheiro da carne assada que sua mãe havia prometido. Ansiosa, ela entrou apressada e foi direto para a cozinha. Ela esperava que seu pai estivesse por lá, mas encontrou outra pessoa.

- Oi, mana! - era seu irmão mais novo, Chris.

- Oi, Chris. - ela forçou um sorriso - Como você está?

- Eu estou ótimo! Acabei de voltar de uma caminhada e canoagem no Parque Nacional de Zion. - Foi fantástico! Eu queria que você tivesse ido! Foi muito legal e eu conheci uma pessoa! O nome dela é Gloria. Ela é incrível! Na verdade, eu trouxe ela aqui para vocês se conhecerem! Ela está lá na sala conversando com o papai. - Chris estava praticamente pulando.

Ele se parecia com Peyton. Ele tinha o cabelo loiro escuro, que honestamente parecia um pouco mais longo do que seu corte de cabelo habitual. Ele gostava de viajar bastante e era um cara que adorava estar ao ar livre. Se ele tinha vontade de ir a algum lugar, ele ia. Ele tinha olhos azul-acinzentados que podiam facilmente refletir o que ele estava sentindo, como os de Peyton, e os olhos dele naquele momento estavam cheios de energia e entusiasmo. Ele era um cara muito bonito, divertido e carismático. Se alguém tinha vontade de embarcar em uma aventura, era só chamá-lo.

- Que ótimo! - Peyton gaguejou - Deixe-me falar com a mamãe rapidinho. - ela se virou para olhar para a mãe e ela parecia tão preocupada quanto Peyton.

Peyton caminhou em direção a sua mãe e puxou-a para a despensa, fechando a porta:

- Não me obrigue a ir lá! - ela implorou.

- Peyton, ele está muito animado. Por favor, faça uma cara de boas-vindas por apenas cinco minutos, e então você pode desculpas e sai da sala.

- Ai! - Peyton murmurou, e as lágrimas começaram a se formar em seus olhos.

- Peyton, ele gostaria que você fosse feliz. - Peyton começou a olhar para baixo, mas a mão da mãe segurou o queixo da filha. Ela sabia que sua mãe não estava falando de Chris - Ele não gostaria que você sentisse essa dor depois de todo esse tempo. Ele iria querer que você seguisse em frente, assim como tenho certeza de que você desejaria o mesmo para ele. Não deixe que o seu passado a impeça de prosseguir com sua vida. É por isso que se chama passado. Derek te amava, sem sombra de dúvida. - ouvir o nome dele fez Peyton estremecer, e sua mãe percebeu, mas ela continuou falando, independente da reação da filha - Você consegue imaginar como seria se ele te visse agora? Ele iria te dizer para enxugar as lágrimas e começar a fazer algo por si mesma! Ele gostaria que você fosse feliz e aproveitasse os momentos, mesmo os mais pequenos. Não é mesmo?

Peyton assentiu com a cabeça e começou a chorar. Ela estava com o coração partido e isso não era nenhum segredo. Durante meses, ela passou o tempo todo em casa, ajudando na fazenda, trabalhando na papelada do pai para seu açougue, limpando o máximo que podia e só saindo quando tinha que ir ao psiquiatra. Ela só saia com a mãe de vez em quando porque tinha medo de encontrar algum conhecido. Ela geralmente usava um chapéu sempre que saía em público. Nem à igreja ela ia mais, algo que sempre fazia todos os domingos. Mas agora ela não conseguia mais fazer isso. Toda vez que alguém perguntava se ela estava bem, ela era lembrada de que na verdade não estava. Que o acidente realmente tinha acontecido e que Derek não estava mais vivo. Sempre que isso acontecia, era como se o acidente se repetisse em sua mente, o que era de partir o coração.

No entanto, o que sua mãe estava dizendo era verdade. Derek não iria gostar que ela ainda estivesse deprimida em casa, evitando todo mundo. Ela também deveria estar feliz pelo seu irmão mais novo, mesmo que isso significasse sair de sua zona de conforto.

- Ok, eu consigo. Eu vou lá na sala. - Peyton assentiu com a cabeça, enxugando as lágrimas.

- Esta é a minha garota! Agora vamos, quero dar uma olhada nessa garota.

Elas saíram da despensa e Chris estava comendo o assado que sua mãe havia feito para o jantar.

- Christopher Neal, tire seus dedos imundos desse assado agora mesmo! Isso é para o jantar. - a mãe ordenou.

Chris ergueu as mãos:

- Ok, ok. Desculpe-me por isso, mãe. Agora que

vocês já acabaram de conversar, podemos ir para a sala agora? Acho que papai está entediando ela.

- Sim, podemos, mas aproveite e pegue mais um prato para a sua nova amiga. - era óbvio que a mãe de Peyton não estava feliz, mas se há algo que aquele rapaz não tinha aprendido, é que ninguém deve mexer na carne assada de sua mãe.

Todos começaram a ir em direção à sala de estar. Peyton deu uma olhada no espelho para certificar-se de que estava apresentável. Para sua consternação, ela o fez. Ela tinha maquiagem sob os olhos que rapidamente limpou, e sua trança marrom escuro estava se desfazendo. Ela puxou o cabelo, fez um rabo de cavalo e rapidamente alisou suas roupas.

O pai estava sentado na sala, um homem alto de cabelos grisalhos e ralos no topo da cabeça. Ele era um homem que parecia estar sempre feliz e se divertindo. Na poltrona ao lado dele estava uma pequena mulher latina que era absolutamente linda. Ela tinha longos cabelos escuros que cobriam suas costas, olhos castanhos que combinavam com seus cílios incrivelmente longos, um grande sorriso branco e um batom vermelho para complementá-lo.

- Ei! Vocês chegaram! - o pai dela disse e se aproximou para ficar ao lado de sua esposa enquanto Chris se aproximou de Gloria, passando o braço ao redor dela.

- Pessoal, esta é a Gloria! Gloria, esta é minha mãe, Cheryl, e minha irmã, Peyton. - Chris gesticulou entre as mulheres enquanto falava.

- Olá! É um prazer em conhecê-las! - ela disse com um sotaque que Peyton presumiu ser do México.

- Prazer em conhecê-la. - a mãe de Peyton estendeu a mão para apertar a mão de Gloria, e Peyton fez o mesmo.

- Vocês têm uma bela casa! - Peyton teve a impressão de que ela estava muito feliz e animada com tudo o tempo todo. Isso a fez se lembrar de Chris, e provavelmente era por isso que eles se davam tão bem.

- Obrigada. - a mãe de Peyton agradeceu - O jantar já está pronto para ser servido. Vocês estão prontos para comer? Sei que alguém está. - ela deu uma olhada para Chris.

- Parece ótimo, mãe! - Chris respondeu à cutucada de sua mãe, e todos se dirigiram para a mesa da sala de jantar.

O assado e o purê de batatas estavam tão bons quanto Peyton esperava. Sua mãe cozinhava muito bem, e Peyton nunca enjoava desse prato. Felizmente, ela não precisou falar muito porque seus pais queriam saber tudo sobre Chis e Gloria, sua nova namorada de El Salvador. Onde se conheceram e todas aquelas coisas que convenientemente ocuparam a maior parte da conversa no jantar. Ela tentou fazer perguntas a Peyton, mas Peyton manteve as respostas curtas para tentar impedi-la de fazer ainda mais perguntas para que ela não se aprofundasse em assuntos que não tinha absolutamente nenhum desejo de falar. Para alívio de Peyton, Chris e Gloria tinham planos com um outro casal e partiram logo após o jantar.

Depois que eles foram embora, Peyton ajudou seus pais a limpar tudo, deu um beijo de boa noite nos dois e foi para a cama. No momento em que colocou a cabeça no travesseiro, ela chorou. Ela estava com raiva, frustrada e decepcionada. Ela não entendia por que Chris podia ser feliz e ela não. Ela não entendia como ele poderia encontrar o amor, e ela não. Ela estava chateada porque ele foi até sua casa para esfregar sua felicidade na cara dela. Ela estava chateada porque não queria sentir nenhum sentimento negativo em relação ao seu irmão divertido e despreocupado. Ela queria estar feliz por ele e parabenizá-lo por ter conseguido uma das coisas mais difíceis na vida de uma pessoa - encontrar o amor.

No entanto, Peyton sabia que ela realmente não estava chateada com seu irmão, e que já sabia todas as respostas para as suas perguntas. No fundo, Peyton sabia que estava com ciúmes. Isso foi o que mais a deixou frustrada.

CAPÍTULO 3

Peyton acordou na manhã de sábado com uma terrível dor de cabeça. Suas emoções conflitantes e o estresse deram a ela pesadelos vívidos que a fizeram se virar a noite toda. Não que isso não fosse normal para ela, mas essa noite tinha sido muito pior, e ela se lembrou brevemente de sua mãe indo consolá-la. Ela sentou-se para olhar as horas e viu que eram dez da manhã. Ela pulou da cama e começou a procurar por roupas para correr. Naquela hora, ela já deveria ter corrido, tomado banho e se vestido para estar pronta para o dia. Porém, ela não tinha muita coisa para fazer.

Suas manhãs consistiam em acordar por volta das sete, sair para correr, alimentar as vacas e cabras que ela tinha na parte de trás da casa, se livrar do fedor que ela acumulava ao longo da manhã e depois ficar com a mãe ou trabalhar com o pai. Às vezes, ela ajudava a mãe no jardim ou com o jantar. Outras vezes, elas saíam para resolver algumas coisas ou liam juntas. Na maioria das vezes, já que Peyton não ia mais à igreja, elas estudavam as escrituras juntas e liam os discursos anteriores.

Não que Peyton não acreditasse na igreja, ela acreditava. É evidente que nas primeiras semanas após o acidente ela estava com raiva e repetidamente questionava em suas orações por que Derek teve que ser tirado dela. Ela se sentia como se estivesse sendo punida e que não merecia isso. O tempo passou e ela aos poucos começou a entender que todo mundo tem seu tempo e, para seu desânimo, tudo acontece por um motivo. Ela ainda não entendia qual era o motivo, mas esperava que um dia entendesse.

Peyton terminou sua corrida, percorrendo apenas alguns quilômetros devido ao sono prolongado, se limpou e entrou na cozinha. Seu pai - Peyton presumiu que ele estava trabalhando na cerca - havia deixado waffles caseiros para ela com alguns ovos e bacon. Todos os sábados, seu pai fazia um grande café da manhã para a família, geralmente envolvendo waffles caseiros. Já que ele saia para trabalhar muito cedo durante a semana, dificilmente ele tinha tempo de fazê-los. Então, sábado se tornou o dia dos waffles. Era uma tradição que até Chris fazia um esforço para não perder, mas ela não tinha visto ele em nenhum lugar da casa.

- Olá! Olá? Tem alguém aqui? - Chris perguntou.

- Sempre. - Peyton respondeu.

- Peyton! Ah, querida. Fico feliz por você estar aqui. Eu estava morrendo de vontade de perguntar se você gostou da Gloria! - ele disse em êxtase.

- Gostei sim, achei ela bem legal. - Peyton sorriu para ele buscando encorajá-lo.

- Que maravilha! Onde a mamãe está? - ele perguntou, olhando ao redor tentando encontrá-la.

- Não sei. Acabei de chegar.

Chris ergueu as sobrancelhas:

- Não é um pouco tarde para você? - ele brincou.

- Pensei a mesma coisa quando acordei. Eu nem tinha percebido.

- Então, - ele pegou um waffle e o mordeu - vou procurar a mamãe, sua dorminhoca. - ele disse com a boca cheia.

- E eu vou procurar o papai. - Peyton não sabia se

realmente queria encontrar seu pai, mas simplesmente escapou. No entanto, ela percebeu que era uma boa ideia, já que ela tinha fugido dele e das tarefas domésticas naquela manhã.

Ela pegou um pedaço de waffle e saiu para o campo. Seu pai estava debruçado, pingando de suor e tentando consertar parte da cerca que uma vaca havia trombado.

Seu pai era um homem que não gostava de ficar parado. Ele sempre tinha que estar fazendo alguma coisa, especialmente aos sábados. Ele gostava de encontrar coisas para fazer e aproveitar ao máximo o seu tempo. Às vezes, isso deixava sua mãe maluca porque ela gostava de tê-lo em casa, mas sempre que isso acontecia, ele estava tentando fazer alguma coisa.

- Ei, pai!

O pai se virou e riu para si mesmo:

- O Sandman pegou você na noite passada?

Todos haviam notado que ela tinha dormido mais tempo do que o normal.

- Aparentemente sim. Ele não me disse que estava vindo, mas, sim, ele me visitou. - ela decidiu continuar com a piada.

- Você está bem? - ele perguntou demonstrando preocupação.

- Acho que sim. Não sei. Quinta-feira foi um dia muito ruim para mim, e acredito que isso acabou refletindo em meu sono. Estou me sentindo completamente confusa esta manhã.

- Sim, eu nunca pensei que seu irmão um dia fosse sossegar ou que até mesmo tentaria isso. Mas as aventuras são melhores quando você tem alguém ao seu lado, curtindo-as com você. - ele olhou para Peyton e lágrimas começaram a brotar nos olhos dela - Oh, desculpe-me por ter falado isso, querida. Às vezes eu falo coisas erradas nas horas erradas.

- Está tudo bem. - ela fungou e enxugou os olhos -

Você tem razão. É melhor ter alguém ao nosso lado. Para rir, enfrentar o mundo e desfrutá-lo. Ele iria querer isso, quem não quer? - ela se ajoelhou na grama alta e soluçou.

Ela ouviu seu pai se aproximar e ele passou os braços ao redor dela:

- Oh, Peyton, minha abelhinha. Você está sofrendo tanto.

- Eu não quero mais chorar pai. Não, eu realmente não quero. Eu me sinto patética toda vez, mas mesmo assim eu ainda choro. Isso ainda acontece e me deixa muito frustrada.

- Escute, querida. Você tem passado por um momento difícil. A maioria das pessoas passa pela vida sem entender a quantidade de perdas pelas quais você passou. Tudo bem chorar. Sua mãe e eu entendemos. Não consigo imaginar o que eu faria se perdesse sua mãe.

- É horrível. Eu sei que há um tempo para o luto passar, e mamãe estava me dizendo que Derek não iria querer que eu ainda estivesse triste e chorando, mas estou tendo muita dificuldade em superar isso. E ver o Chris com sua nova namorada e como ele estava feliz, fez eu me lembrar que eu já tive isso, e que foi tirado de mim. Eu experimentei a felicidade completa. Fiz tudo certo, mas durou pouco. - Peyton começou a chorar e mal conseguia pronunciar as palavras.

- Pelo menos ele viveu o resto da vida dele com você! Ele não poderia ser mais feliz do que foi. - o pai disse suavemente - Ele se casou com você e deixou este mundo sendo pai. Não há uma maneira melhor de partir. O conselho que eu posso te dar é, conte suas bênçãos e pense em todas as pessoas que te amam e que te amarão para sempre. Incluindo Derek. Além disso, lembre-se de que você ficou aqui por algum motivo. Quase perdemos você no acidente, mas você se recuperou milagrosamente. Aproveite ao máximo esta vida com a qual você foi abençoada, mesmo que você ache que está sendo punida.

Peyton assentiu com a cabeça e se inclinou para o abraço de seu pai. Ela sabia que ele estava certo. Era hora de aproveitar a vida ao máximo.

- Obrigada, papai, farei o meu melhor. Vou tentar seguir seu conselho. Eu realmente vou tentar. E você está certo, Derek estava feliz, e eu agradeço aos céus por ele ter deixado este mundo se sentindo dessa maneira. - sua respiração voltou a ficar sob controle e ela já não estava chorando tanto.

O pai beijou a testa da filha e a abraçou:

- Você consegue. Eu sei que sim. Agora vou voltar para esta cerca idiota. Se aquela vaca bater aqui de novo, talvez eu atire nela. - seu pai brincou e piscou para ela.

- Quer ajuda?

- Não, volte para casa. Acho que sua mãe queria saber se você queria ir às compras com ela.

- Ah, acho que eu devo ir, hein? - Peyton odiava fazer compras. Não apenas porque sua mãe seguia ao pé da letra o termo "compre até cansar", mas toda vez que saíam para fazer compras, elas encontravam pessoas conhecidas e as perguntas começavam.

- Eu acho que você sabe a resposta para isso, querida. Divirta-se! - ele se afastou dela e voltou para a cerca torta.

Ela levantou-se e voltou para casa. Ela ficou surpresa ao ouvir seu pai mencionar que ela estava grávida quando o acidente aconteceu. Era como se houvesse uma regra tácita em sua casa de não mencionar que ela havia, de fato, perdido o bebê. Peyton não tinha certeza se era por causa do acidente ou pela carga emocional que teve em seu corpo quando ela percebeu que Derek nunca mais iria acordar que causou o aborto. Ela concluiu que provavelmente era uma mistura de ambos.

Durante sua caminhada de volta para casa, Peyton se lembrou do dia em que descobriu que estava grávida...

Ela estava vomitando há uma semana, sem mais nem menos. Ela pensou que fosse intoxicação alimentar porque eles tinham ido jantar em um novo restaurante mexicano. Então a náusea e os vômitos continuaram e ela achou que estava com um vírus. Preocupada, ela foi ao médico, já que tinha vomitado muito durante a semana. Ele decidiu tirar algumas amostras de sangue e mandou ela para casa para esperar pelos resultados.

Nem uma hora depois, ela recebeu a ligação do médico:

- Senhorita Peyton, eu recebi seus resultados de laboratório e você não mostra nenhum sinal de infecção, nem nada. Você está grávida.

- Oi? - foi tudo o que ela conseguiu dizer.

- Você está no início da gravidez. Já se passaram cerca de cinco semanas. Você percebeu se já menstruou?

- Hum... - enquanto ela estava pensando sobre seu ciclo, ela correu para o banheiro onde mantinha um calendário para acompanhá-lo, e seu queixo caiu. Ela nem tinha percebido que sua menstruação estava atrasada há uma semana. Ela andava tão distraída que nem se lembrou de sua menstruação.

- Peyton? - o médico tirou ela de seu transe - Você está bem?

- Sim, desculpe a demora. Acho que nem percebi que estava com a menstruação atrasada. Hum... devo marcar uma consulta? O que eu tenho que fazer? - ela mal conseguia pronunciar as palavras. Ela estava em choque.

- Você deve começar a tomar algumas vitaminas pré-natais e, quando estiver com oito semanas, deverá vir ao consultório. Você tem alguma outra pergunta?

- Não. Não, acho que isso esclarece tudo para mim. Muito obrigada, doutor Peterson.

- Sem problemas. Te vejo em algumas semanas.

Peyton começou a pular de empolgação e a correr pela casa gritando como uma garotinha. Então ela começou a ficar tonta e correu para o banheiro para vomitar. Depois disso, ela quis tanto contar ao marido que pegou o celular novamente e começou a discar. Assim que começou a tocar, ela desligou rapidamente antes que ele tivesse a chance de atender.

Ela não queria contar por telefone, já que ele estaria distraído no trabalho e ela queria ver o rosto dele. Ela olhou para o relógio e viu que ele estaria em casa em três horas. Ela tinha três horas para se preparar.

Peyton correu em torno de seu apartamento como um tornado. Ela limpou a casa inteira, lavou a roupa, arrumou a cama e até fez o jantar favorito dele - lasanha com pão de alho e salada verde. Felizmente, a lasanha era um processo longo e mantinha ela ocupada ajudando o tempo a passar mais rápido. Ela olhou para o relógio e esperava que ele chegasse em casa nos próximos quinze minutos. Ela rapidamente arrumou a mesa, acendeu algumas velas e, em seguida, colocou uma música de fundo. Ela olhou para o relógio novamente e viu que agora faltavam dez minutos. Ela não era a pessoa mais paciente do mundo, então sentou-se à mesa e esperou o melhor que pôde.

Conforme o tempo passava, ela ficava cada vez mais irritada. Esta era a melhor notícia possível que ela poderia contar a ele, e ele estava demorando uma eternidade para chegar em casa. Ela não aguentou. Peyton levantou-se da mesa para terminar de lavar a louça e limpar a bancada. Quando acabou, ela começou a olhar para o chão e decidiu pegar a vassoura e varreu ele todo. Ela estava começando a se tornar tão meticulosa em sua varredura que varria o mesmo canto repetidamente até tirar a última migalha

Então, é claro, ela notou uma mancha no chão e, depois que acabou de varrer, pegou um pano e começou a esfregar de joelhos.

Ela estava tão distraída com a limpeza que nem ouviu a porta abrir.

- Peyton? Peyton, onde você está? Cheguei!

Ela deu um pulo, jogou o pano na pia e ajeitou as roupas antes de responder:

- Estou na cozinha!

Ele entrou coberto de fuligem da cabeça aos pés. Ele era mecânico e trabalhava com carros o dia todo em sua oficina. Ele sempre teve um leve cheiro de óleo que ela amava, o que tinha se tornado um cheiro agradável. Peyton olhou para ele e apenas o admirou, pensando em como ela era sortuda e como ele a fazia perder o ar toda vez que estava na presença dele. Ele era bem alto, cerca de um metro e oitenta, o que era bom, porque ela não era muito alta. Ele tinha olhos azuis penetrantes e o cabelo loiro bagunçado. Estava sempre bagunçado, mas ela não se importava. Ela não esperava que estivesse sempre perfeito porque ele ficava embaixo de carros o dia todo. Ele tinha um sorriso que poderia despertar um cômodo inteiro e rugas de expressão ao redor dos olhos. Ele estava sempre rindo ou sorrindo, porque ele simplesmente era feliz e isso era contagiante. Ele era o pequeno raio de sol dela, sua estrela cadente. Ele iluminava o mundo dela todos os dias e a lembrava de como realmente era abençoada por ter um homem como ele em sua vida.

- Caramba, que cheiro bom! Estou morrendo de fome! Não como desde o café da manhã. Tenho estado muito ocupado. - ele olhou para a mesa e seu rosto se iluminou:

- Lasanha! Oh não, o que você aprontou? - ela não conseguia enganá-lo.

- Ah, cale a boca! Quer comer agora ou depois de tomar banho?

- O quê? Então você acha que eu preciso tomar banho? - ele começou a se aproximar dela. Ela sabia o que estava por vir.

- Não se atreva. - ela começou a recuar lentamente. Um sorriso brincalhão espalhou-se pelo rosto dele. Então ele disparou na direção dela e, antes que ela pudesse escapar, ele a agarrou e começou a abraçá-la com força.

- Ah, não. Você vai me fazer cheirar a óleo também! - Peyton choramingou.

- Acho que você também vai precisar de um banho. - ele piscou e sorriu. Ele se achava muito engraçado. Antes que ela respondesse, ele começou a falar novamente - Mas vamos comer porque estou com muita fome.

- Ok, por mim tudo bem. - eles sentaram-se à mesa de jantar, fizeram uma oração e começaram a servir a comida.

- Cara, isto deve estar uma delícia. Obrigado, querida.

O coração dela começou a bater mais forte; ela deveria contar a ele naquele momento ou mais tarde? Ela estava esperando pelo que parecia uma eternidade, e a antecipação estava praticamente quase escapando de seus lábios de tanta empolgação. Em vez de estragar o jantar, ela decidiu pelo menos deixá-lo terminar de comer.

Peyton sentou-se e tentou não comer rápido, mas não conseguiu evitar. Ela estava muito animada. Houve algumas vezes que ela quase deixou escapar, mas ela não queria que fosse dessa maneira. Ela apenas o ouviu falar e tentou aproveitar ao máximo aquele jantar agradável.

Ele finalmente deu sua última garfada e, quando ia pegar a colher, ela perguntou abruptamente:

- Querido, você se importa em esperar um pouco? Eu queria te contar uma coisa.

- Ah! Eu sabia que tinha algo!

- Não é o que você está pensando. Tenho uma novidade para te contar... - e então, ela começou a se interromper.

- Ah, então você não quebrou nada e nem gastou mais do que deveria?

- Não. - ela respirou fundo e considerou em como iria contar a ele. E foi então que ela começou a surtar se perguntando se ele ficaria feliz ou chateado.

- Peyton, você pode me contar seja lá o que for. Desculpe-me por isso, eu só estava brincando com você. - ele pegou a mão dela, olhou diretamente em seus olhos e sorriu.

- Eu sei, eu sei. Tudo bem. - ela levou um minuto para se recompor e olhou para ele. Lentamente, ela começou a se acalmar e a respirar normal novamente. A segurança nos olhos dele ajudou ela a acreditar que não importava o que acontecesse, ele iria amá-la e cuidar da pequena família deles pelo resto da vida.

- Derek, eu estou grávida. - ela sussurrou.

- O quê? É sério? - Derek sussurrou de volta.

- Sim, eu fui ao médico esta manhã porque estava muito doente. Eles tiraram uma amostra de sangue e descobriram que eu estou grávida. Isso explica o motivo de eu estar tão mal. - ela olhou nos olhos dele e percebeu que engrenagens giravam em sua cabeça - Você está bem, querido?

Ele pegou ela no colo, a girou e beijou sua testa.

- Nunca fui tão feliz na minha vida. Eu te amo!

Tinha sido um dos dias mais felizes da vida dela e uma memória preciosa que ela gostava de se lembrar. Ambos estavam alegres, e não conseguiam parar de sorrir. Era um bom lembrete para ela de que a verdadeira felicidade era possível e poderia ser encontrada. Mesmo que, às vezes, parecesse uma lembrança triste por causa da tragédia que aconteceu algumas semanas depois. Ainda era uma memória que trazia um pouco de esperança. Espero que ela possa encontrar esse tipo de felicidade verdadeira novamente.

CAPÍTULO 4

*P*eyton entrou em casa e viu sua mãe sentada com Chris na sala de estar. Não era uma casa grande, mas tinha espaço suficiente para todos. Sua mãe passou muito tempo trabalhando nessa sala após o acidente, na tentativa de manter sua mente ocupada, e ela a transformou em um cômodo lindo. A cor da sala combinava com os sofás azul-marinho acompanhados por almofadas brancas e laranja, mesinhas brancas e um rack branco. As paredes eram de um cinza claro decoradas com várias fotos da família e obras de arte que sua mãe havia colecionado ao longo dos anos. Cada quadro foi colocado perfeitamente, de uma forma que a parede não ficasse confusa, mas que mantinha os olhos fluindo facilmente de uma imagem para outra.

- Oi, querida. - sua mãe cumprimentou, levantando os olhos de sua conversa com Chris - Você gostaria de fazer compras comigo? Quero comprar um top novo e pensei que poderíamos procurar um novo tênis de corrida para você. Percebi que os seus estão bem gastos e imagino que seus pés estejam começando a doer.

- Sim, parece que vai ser divertido. E você está certa, meus pés estão começando a doer quando corro. Vamos agora?

A mãe arregalou os olhos. Peyton não concordava em fazer compras com ela há algum tempo.

- Sim, eu só preciso pegar minha bolsa. Chris vai almoçar com a Gloria, não vai? - a mãe olhou para o filho.

- Bom, se você for comprar sapatos novos para mim, então eu posso cancelar o meu almoço. - ele começou a sorrir e a piscar os olhos.

- Eu levei você para fazer compras não faz muito tempo e te ajudei a pagar alguns equipamentos novos de rapel, então acho que você não precisa de nada por enquanto. - ela disse e deu um tapinha na perna dele.

- Só estou brincando, mãe. A propósito, obrigado. - ele beijou a bochecha da mãe e levantou-se do sofá - É melhor eu ir ou vou me atrasar para o meu encontro. Amo vocês.

- Também te amo. - Peyton e sua mãe disseram em uníssono e o observaram sair da sala.

A mãe de Peyton esperou para ter certeza de que seu filho tinha ido embora e comentou:

- Esse menino está completamente apaixonado pela La Señorita.

- Sim, eu percebi. Você acha que ela também está?

- É difícil dizer. Acho que saberemos com o tempo. Já está pronta?

- Quase. Deixe-me vestir um jeans e pegar minha bolsa. E talvez eu passe um pouco de rímel. - Peyton deu de ombros e começou a ir para o quarto.

- Você parece exausta.

- E estou. A noite passada não foi nada boa, então talvez eu passe um pouco de corretivo também. Tenho certeza de que estou com olheiras horríveis.

- Ok. Então, vou dizer ao seu pai que já estamos indo e te esperarei no carro.

- Ok.

Peyton subiu as escadas de dois em dois degraus e rapidamente vestiu uma calça jeans, um moletom com zíper e capuz e um Converse All Star. Ela se olhou no espelho e viu que estava parecendo um zumbi. Ela pegou a maquiagem e começou a aplicá-la nas bolsas escuras sob seus olhos e nas espinhas que tinham surgido.

Ela terminou o resto de sua maquiagem de rotina, que incluía um pouco de base, blush e rímel e, em seguida, prendeu o cabelo em um rabo de cavalo alto e pegou sua bolsa. Quando ela saiu de casa para ir até o carro, sua mãe já estava lá esperando por ela. Ela sentou-se no banco do passageiro e apertou o cinto.

— Podemos ir? - sua mãe perguntou.

— Sim, podemos! - Peyton tentou agir com entusiasmo, mas certamente ela não se sentia dessa maneira. Ela só esperava que sua mãe não tentasse fazer compras o dia todo.

O caminho de volta para a cidade foi tão bonito como de costume, com toda a vegetação ao redor, exceto que quanto mais perto ficavam, mais casas interrompiam a beleza natural que a Terra fornecia. Às vezes, Peyton desejava morar em uma cabana na floresta, onde pudesse viver sozinha e desfrutar da beleza da natureza. No entanto, ela sabia que a vida terrena não é feita para vivermos sozinhos e sim, para estarmos rodeados das pessoas que mais amamos. E Peyton tinha que se lembrar disso constantemente. Alguns dias, a ideia de se tornar uma ermitã parecia incrível, mas isso apenas a levaria por um caminho escuro e solitário.

Sua mãe entrou no estacionamento do shopping e estacionou o carro na vaga mais próxima possível.

— Prepare-se. - sua mãe brincou.

— Não se preocupe. Estou preparada. - Peyton disse em um tom sério.

Elas saíram do carro e meio que correram para a entrada mais próxima porque havia uma tempestade de vento acontecendo. Assim que entraram no shopping, elas foram a uma loja que obviamente era destinada à mãe dela, porque as roupas não eram feitas para a faixa etária de Peyton. Não faziam nem um pouco o estilo dela. Embora, Peyton realmente não tinha um estilo. Seu guarda-roupa consistia em calças de moletom, jeans, camisetas, moletons e roupas de ginástica. Ela também tinha alguns vestidos que usava para ir à igreja, mas fazia um bom tempo que ela não usava eles. Então, por enquanto, estavam no fundo de seu guarda-roupa.

Elas ficaram na loja por um tempo e a mãe pegou algumas blusas para provar nos provadores. Ela saía ocasionalmente e Peyton dava uma opinião. Então ela voltava para experimentar outra.

- O que você achou desta? - a mãe saiu do provador com uma linda blusa azul royal que realçava perfeitamente seus olhos azuis.

- Eu amei, mãe, de verdade! Ela ficou deslumbrante em você! - Peyton tentou ser convincente porque quanto mais cedo sua mãe encontrasse uma camisa, mais cedo elas poderiam ir embora. Não só por isso, mas ela realmente amou a camisa, e sua mãe era uma mulher indecisa.

- Tem certeza? Você não acha que realçou os lugares errados? - ela gesticulou em direção a barriga e ficou se virando para ver como tinha ficado a parte de trás. Sua mãe não era uma mulher gorda, mas ela tinha curvas e tinha vergonha de mostrá-las.

- Não, na verdade não. Eu amei e esse azul combina com qualquer coisa. Você também pode usá-la por baixo como uma camisa do dia a dia, para ir à igreja ou sair com o papai. - Peyton explicou para sua mãe enquanto ela ainda estava se olhando e se ajeitando.

- Tudo bem, se você diz, então vou levar. - a mãe tinha sido convencida e Peyton estava exultante.

- Mãe, o importante é, você se sente bonita com ela? - Peyton olhou para a mãe e esperou que ela respondesse.

A mãe sorriu:

- Sim. Eu gostei muito da cor e ficou boa o suficiente para não aparecer muito, sabe?

- Sim, eu pensei a mesma coisa. - Peyton sorriu.

- Excelente. Bom, acho que vou comprar esta e depois vamos comer alguma coisa. Faz muito tempo que não como e, se vou continuar, preciso de combustível. - a mãe de Peyton admitiu.

Elas deixaram o provador e entraram na fila do caixa para a mãe pagar pela camisa nova. Assim que chegou a vez delas, a mãe ficou animada quando o caixa mencionou que a camisa estava em liquidação, então ela correu de volta para pegar o mesmo modelo só que de uma cor diferente.

Ela olhou para Peyton e deu de ombros:

- Mal não vai fazer, não é mesmo? Ela é linda e eu adoro esse tom de marrom.

Peyton riu e assentiu com a cabeça, concordando e observando sua mãe completar a transação. As outras pessoas na fila ficaram um pouco irritadas porque sua mãe correu para pegar outra camisa, mas ela não se importou. Peyton ficou surpresa por ela ter comprado algo logo na primeira loja, porque na maioria das vezes, ela simplesmente ficava frustrada e saía de mãos vazias.

- Estou com fome, vamos comer? - sua mãe perguntou depois de pegar sua sacola de camisas novas.

- Sim, também estou. Não consegui comer muito antes de sairmos. Eu estava conversando com o papai e então me arrumei para virmos. - Peyton respondeu enquanto elas saíam da loja em direção à praça de alimentação.

- A conversa foi boa?

- Acho que sim. Embora, eu tenho certeza que ele te contou sobre a nossa conversa. - Peyton olhou para ela de lado e sua mãe sorriu.

- Você não deixa escapar nada, não é mesmo? - sua mãe riu.

- Não. Nem tanto. Além disso, eu sei como funciona.

Vocês contam tudo um para o outro, e eu entendo. Mas eu não estou chateada. Eu gostaria de ainda ter isso... - Peyton parou e ficou quieta. Ela começou a olhar as vitrines das lojas para tentar se distrair.

- Você vai ter isso de novo. Um dia.

Peyton lançou-lhe um olhar que fez sua mãe levantar as mãos de forma defensiva.

- Não estou dizendo agora. Mas, eventualmente, você terá. Isso é tudo o que tenho a dizer.

O engraçado era que sua mãe sempre dizia, "isso é tudo o que eu tenho a dizer", mas ela sempre acabava dizendo mais alguma coisa.

- Como eu estava dizendo, o que você vai querer comer? Você está com vontade de alguma coisa? - sua mãe perguntou na tentativa de mudar de assunto.

- Eu como qualquer coisa, você sabe disso. Você escolhe o que quer e eu encontrarei algo que gosto no menu.

- Tudo bem, então vou pedir comida chinesa. Seu pai não gosta, então vou aproveitar a oportunidade já que ele não está aqui. - ela foi para a fila da comida chinesa e Peyton a seguiu.

Depois de pedirem, elas sentaram-se em uma mesa próxima para comer enquanto observavam as pessoas na praça de alimentação.

- Papai não gosta de comida chinesa? - Peyton perguntou incrédula.

Sua mãe balançou a cabeça:

- Não, nunca gostou. Ele até tentou, mas simplesmente não gostou. É triste.

- Eu amo comida chinesa. Não consigo acreditar que ele não goste. Acho que faz sentido, agora que estou pensando sobre isso, me dei conta que nunca comemos em casa. - Peyton disse entre as garfadas em seu frango ao molho de laranja.

- Sim, o que também é uma pena. Mas você sabe que seu pai gosta mais de hambúrguer com batata frita. Ele não gosta de nenhuma dessas especiarias malucas. Nem me fale sobre a primeira vez que ele experimentou comida tailandesa. Ele agiu como se alguém o tivesse insultado quando colocou o curry na boca. - ela começou a rir ao recordar-se da memória.

- Não posso culpá-lo, eu... - Peyton parou de falar imediatamente quando notou uma pessoa na praça de alimentação. Ele estava na fila para comprar comida com as costas ligeiramente viradas para o lado oposto, mas ela ainda conseguia reconhecê-lo, mesmo à distância.

- Peyton, você está bem? - ela se virou para a mãe e percebeu que ela estava com uma expressão preocupada no rosto. Peyton começou a piscar os olhos como se estivesse em transe.

- Precisamos ir, mãe. - ela disse com urgência.

- O quê?! Ei, mas por quê? Você quer dizer ir embora? Ainda nem compramos o seu tênis. - a mãe parecia chateada. Ela obviamente estava se divertindo com a filha, então Peyton tentou relaxar e esconder o rosto.

- Podemos ir a qualquer outro lugar. Só não podemos ficar aqui. - ela sussurrou. Mas ela não sabia por que estava sussurrando, porque Noah estava a alguns metros da mesa delas. Peyton percebeu que isso a ajudou a permanecer discreta e menos provável de ser ouvida.

- Peyton, de quem você está se escondendo? - sua mãe exigiu saber.

- O cara do consultório do doutor Schoenborn. Noah, o sobrinho dele. - ela tentou explicar rapidamente.

- Oh, aquele cara! - sua mãe se virou para olhar para trás - Cadê ele? - Peyton achou que sua mãe estava animada demais.

- Não, mãe, por favor, não tente procurá-lo. Eu não quero que ele me veja. - ela implorou.

A mãe endireitou-se na cadeira, tentando agir casualmente:

- Ok, tudo bem. Você me fala como ele é, que eu irei bem casualmente olhar ao redor até encontrá-lo. Eu quero saber como esse menino é.

- Mas mãe...

- Agora! - sua mãe interrompeu. Ela parecia séria, mas Peyton sabia que a curiosidade dela tinha acabado de atingir seu pico, e ela não iria desistir.

- Ok, ele está naquela fila do sanduíche. - Peyton gesticulou com a cabeça - Ele é o mais alto de jeans e pulôver cinza.

A mãe muito lentamente - e na opinião de Peyton de forma bastante óbvia - se virou para procurar o homem que correspondia à descrição da filha.

Ela se virou e se inclinou sobre a mesa:

- Querida, você sabe que descreveu todos os homens desta praça de alimentação, não sabe?

- Bom, a culpa não é minha que todos os caras tenham o mesmo guarda-roupa! - Peyton disse sarcasticamente.

- Está bem, está bem. Apenas tente me dizer outra coisa, para que eu possa identificá-lo com mais facilidade.

- Tudo bem, deixe-me ver. - Peyton olhou para a fila onde vira Noah parado e então a examinou para encontrá-lo. Depois de um breve momento, ela o viu fazendo o pedido.

- Mãe, se você olhar agora, você vai vê-lo na frente do caixa fazendo o pedido. - Peyton sussurrou novamente.

A mãe se virou um pouco mais rápido desta vez, sem tentar ser tão sutil e olhou na direção que Peyton tinha indicado. Depois de alguns segundos, ela se virou e sorriu para Peyton:

- Aquele cara pegando a carteira? - ela riu.

Peyton assentiu com a cabeça e começou a corar sem saber o motivo e murmurou:

- Sim.

A mãe deu uma outra olhada e sorriu ainda mais:

- Peyton, ele é um gato!

- Eu sei. - Peyton admitiu e corou.

- Ah, sabe é? - se sua mãe sorrisse ainda mais, Peyton temia que ela pudesse ficar assim para sempre.

- Mãe, não vá até lá. - Peyton disse friamente.

- Eu não vou, mas você não pode negar que ele é lindo.

- Eu não neguei. Ele é lindo, mas ele é... - Peyton olhou para a fila do sanduíche e percebeu que ele havia sumido. Examinando rapidamente a praça de alimentação, ela o procurou até perceber que ele estava caminhando na direção da mesa delas, a apenas alguns metros de distância.

- Droga! Mas que droga, mãe. Ele está vindo para cá! - Peyton sibilou - Você acha que podemos fugir rapidamente?

- Não, mas você precisa se recompor! - a mãe disse rapidamente e começou a limpar a boca com um guardanapo e arrumar o cabelo.

Peyton fez o mesmo e olhou para ver onde Noah estava, e claro, ele ainda estava caminhando na direção delas. Ela sabia que havia uma expressão de pânico nos olhos quando olhou para sua mãe, porque ela fez um sinal para que ela inspirasse e expirasse. Ela respirou fundo e pegou o garfo, olhando para o prato de comida para tentar agir o mais normal possível.

Enquanto ela estava olhando para baixo, ela ouviu uma voz masculina:

- Oi. Você é a Peyton, certo?

Peyton olhou para cima e pôde sentir seu rosto corando:

- Sim, e você é o Noah.

- Sim, nos conhecemos no consultório do meu tio. Eu sou o recepcionista temporário. - Noah esclareceu.

- Isso mesmo. Esta é minha mãe. - ela apontou, grata por tirar a atenção dela por um segundo.

- Oi. - a mãe cumprimentou e estendeu a mão - Prazer em conhecê-lo.

Noah apertou a mão da mãe:

- Prazer em conhecê-la, também.

- Você está aqui com alguém ou gostaria de sentar-se aqui com a gente? - Peyton olhou para a mãe, e ela sorriu. Mas não era um sorriso simpático. Era o tipo de sorriso que dizia que o que ela estava tramando não era nada bom.

- Eu posso sentar-me por um minuto. - ele sentou-se e colocou seu sanduíche na mesa.

- Então, você trabalha como recepcionista? Temporariamente? - a mãe perguntou curiosa.

- Sim, na verdade estou nas últimas semanas do meu curso de odontologia, e meu tio me ligou desesperado porque estava precisando de ajuda porque sua recepcionista entrou de licença-maternidade.

- Que legal. Parabéns! Dentista é uma ótima profissão. - a mãe parecia animada e Peyton sabia que ela estava radiante por isso ter acontecido.

- Acho que sim, estou bem animado para terminar a faculdade e seguir em frente na vida.

- Eu aposto que sim. Peyton nunca gostou de ir ao dentista. Num dado momento, ela se convenceu de que eles gostavam de vê-la se contorcer de dor quando raspavam os dentes dela. Uma vez, ela ficou tão aborrecida que mordeu o dedo do dentista! - a mãe riu para si mesma, mas Peyton não achou graça por ela ter mencionado esse fato.

- Obrigada, mãe. - Peyton agradeceu sarcasticamente.

- Não, está tudo bem. Eu sei que muitas pessoas não

são fãs de dentistas, mas espero mudar a opinião de al-gumas. - Noah se virou para ela e sorriu.

- Bom, se você consegue limpar meus dentes sem me causar dor, então eu definitivamente mudarei minha opinião sobre ir ao dentista.

- Combinado. - ele sorriu.

- Ok, combinado então. - ela sorriu de volta e sentiu seu rosto corar ainda mais.

- Bom, eu preciso ir. Prometi ao meu tio que iria fazer algumas coisas, incluindo comprar este sanduíche. - ele brincou e ergueu o lanche.

- Tudo bem. Peyton e eu vamos em busca de um tênis de corrida depois que acabarmos de comer.

- Ah, que legal. As senhoritas gostam de correr?

- Não, eu não. Mas Peyton corre todos os dias. - ela apontou para a filha.

- Você corre todos os dias? Que incrível. Eu corro muito também. Na verdade, eu costumava correr no co-légio e agora tento correr algumas vezes por semana. Talvez pudéssemos correr juntos algum dia. - Noah mencionou rapidamente.

Peyton realmente não acreditou no que tinha ou-vido. Ela sentiu como se sua mente tivesse ficado em branco até que percebeu rapidamente que não estava dizendo ou fazendo nada - Vamos sim, só me falar quando.

- Poder ser na segunda?

Peyton ficou surpresa com o quão cedo ele queria que ficassem juntos.

- Hum, sim. Pode ser.

- A que horas você geralmente gosta de correr?

- Gosto de correr por volta das sete da manhã.

- Legal. Perfeito. Tenho que estar no trabalho às nove, então terei bastante tempo. Onde você corre?

Peyton estava tremendo, ela podia sentir suas axilas suando, e ela sabia que seu rosto estava completamente vermelho. Ela mal podia acreditar que aquele cara estava interessado em correr com ela ou fazer qualquer coisa com ela. Era óbvio que ele sabia que ela estava indo a um psiquiatra e se perguntou por que diabos ele iria querer sair com alguém que está fazendo terapia. Foi completamente constrangedor. O engraçado é que ele estava completamente calmo e fazia as perguntas como se não fossem grande coisa. Sem mencionar que Peyton achava ele lindo. O cabelo dele estava um pouco bagunçado, mas ainda parecia arrumado como se tivesse sido despenteado pelo vento. Ele tinha uma mandíbula forte e bochechas rosadas, provavelmente por causa do frio do lado de fora. Também parecia que seus olhos estavam um pouco tempestuosos, mas alertas e brincalhões.

- Peyton geralmente corre em torno da nossa casa. - a mãe interrompeu. Ela deve ter notado que Peyton ficou com a língua presa e respondeu à pergunta por ela - Ela corre em algumas trilhas que temos em torno da nossa propriedade, ou ela vai e volta pela entrada da nossa garagem.

- Parece ser legal. Eu gosto de correr em trilha. É muito divertido. Eu não faço isso com muita frequência. Se você quiser, podemos sempre correr lá. - ele olhou para Peyton e esperou por uma resposta.

- Ah, claro. Quero sim.

- Que bom. Então, acho que te vejo na segunda-feira. - Noah sorriu de lado, fazendo o coração dela disparar.

Claro, isso fez com que Peyton se esquecesse que sabia falar e sua mãe teve que falar por ela novamente:

- Deixe-me anotar o nosso endereço para você saber onde moramos. - a mãe enfiou a mão na bolsa e tirou uma caneta e um pedaço de papel e anotou o endereço. Então ela entregou a ele o papel com a informação valiosa e sorriu - Pronto.

- Ok. Obrigado, senhora... - e então Noah parou.

- Sheffield. Senhora Sheffield.

- Excelente. Senhora Sheffield, foi um prazer em conhecê-la, e Peyton, você se importa de me passar seu número? Apenas no caso de eu me perder ou algo assim? - ele perguntou timidamente.

- Oh sim, sem problemas! - ela gaguejou.

- Ótimo, aqui está o meu celular, se você não se importar. - ele ofereceu.

- Aqui, você pode salvar o seu número no meu enquanto eu faço isso no seu. - ela entregou seu celular e ele sorriu.

- Ok, querida! - depois de alguns segundos, eles devolveram o celular um ao outro - Tudo bem, então acho que te vejo na segunda. Tchau. - ele acenou e começou a levantar-se.

- Até mais. - ela sorriu.

Ele sorriu um sorriso torto, levantou-se e se afastou da mesa.

Enquanto Peyton o observava se afastar, sua mãe exclamou:

- Essa foi a melhor coisa que aconteceu em meses!

- Ou a pior coisa. - Peyton murmurou - Eu não estou acreditando que você praticamente o convidou para ir em casa. E o que aconteceu para você contar a ele que eu odiava ir ao dentista? É ótimo dizer isso a ele, já que ele está terminando o curso. - ela disse sarcasticamente e percebeu que sua voz estava ficando cada vez mais alta a cada palavra que dizia.

- Querida, eu só estava tentando ajudar. Você ficava vagando pelo espaço e não respondia às perguntas do pobre homem, então eu tive que dar um pequeno empurrão. - ela disse inocentemente.

- Aquilo foi mais do que um empurrãozinho, mãe. Foi humilhação. Não só por mim, porque agi como uma completa idiota mais uma vez, mas também por você. E agora ele tem o nosso endereço. E se ele for um perseguidor? E se ele estiver apenas brincando comigo?

- Peyton, eu e você sabemos que ele não parece ser nada disso. Ele foi muito doce, principalmente porque saiu de seu caminho para falar com você. Foi ele que te viu na multidão e decidiu vir falar com você. Tudo o que eu fiz foi tentar ajudar. Eu não tive a intenção de envergonhar você ou fazer qualquer coisa que a deixasse desconfortável. E, pelo amor de Deus, não é culpa minha que o homem te convidou para correr. E não é culpa minha que um cara que não seja o Derek - Peyton se encolheu novamente com o nome de seu marido - queira passar um tempo com você. Eu só quero o seu bem. Agora, antes que eu fique muito chateada para fazer compras, vamos comprar um tênis novo para você. Definitivamente, você não vai correr com aquele tênis velho quando ele for em casa. - sua mãe levantou-se, pegou as bandejas, jogou os restos de comida na lata de lixo e então esperou pela filha.

A esta altura, Peyton estava furiosa. Ela não tinha vontade nenhuma de procurar por tênis novos para a corrida que ela não havia planejado. Francamente, ela estava quase decidida a se afastar da mãe e chamar um táxi para levá-la para casa. No entanto, ela percebeu que danos suficientes já haviam sido causados e decidiu terminar as compras que ela concordou em fazer com sua mãe.

Ela levantou-se e seguiu sua mãe na direção da loja de corrida. A mãe estava andando mais rápido do que o normal, mas Peyton sabia que era porque ela estava chateada. Elas entraram na loja, e sua mãe começou a olhar as roupas enquanto Peyton olhava e experimentava alguns pares de tênis. Não demorou muito para encontrar um novo par porque ela gostava de manter a mesma marca e modelo. Assim que se decidiu, Peyton mostrou para a mãe e ela pegou a caixa de sapatos e começou a combinar os tênis com as diferentes roupas que havia combinado. Aparentemente, a mãe também estava comprando uma roupa nova para ela. A única pergunta que a mãe fez para a filha foi qual o tamanho que ela preferia. Fora isso, ela escolheu tudo e comprou sem consultar Peyton ou perguntar se ela tinha gostado. Peyton nem mesmo viu o que sua mãe tinha pego porque ela tinha escolhido tudo muito rápido e logo foi até o caixa.

Assim que a roupa nova que combinava com o par de tênis foram pagos, a mãe saiu da loja e foi em direção ao carro. Evidentemente, elas estavam indo para casa e ela não iria falar com Peyton.

CAPÍTULO 5

$\mathcal{A}$ volta para casa foi silenciosa. A mãe não disse uma palavra o tempo todo. Quando elas chegaram em casa, ela tirou as sacolas do carro e entrou, sem se preocupar em esperar pela filha. Assim que Peyton entrou em casa, sua mãe não estava em lugar nenhum. Então Peyton presumiu que ela tinha ido direto para o quarto e se trancado lá dentro.

Peyton sabia que tinha que pedir desculpas. Ela se arrependeu de dizer à mãe que ela a envergonhou e que tinha passado dos limites. Não importava o quanto ela se sentia mal, ela sabia que tudo o que sua mãe queria era vê-la feliz novamente, e que estava muito animada por um cara ter vindo até ela e a convidado para um encontro. Não só isso, mas ela estava lá para testemunhar, e mesmo se ela se adiantasse, ela estava nas nuvens e ansiosa para fazer o que quer que fosse possível.

Antes que Peyton pudesse ir enfrentar sua mãe, ela entrou em seu quarto para deixar sua bolsa e tirar seus tênis. Em seu quarto, ela encontrou uma sacola de compras em cima cama. Aquela que sua mãe carregou para fora da loja de corrida no shopping. Ela tirou as roupas da sacola e se deparou com uma calça capri cinza escuro, um top esportivo rosa choque e uma jaqueta preta leve de zíper com detalhes rosa para combinar com seus tênis pretos com cadarços também rosa. Ela até comprou meias rosa para completar o look. Depois de ver o que sua mãe tinha comprado, ela se sentiu muito mal e começou a sentir dor de estômago. Ela tinha sido completamente injusta com sua mãe e, de fato, ela tinha salvo a pele da filha na praça de alimentação. Sua mãe era a parceira perfeita, e Peyton a magoou dizendo que ela tinha feito um péssimo trabalho.

Peyton tirou as etiquetas e vestiu todas as roupas que sua mãe havia cuidadosamente escolhido para ela. Ela até colocou seus tênis novos e saiu de seu quarto em direção ao de sua mãe.

Ela bateu na porta, mas ninguém respondeu.

- Mãe?

E novamente, ninguém respondeu.

- Mãe, sou eu. Posso falar com você?

Nenhum som veio de trás da porta.

- Por favor, mãe! Eu sinto muito. Eu exagerei. Por favor, abra a porta. - Peyton implorou.

Ela esperou por um minuto e, como ainda não tinha ouvido nenhum som vindo de trás da porta, ela desistiu e começou a ir de volta para seu quarto.

No meio do corredor, ela ouviu o som de uma fechadura sendo destrancada e a porta se abriu. Ela se virou e viu sua mãe parada na porta, com lágrimas escorrendo pelo rosto.

Peyton foi em direção a sua mãe e a abraçou.

Elas ficaram abraçadas na porta por alguns minutos e então sua mãe se afastou para poder olhar para ela e perguntou:

- O que você achou?

- Eu realmente gostei muito. Gostei dos toques sutis de rosa, a calça é confortável e não é muito apertada. Os tênis também são superconfortáveis. Vou precisar andar por aí com eles hoje para poder laceá-los.

- Fico feliz. Eu acho que você está linda e pronta para correr!

- Sinto que deveria correr agora, mas simplesmente não tenho energia. Eu não sabia que você ia comprar roupas para mim também. Muito obrigada por me dar tudo isso. - ela gesticulou para as roupas.

- É que eu queria ter certeza de que você estaria preparada e pronta para ir correr na segunda-feira, com Noah... - sua voz ficou mais baixa no final e ela começou a olhar para o chão.

- Mãe, eu não deveria ter dito que você me humilhou. Eu mesma fiz isso. Você foi a parceria perfeita, e eu estava muito sobrecarregada e chateada para enxergar isso. Eu realmente sinto muito por ter machucado e envergonhado.

A mãe ergueu os olhos cheios de lágrimas e tentou falar, mas ela estava sufocando. Depois de se recompor um pouco, ela disse à filha:

- Eu só estava tentando te ajudar. Era tudo o que eu queria, e eu estava tão animada em ver aquele cara doce e bonito ter a coragem de ir até você mesmo comigo ao seu lado e te convidar para sair.

Peyton não tinha certeza se correr pela propriedade de seus pais seria considerado um encontro, mas ela decidiu não discutir sobre isso.

Sua mãe continuou:

- Eu sei que posso ter te envergonhado um pouco, e talvez eu tenha encorajado isso, mas eu só queria o melhor para você. E de verdade, eu acho que ele gostou de você, mesmo que você não tenha conseguido formar uma frase para salvar a própria pele. - ela provocou e começou a rir.

Peyton também começou a rir:

- Sim, eu me senti como uma garotinha na escola. Você me salvou. Eu ficarei surpresa se ele realmente aparecer na segunda.

- Ah, eu acho que ele vem sim. - sua mãe parecia muito confiante.

- Bom, mas mesmo se ele vier, não significará nada.

Ele provavelmente está apenas tentando ser legal. Além disso, não acho que estou pronta para pensar em outro homem dessa maneira.

- Você pode se surpreender.

Peyton olhou para a mãe e sorriu:

- Eu sei que você quer o que é melhor para mim e quer que eu supere essa dor, mas acho que ainda não é hora de eu seguir em frente. Eu sinto muito a falta de Derek. - a voz de Peyton falhou quando as lágrimas começaram a se formar em seus olhos - Sinto que eu já tive o meu final feliz. Eu já tive o meu príncipe encantado. É que o final veio muito mais cedo do que eu gostaria. Eu sei que isso nunca vai acontecer, mas às vezes eu só queria que ele voltasse. Eu gostaria de poder voltar no tempo e mudar o que aconteceu. E nesses momentos, a pior parte é perceber que não posso. Estou presa a uma consequência das ações de outra pessoa. Se não fosse por aquele motorista bêbado estúpido, minha vida estaria completamente diferente agora. Eu apenas estou tendo dificuldade em superar isso. - Peyton nunca tinha admitido isso para ninguém. Nem mesmo para seus pais ou para seu psiquiatra. Ela vinha vivendo seu luto em silêncio e lutava para admitir seus verdadeiros sentimentos a alguém.

- Peyton, a vida dele acabou, mas a sua não! Você é uma mulher forte, independente e incrível que merece ter a melhor vida possível. Você merece acordar todas as manhãs animada por estar viva. Eu sei que você acha que não há uma segunda chance. Eu sei que você sente falta dele. Tenho certeza que ele também sente sua falta. Mas, por favor, aproveite a vida que você tem. Aproveite as oportunidades que irão aparecer e não as deixe passar. E quer saber, querida? Seguir em frente não significa esquecer, significa que você escolheu a felicidade ao invés da dor. É hora de parar de doer, meu amor. E, querida, também é hora de começar a perdoar. Perdoar a si mesma, aquele motorista bêbado e perdoar Deus.

- Mas é tão difícil, mãe! Tudo isso! Estou tendo essa batalha mental comigo mesma para sair desse estado, para voltar a sair com meus amigos, conhecer gente nova, mas isso me adoece. Mas, como disse ao papai, vou tentar fazer o meu melhor para aproveitar ao máximo o que eu tenho. Estou tentando e vou trabalhar o meu perdão. Embora isso possa levar algum tempo.

- E você tem tempo para fazer tudo isso! Enquanto você estiver trabalhando nisso, leve todo o tempo que precisar. Apenas faça o seu melhor. Seja o seu melhor e se encontre novamente. Encontre minha Peyton feliz. - Peyton achou que sua mãe estava implorando.

- Eu vou, mãe. Sabe, estive pensando e acho que é hora de voltar a ir à igreja.

- Peyton, isso é ótimo! Fico muito feliz com isso. - as lágrimas começaram a se formar nos olhos da mãe e ela abraçou a filha.

- Mãe, - Peyton disse timidamente - vá com calma amanhã. Sei que todos terão perguntas e eu realmente não quero ser bombardeada. Então, você pode, por favor, fazer o seu melhor para me proteger um pouco? Se eu tiver que recontar esses últimos meses repetidamente, eu vou desabar.

- Sim, vou me certificar de que as pessoas estejam cientes e sensíveis a qualquer coisa que possam perguntar a você e responderei eu mesma, se for preciso. Vamos dar um passo de cada vez. - a mãe olhou para a filha e sorriu.

- Obrigada, mãe. Vou tirar essas roupas e guardá-las, para que estejam prontas para a segunda-feira. - Peyton se virou e começou a ir em direção ao seu quarto.

- Oh sim, estou tão animada! - a mãe gritou.

Peyton virou a cabeça para a mãe e disse:

- Lembre-se, um passo de cada vez - passos de bebê.

Sua mãe levantou os dois polegares com um sorriso extravagante:

- Isso mesmo, querida, passos de bebê.

CAPÍTULO 6

$\mathcal{N}$o domingo de manhã, Peyton vasculhou o fundo de seu guarda-roupa e tirou seus vestidos de ir à igreja. Parte dela estava arrependida de ter dito à mãe que queria ir à igreja, mas ela sabia que parte disso era o nervosismo que a incomodava. Peyton e seus pais estavam um pouco atrasados, então, felizmente, eles puderam entrar sorrateiramente e sentaram-se enquanto a reunião estava acontecendo.

A reunião foi rápida e ela recebeu muitos abraços de pessoas que ela havia conhecido anteriormente ou com quem havia crescido. Muitas pessoas tentaram fazer perguntas sobre como ela estava e se ela tinha planos, mas sua mãe rapidamente interrompia e dizia que as coisas estavam bem. As pessoas perceberam que as perguntas não eram bem-vindas. Peyton apreciou as pessoas que falavam com ela e fingiam que nada tinha acontecido.

As horas passaram e Peyton nunca tinha se sentido tão aliviada em toda a sua vida. Ela se sentiu muito melhor por ter ido à igreja, mas o número de lágrimas que viu e os abraços que recebeu quase a levaram ao seu limite.

- Estou orgulhosa de você, Peyton. - sua mãe disse

no caminho de casa - Imagino que não foi fácil para você, mas estou impressionada que você conseguiu.

- Obrigada, mãe, mas não fique brava se eu disser que estou feliz que acabou. Não por causa da igreja, porque eu realmente senti falta dela. Mas eu não senti falta dos abraços com perfumes persistentes e sorrisos com rostos manchados de lágrimas.

- Eu não te culpo.

O resto do dia foi tranquilo. Os domingos eram um dia em que ela gostava de ler um livro e ajudar sua mãe a preparar o jantar. Seu irmão e Gloria voltaram para o jantar e mantiveram a conversa. Chris falava mais e estava muito animado o tempo todo. Peyton sentou-se e ouviu Chris falar sobre sua recente experiência de ir a um novo restaurante peruano que resultou em uma intoxicação alimentar. Peyton não parava de pensar na manhã seguinte e olhava constantemente para o relógio. A cada hora que passava, ela sabia que estava cada vez mais perto de se encontrar com Noah.

Quando chegou a hora de dormir, a mãe abraçou a filha e disse:

- Se conseguir, durma um pouco.

Peyton sabia que ela estava brincando, mas mesmo assim não ajudou. Ela sabia que não dormiria. Ela estava mais preocupada com a manhã seguinte com Noah do que com a ida à igreja. Em sua mente, ela percebeu que isso era uma coisa boa porque se sentia pronta para ir à igreja novamente, mas não se sentia pronta para voltar a receber um homem em casa.

Como ela tinha previsto, Peyton não conseguiu dormir muito. Tudo o que ela fazia era ficar se virando, e sempre que dormia, acabava tendo pesadelos sobre a manhã seguinte. Em um de seus sonhos ela foi correr sem calças. Em outro, Noah não apareceu e ela ficou na varanda esperando por ele. No último sonho, Derek apareceu para correr com ela e ficou perguntando: *"Você já se esqueceu de mim?"* ou *"Eu pensei que você me amava!"* - ela acordou chorando.

Nessa hora, sua mãe foi acalmá-la e avisá-la que estava tudo bem. Ela abraçou Peyton por um minuto para ajudá-la a se acalmar e, assim que parou de chorar, a mãe deitou a filha de costas e saiu do quarto. Essa era uma ocorrência comum quando Peyton tinha pesadelos. Acontecia mais logo após o acidente e, com o passar do tempo, os pesadelos foram acontecendo cada vez menos. Independentemente de quantas vezes ela os tinha, sua mãe sempre aparecia para acalmá-la e deixá-la saber que tudo estava bem. Havia noites em que ela acordava e chorava a noite toda sem conseguir dormir direito. Apesar disso, sua mãe ainda ficava acordada com ela e a abraçava para que ela soubesse que estava tudo bem.

Sua mãe era sua super-heroína. Não passava um dia sem que ela reconhecesse em silêncio o quanto sua mãe cuidava dela. Ela era uma mulher trabalhadeira, que sempre se mantinha ocupada e pensava primeiro nos interesses das outras pessoas. Sua mãe sempre estava disposta a ajudar na igreja, ela comparecia a todos os torneios de cross-country de Peyton, recitais de piano e jogos de futebol de seu irmão, e sempre fazia as refeições para as pessoas quando elas precisavam. Não só isso, mas também gostava de costurar colchas nas horas vagas para doar às mães que tinham filhos pequenos ou às mulheres idosas no inverno.

Desnecessário dizer que, aos olhos de Peyton, sua mãe era realmente uma super-heroína, e pensar em tudo isso a ajudou a voltar a dormir. Felizmente, ela dormiu o resto da noite até seu despertador tocar às seis horas sem mais pesadelos. Ela sentou-se na cama, olhou para a parede por alguns minutos e rolou para fora da cama. Depois de ir ao banheiro e escovar os dentes, ela desceu as escadas e viu seu pai sentado à mesa lendo as escrituras como fazia todas as manhãs.

- Você quer tomar café da manhã, pai? - Peyton perguntou.

- Claro, mas você não tem um encontro em breve? - seu pai perguntou timidamente.

- Não é um encontro. Apenas vamos sair para correr. Mas tenho tempo para preparar o café, e isso vai me manter distraída até ele chegar. - Peyton esclareceu e começou a pegar os ovos, o leite e o pão.

- Tem certeza que quer tomar café, querida? Você geralmente não come antes de correr. Você não vai querer vomitar na frente do pobre rapaz. - seu pai brincou.

- Eu não vou comer ainda. Só achei que você gostaria de tomar café da manhã. Além disso, como eu disse, estou tentando matar o tempo. - Peyton o lembrou e começou a quebrar os ovos em uma tigela.

- Você não precisa preparar o café da manhã para mim. Você não tem que se arrumar ou algo assim?

- Eu não vou ao baile, pai, eu vou correr. - Peyton salientou e começou a bater os ovos com o leite.

- Tudo bem, tudo bem. Desculpe-me pelo que disse. - ele desculpou-se e voltou a ler suas escrituras.

Peyton terminou de fazer a rabanada e serviu o pai.

- Obrigado, querida, parece ótimo. - ele agradeceu e começou a comer.

- De nada. - Peyton disse e observou sua mãe entrar na cozinha.

- Peyton Eva, por que você ainda está aqui embaixo? Você deveria estar se arrumando! - sua mãe exclamou, parecendo frenética - Seu pai pode cuidar de si mesmo, então suba e se vista, prenda o cabelo em um rabo de cavalo bem bonito e cubra essa espinha nojenta no queixo, por favor!

- Mãe, - Peyton disse calmamente na esperança de acalmá-la - são seis e meia, tem muito tempo ainda.

- Querida, o tempo passa mais rápido do que você imagina. Por favor, comece a se arrumar. Ele pode chegar a qualquer momento a partir de agora, e se você ainda estiver assim, bem, eu não quero que ele saia correndo e gritando. - sua mãe disse sarcasticamente.

- Você é engraçada, mãe, mas se isso realmente vai te deixar feliz, estou indo. - ela cedeu à importunação de sua mãe e começou a subir as escadas para se arrumar.

- Obrigada! - sua mãe ergueu as mãos no ar como se fosse a resposta a uma oração.

Peyton fez exatamente o que sua mãe pediu. Ela vestiu a roupa nova que sua mãe havia comprado, prendeu o cabelo em um rabo de cavalo bem bonito, colocou um chapéu para cobrir os fios crespos e até cobriu a espinha no queixo. Secretamente, ela estava grata por sua mãe ter alertado sobre a espinha porque ela ainda não tinha se olhado no espelho.

Ela sabia que sua mãe estava animada por ela e queria que tudo fosse da melhor maneira possível. Infelizmente, ela se esqueceu de que sua filha podia ser desastrada e estava fadada a fazer algo estúpido.

Peyton desceu e viu que sua mãe estava esperando ao pé da escada.

- Viu! - a mãe ergueu o celular na altura dos olhos da filha - São seis e cinquenta e cinco, cinco minutos de sobra. Imagine se eu não tivesse descido, você ainda poderia estar com sua nova amiga no queixo.

- Oh, céus, Cheryl, respire fundo. Você também precisa de um minuto para se arrumar? Você está muito nervosa. - o pai disse em meio as suas risadinhas.

- Não faça brincadeirinhas, agora não. - ela retrucou e foi até a janela da frente para espiar pela persiana. Ela soltou um suspiro exasperado e se virou para olhar para Peyton - Ele ainda não chegou, então talvez você possa passar um pouco de rímel ou algo do tipo, querida.

- Mãe, - Peyton colocou as mãos nos ombros da mãe e a olhou nos olhos - eu estou bem. Vai ficar tudo bem e eu já estou arrumada. Pelo amor de Deus, eu vou correr e estou usando um chapéu para esconder o rosto. Está tudo bem!

Mesmo que ela estivesse dizendo isso para sua mãe, ela não se sentia bem. Seu estômago estava embrulhado, seu coração batia mais rápido do que o normal e ela estava suando de puro nervosismo. No entanto, ela não iria deixar sua mãe saber de nada disso porque ela sabia que se sua mãe visse que ela estava nervosa, ela ficaria mais nervosa ainda.

- Está bem, está bem. Você tem razão. Eu estou bem. Eu estou bem. - ela fechou os olhos e respirou fundo.

- Parece que é você quem vai ao encontro. - o pai murmurou atrás dela.

- Walter! - antes que ela pudesse colocar o marido em seu devido lugar, eles ouviram uma batida na porta.

- Que horas são? - a mãe sussurrou freneticamente.

Peyton puxou o celular:

- Sete. - ela sussurrou de volta.

- Uau! Bem na hora! Bom homem! - ela sorriu e levantou os polegares.

- Isso é ótimo, mãe. Por que você não abre a porta?

- Oh! - sua mãe se virou e caminhou rapidamente em direção à porta e a abriu.

Na porta estava um homem alto vestindo uma bermuda preta de basquete na altura dos joelhos, uma camiseta branca que realçava seu físico musculoso e um ar de confiança irradiava dele. Ele não parecia nervoso e nem preocupado em estar na casa dela. Para completar, no momento em que a porta foi aberta, ele olhou nos olhos de Peyton e sorriu de uma forma que a fez se esquecer de falar, e de respirar também.

- Olá, Noah! Bem-vindo a nossa casa. Você gostaria de entrar? - era em momentos como esse que ela não conseguia acreditar em como sua mãe podia ser um caso perdido de tão nervosa em um momento e conseguir se recompor no momento seguinte. Ninguém jamais teria pensado que ela estava prestes a soltar os cachorros em cima de seu marido apenas alguns segundos antes. A voz dela era uniforme e calma, e sua linguagem corporal refletia isso. Ela era incrível e Peyton não pôde deixar de sorrir silenciosamente para si mesma.

- Sim, obrigado. - ele agradeceu com sua voz profunda e uniforme - Vocês têm uma casa muito bonita em uma propriedade bem grande!

- Ora, obrigada, Noah. Você é muito gentil. Acabamos de refazer completamente a sala de estar, e Walter trabalha duro na propriedade todos os dias, o que acaba ficando evidente.

- Eu não sei nada sobre isso. - o pai de Peyton levantou-se e estendeu a mão para Noah - Olá, sou Walter, o pai de Peyton. Cheryl trabalha tão duro quanto eu. Ela mantém a casa linda e o jardim é maravilhoso. Ela realmente tem um talento natural com as plantas.

- Vou querer dar uma olhada. Talvez Peyton me mostre depois da nossa corrida ou algo parecido. - Noah agora estava olhando diretamente para Peyton. Seus pais viraram a cabeça na direção da filha e aguardaram a resposta dela à sugestão de Noah.

- Hum, sim. Sim, eu te levo até lá. - ela olhou para seus próprios pés para evitar o olhar de Noah e esperou que alguém dissesse algo para tirar a atenção dela.

- Que bom! Já podemos começar a correr? - ele perguntou com um toque de excitação em sua voz, o que fez Peyton levantar a cabeça.

- Sim, vamos lá! - ela tentou parecer entusiasmada, mas em sua mente, ela achou que havia exagerado. No entanto, Noah riu junto com seu pai, e sua mãe lançou-lhe um olhar que ela já conhecia, indicando para que ela se acalmasse.

- Ótimo. Vejo vocês mais tarde. - Peyton se despediu enquanto abraçava os pais.

- Divirtam-se! - o pai disse.

- Lembre-se de sorrir. - a mãe sussurrou no ouvido da filha.

Peyton seguiu Noah até saírem de casa e, quando ela

estava fechando a porta, ela se virou e deu um sorriso sarcástico para sua mãe fazendo-a revirar os olhos e seu pai dar uma gargalhada. Ela fechou a porta rapidamente na esperança de evitar que Noah fizesse alguma pergunta.

- Tudo bem, então até aonde você quer ir? - ela perguntou, tentando soar o mais confiante possível.

- Até aonde você quiser ir, eu irei aonde você for. - Noah disse e sorriu de uma maneira que fez o coração de Peyton disparar. Ele queria ir aonde ela queria.

- Eu estava pensando em oito quilômetros, talvez? Tudo bem? - ela perguntou hesitante. A última coisa que ela queria era deixá-lo desconfortável e pressioná-lo a correr mais do que era capaz. Ela esperava ter mirado baixo o suficiente.

- Claro, por mim está ótimo. Então, por onde você começa?

- Geralmente eu corro pela estrada e volto nas vezes quando eu só quero sair e correr sem ter que pensar em uma rota. Mas meu pai me ajudou a fazer uma trilha que contorna a propriedade, e se formos correndo pela entrada e voltarmos por ela, a trilha começa ali perto da árvore com o balanço. Em seguida, ela segue ao longo das árvores. Além disso, desta maneira, você poderá ver toda a fazenda. - ela olhou para Noah e ele estava balançando a cabeça, olhando ao redor.

- Aqui é muito bonito. - ele não parecia muito ansioso para começar a correr, mas então olhou para Peyton e perguntou - Podemos ir?

- Sim.

Houve um pouco de hesitação sobre quem começaria a correr primeiro, mas então Noah estendeu a mão e fez um gesto para que ela guiasse o caminho. Ela começou a correr e ele a acompanhou com facilidade.

- Espero que minhas pernas curtas não atrapalhem você. Suas pernas são muito mais compridas que as minhas. Tenho certeza de que a proporção dos seus passos é de um para três dos meus. - ela estava olhando para as pernas dele. Em sua mente, ela estava achando que ele tinha cerca de um metro e oitenta de altura. Ela também percebeu que elas eram musculosas e tonificadas e ficou fascinada pelos músculos dele flexionando a cada passo que ele dava.

- Oh, então você está checando minhas pernas agora, hein? - ele brincou.

Droga, ele a pegou olhando para ele. Claro, isso a fez ficar cerca de cinquenta tons de vermelho e ela tentou virar o rosto para escondê-lo. Infelizmente, ela o ouviu rir, e ela tinha motivos para acreditar que ele tinha visto seu rosto ficar da cor de um tomate.

- Não, não necessariamente. - ela tentou refazer seus passos e fazer parecer que não olhava para ele com admiração.

Ele riu e perguntou:

- Há quanto tempo vocês moram aqui?

Graças a Deus, ele deixou isso passar.

- Meus pais já moravam aqui quando eu nasci.

- Então você tem...

- Vinte e quatro, e você?

- Tenho vinte e seis anos.

- Hum, legal.

Eles ficaram em silêncio por alguns minutos para recuperar o fôlego da conversa e chegaram ao fim da entrada. Então, eles se viraram e Noah retomou a conversa:

- Você trabalha?

- Ah, aqui e ali. Meu pai cria vacas, porcos e galinhas para clientes e muitas vezes ele também faz o abate, então eu o ajudo a cuidar do faturamento, da papelada e a executar contratos de entrada e saída para o escritório. Então, basicamente, eu faço todo o trabalho por trás dos bastidores. - ela tentou encerrar rapidamente porque sentiu que estava tagarelando. No entanto, quando ela ergueu os olhos, Noah estava olhando para ela como se estivesse hipnotizado.

- Ei, isso não parece tão ruim. Pelo menos você consegue trabalhar de casa.

Peyton estava começando a ter a impressão de que o cara era o tipo de pessoa otimista.

- Sim, é bom. Posso ficar em casa e cobrar os clientes de pijama. - ela fez uma pausa enquanto contornava uma grande pedra ao lado da entrada - Eu definitivamente não tenho do que reclamar.

- Eu diria que sim, eu uso uniforme a maior parte do dia, e às vezes sinto que estou de pijama, então acho que também não posso reclamar. - ele sorriu seu sorriso torto, e ela sorriu de volta como se agora eles compartilhassem algo especial em comum.

- Por falar em uniforme, você está animado para se formar?

- Você não tem ideia. - ele riu e balançou a cabeça - Tem sido uma loucura nos últimos quatro anos. E estou pronto para ter esse diploma em mãos e começar a exercer a profissão.

- Eu nem posso imaginar. Você vai abrir a sua própria clínica?

- Na verdade, vou trabalhar na clínica do doutor Stocks. Como ele irá se aposentar nos próximos anos, ele basicamente transferirá seus pacientes para mim, o que é muito bom.

- É muito bom mesmo. Ouvi dizer que conquistar clientes pode ser a parte mais difícil. Isso é muito legal da parte dele. - Peyton parecia impressionada.

- Sim, geralmente não funciona assim. Sou paciente do doutor Stocks desde que eu era criança e a odontologia despertou o meu interesse. Eu sempre fazia perguntas a ele sobre o que ele estava fazendo e o porquê quais instrumentos eram usados, e passei a adorar isso. Por fim, disse ao doutor Stocks que eu queria ser dentista e ele concordou plenamente desde o primeiro dia.

Ele me deu um emprego de meio período para limpar os instrumentos e as salas quando eu estava no colégio, e então me tornei um dos recepcionistas enquanto estava fazendo minha graduação e, de vez em quando, se ele precisasse de ajuda, eu substituía seus recepcionistas se alguém não pudesse comparecer. Ele meio que foi meu mentor. Quando ele descobriu que eu comecei a estudar odontologia, ele me ofereceu o emprego para assim que eu me formasse. Durante a faculdade, ele veio até mim e me disse que estava planejando se aposentar em cerca de cinco anos e que queria me treinar com todos os seus clientes e funcionários. Eu não conseguia acreditar, mas acho que isso vai funcionar bem porque conheço a maioria, senão todos os pacientes e toda a equipe, então acho que será uma transição tranquila.

— Uau, que incrível, Noah! Fico feliz por você. Tenho certeza de que isso te deu um pouco de paz de espírito. E saber que você poderá pagar seus empréstimos estudantis... um dia. — ela sorriu e Noah riu do comentário.

— Você não faz ideia. Eu olhei para o valor do meu empréstimo apenas algumas vezes e me arrependi em todas elas, então parei de olhar. Já aceitei que vai ser um número ridiculamente grande por um bom tempo. — ele riu e Peyton se juntou a ele. Ela não conseguia imaginar ficar tão endividada. Ela ficava ansiosa só de pensar.

Ao se aproximarem do balanço da árvore, ela diminuiu a velocidade e entrou na trilha com grama que seu pai ajudava a cortar com frequência para manter uma boa aparência.

— Ei, que lugar agradável. — Noah parecia impressionado.

— Sim, meu pai é incrível. — Peyton admitiu e sentiu seus olhos marejados pensando na conversa que teve recentemente com ele.

— Esta propriedade também é linda. — ele disse enquanto olhava ao redor.

- Eu concordo. Amo vir aqui para passear, ler um livro ou correr, é claro.

- Eu imagino mesmo. Então, se eu não conseguir te encontrar, posso presumir que você esteja correndo por aqui? - ele olhou para ela com seu famoso sorriso torto, fazendo o coração dela bater mais rápido do que deveria.

O rosto dela ficou vermelho:

- Sim. - ela expirou - É aqui que você geralmente pode me encontrar, em algum lugar por aqui. - ela sorriu e tentou regular a respiração novamente.

- Você tem algum lugar favorito?

- Para dizer a verdade, tenho sim.

- Posso ver?

Ela olhou para ele e poderia jurar que ele tinha um brilho nos olhos enquanto sorria para ela. Mesmo com o suor escorrendo pelo rosto, ele parecia um modelo de capa de revista. A camisa dele estava agarrada ao peito por causa do suor, e ela realmente podia ver sua definição muscular. Seus braços estavam ligeiramente flexionados por causa da corrida, mas era evidente que ele era forte. Seu cabelo estava ainda mais bagunçado, mas ainda parecia algo que ele tinha feito de propósito. E quando ele sorria, ela sempre ficava sem fôlego. Seus dentes eram brancos e perfeitamente retos e as rugas de expressão ficavam evidentes ao redor de seus olhos. Era tão genuíno e brincalhão que ela não conseguia deixar de reagir a isso todas as vezes.

- Claro, claro. Vou te mostrar. Agora mesmo? - ela diminuiu a velocidade e esperou que ele respondesse.

- Claro, se você não se importar. - ele também diminuiu a velocidade - Se você quiser terminar a corrida, eu entendo.

- Não, podemos ir lá agora. - ela disse e diminuiu a velocidade para uma caminhada - Afinal, acho que já percorremos cerca de cinco quilômetros e isso é bom o suficiente para mim.

Noah caminhava bem próximo a ela. Apenas alguns centímetros mais perto e eles estariam se tocando. Era como se ela pudesse sentir a energia se movendo entre seus corpos.

- Então vou te mostrar o jardim porque ele fica no meio do caminho e, em seguida, iremos para lá. Tudo bem para você?

- Sim! Assim posso ver duas coisas.

- Legal, o jardim é logo ali... - ela parou e caminhou em direção ao jardim.

Ele era realmente lindo. Sua mãe a fez construir uma cerca branca forrada com uma tela de arame em todo o jardim para ajudar a manter os bichos afastados. Ela abriu o portão para o jardim que tinha um belo arco acima com rosas rosadas subindo por toda parte. Com a primavera, todas as flores estavam começando a brotar e a desabrochar, o que tornava tudo emocionante, pois tudo mudava do verde para uma abundância de cores.

- É lindo! - Noah elogiou, parecendo impressionado.

- É sim, parece que você está entrando em um mundo completamente diferente.

Eles caminharam ao redor do jardim enquanto Noah olhava ao redor e testemunhava todas as belas cores e a vegetação ao seu redor. A mãe de Peyton tinha rosas em todo o jardim, pois era sua flor favorita, junto de muitas hortênsias, girassóis, margaridas, zínias, amores-perfeitos, impatiens e outras flores cujos nomes Peyton não sabia. No fundo do jardim era onde a maioria dos vegetais e frutas estavam cultivados. Tinha algumas fileiras de milho junto com morangas, abobrinhas, abóboras, feijões-verdes, alfaces, cenouras, muitos tomates e quase tudo o que ela pudesse cultivar. Havia alguns mirtilos e framboesas também. Era como o Jardim do Éden pessoal de sua mãe.

- Ok, este é de longe, o jardim mais legal e bonito que eu já vi. Como ela consegue acompanhar e cuidar de tudo isso?

- Ela passa algumas horas por dia aqui tirando as ervas daninhas e podando os arbustos. Meu pai instalou um sistema de irrigação que liga automaticamente todos os dias. Eu também venho aqui às vezes quando termino meu trabalho com a papelada e ajudo a colher os vegetais, a erva daninha ou algo do tipo. É um trabalho em grupo, mas ela definitivamente faz a maior parte dele.

- Sua mãe é uma feiticeira do jardim.

Peyton riu:

- Com certeza direi a ela que você disse isso. Também temos algumas árvores frutíferas, mas elas não estão no jardim. Há algumas macieiras no pasto dos cavalos e algumas ali atrás. - Peyton estava apontando um pouco mais além do jardim - Temos também uma pereira e uma ameixeira.

- Isso é sobre ser autossuficiente. Estou impressionado. - Noah parecia encantado e continuou olhando ao redor.

- Sim, minha mãe sempre quis estar preparada e ser autossuficiente, como você disse, caso algo acontecesse. Acho que autossuficiência é outra forma que eu chamaria.

- Bom, agora eu sei para onde ir, caso algo aconteça. - Noah sorriu e borboletas começaram a voar no estômago de Peyton.

- Quando quiser. - ela sorriu de volta e olhou nos olhos dele, e ele estava olhando de volta.

Pelo que parece, eles ficaram desse jeito, sorrindo e olhando um para o outro por vários minutos. Na mente dela, eles provavelmente se assemelhavam a uma cena de um filme romântico onde o casal de pombinhos estava parado no meio de um lindo jardim prestes a se beijar e viver felizes para sempre. E é claro que, assim que ela começou a pensar nisso, suas bochechas começaram a ficar vermelhas e ela olhou para baixo.

- Bom, - Noah começou e Peyton olhou de volta para

ele, - por mais que eu tenha gostado de ver o jardim e, definitivamente, ele superou minhas expectativas, estou pronto para ver o seu lugar secreto.

- Então, vamos! - ela tentou agir com calma, mas tinha certeza de que seu lugar secreto seria uma grande decepção depois do jardim maravilhoso de sua mãe. Ao longo do caminho, ela apontou para o celeiro, para o galinheiro, para onde as vacas e os cavalos estavam e contou a história da vez em que estava perseguindo um bezerro e escorregou em um monte de lama.

Com algumas boas risadas ao longo do caminho, eles chegaram à beira das árvores.

- Então, aqui é na verdade, parte da minha pequena trilha de corrida e continua mais para frente, dando voltas ao redor do celeiro e por todo o caminho de volta para casa.

Noah olhou em volta e seguiu com os olhos para onde ela havia apontado:

- Que legal. Então, é aqui o lugar? - ele perguntou timidamente.

Peyton balançou a cabeça:

- Não. É por aqui. - ela apontou para outro caminho que cortava as árvores.

- Outro caminho? Vocês devem ficar fora o tempo todo tentando acompanhar tudo.- Este é o nosso modo de vida aqui. Uma fuga para um lugar mais simples, onde você não se distrai com a agitação e com a próxima novidade. sabe? - Peyton deu de ombros - Eu gosto. Estar tão perto da natureza me ajuda a lembrar em como somos abençoados por viver em um planeta tão bonito.

- Concordo plenamente. - Noah sorriu seu sorriso torto irritante de novo, fazendo o estômago de Peyton revirar novamente. Ela sorriu de volta e começou a caminhar pelo caminho de terra por entre as árvores.

- Você não vai me matar aqui, vai? - Noah perguntou

brincando - Porque parece que você está me levando para o meio do nada.

- Não, mais cedo ou mais tarde meu pai acabaria te achando e eu seria a primeira suspeita. - ela sorriu para ele e ele riu.

- Oh, fico feliz em saber que essa é a única coisa que impede que isso aconteça. - ele brincou.

Ela olhou para trás para olhar para ele e disse com um sorriso:

- Mas essa não é a única coisa. - ela tinha acabado de flertar com ele?

Antes que ele pudesse responder, eles chegaram em uma clareira que revelou alguns hectares de grama e um rio correndo lentamente não muito distante. Havia uma doca com um banco no final, onde ela e o pai costumavam pescar. A poucos metros do rio, havia uma fogueira e algumas mesas de piquenique onde eles já haviam passado muitas noites ao redor de uma fogueira, ficando acordados até tarde.

Eles pararam de andar um pouco antes de pisar na doca e ouviram a água escorrendo rio abaixo. Era o som favorito de Peyton. Bem, agora era. Antes, seu som favorito era a risada de Derek, mas como ela tinha sido tirada de Peyton, tudo o que ela tinha para se apoiar agora era esse rio. Apesar de parecer triste, guardava muitas lembranças boas e ruins, mas ela não conseguia ficar longe daquele lugar. Ele trazia paz e tranquilidade por ter se tornado seu lugar favorito para orar e conversar com o Pai Celestial sobre seus pensamentos e sentimentos mais profundos e sombrios.

- Este lugar é incrível!

- É sim. - Peyton concordou enquanto olhava ao redor e observava a cena.

- Dá para ver porque este é o seu lugar favorito. Com que frequência você vem aqui?

- Quase todos os dias. Aqui é o meu lugar para ponderar e pensar, sabe?

- Sim. É para onde eu iria se eu tivesse um lugar como este. - ele parou de falar quando sentiu um zumbido no bolso e puxou o celular - É meu tio. Ele precisa que eu compre um bagel para ele antes de eu ir para o consultório. É melhor eu ir embora.

Peyton achava que a última coisa que o doutor Schoenborn precisava era de um bagel.

- Tudo bem, vamos voltar. - ela se virou e voltou em direção à sua casa com Noah a seguindo.

Eles caminharam em silêncio por entre as árvores e passaram pelo jardim e não disseram nada até estarem perto da casa, ainda caminhando, mas em um ritmo mais lento.

- Bom - Noah começou - obrigado pela corrida e por me mostrar sua propriedade. Principalmente o seu lugar secreto. Foi muito divertido e o cenário é lindo. - os olhos de Noah pareciam fumegantes. Quase como se ele se referisse a um tipo diferente de cenário.

Uma Peyton corada respondeu:

- De nada. Fico feliz que você tenha gostado de tudo.

- Com certeza. - Noah sorriu e olhou para seu celular novamente - É melhor eu ir, tenho que trabalhar em breve. Podemos nos ver qualquer dia desses? - ele perguntou, quase parecendo esperançoso, mas ainda mantendo um nível de mistério em que ela não tinha certeza se ele parecia esperançoso ou não.

- Oh, claro! - ela gaguejou, sem ter certeza se seu coração aguentaria continuar batendo.

- Que bom. Tchau, Peyton, e obrigado de novo! - ele acenou e se virou lentamente, afastando-se como se não tivesse certeza do que estava fazendo. Isso fez Peyton se perguntar o que ele queria fazer.

- De nada! - ela acenou de volta e subiu os degraus da frente da casa e entrou.

Ela correu até a janela, espiou pela persiana e o observou dirigir pela entrada de cascalho empoeirada.

CAPÍTULO 7

*E*ntão? - sua mãe gritou atrás dela.

- Aaah! - Peyton sentiu como se tivesse acabado de pular de uma altura de três metros. Ela não esperava que sua mãe estivesse bem atrás dela - Mãe, da próxima vez me avisa quando estiver atrás de mim! - Peyton gritou e se afastou da janela para sentar-se e tirar os tênis e as meias.

- Desculpe-me por ter te assustado! Eu fiquei esperando aqui em casa esse tempo todo e queria saber como foi assim que você entrou. Ele já foi? - sua mãe a seguiu e sentou-se à mesa ao lado dela.

- Sim, já foi. - Peyton confirmou, olhando para sua mãe hiperativa.

- Então? Você vai me contar como foi?

Para o seu próprio bem, Peyton começou a contar sobre toda a corrida. Ela contou para onde e o quão longe eles correram e sobre o que eles conversaram e ela respondeu a todas as perguntas de sua mãe. Ela estava bem com isso e deixou sua mãe ouvir tudo o que podia até que Cheryl fez a última pergunta:

- Ele pediu para te ver de novo? - e, para a decepção de Peyton, ele não tinha convidado ela para outro encontro. O que a fez se perguntar o porquê. Será que ela tinha feito algo errado?

Alguns dias se passaram e ela ainda não tinha ouvido falar dele. A última vez que se falaram, ele enviou uma mensagem agradecendo algumas horas depois da corrida. Ela respondeu, mas depois não recebeu mais nada.

Ela tentou não pensar muito sobre isso, mas o fato de sua mãe ficar perguntando se ela já tinha falado com ele, não ajudou muito. Ela continuou com suas corridas habituais, ficou envolvida com todas as contas e papelada de seu pai e fez algumas tarefas extras em casa. Todas essas coisas ajudaram, mas não completamente. Ela ainda se perguntava se ela tinha feito alguma coisa para ele perder o interesse ou se tinha dito algo errado. Parte dela estava chateada porque ela não queria se dar ao trabalho de se expor de alguma maneira. A última coisa que ela queria pensar era que tudo não passava de uma perda de tempo, mas seus pensamentos estavam indo nessa direção.

O que ela realmente temia era ir à sua consulta. Ela sabia que ele estava trabalhando temporariamente na recepção e não sabia como agir. Ela não sabia dizer se eles eram ou não amigos platônicos, só amigos ou muito amigos.

Ela não sabia. Então, quando sua mãe disse que já estava na hora de ir à cidade para sua consulta, ela fez o que achou melhor. Tentar uma desculpa para não ir.

- Sabe, mãe, acho que não estou me sentindo muito bem. - Peyton mentiu e tossiu em seguida.

- Você parecia bem esta manhã quando saiu para correr. - a mãe apontou. Um ponto para Cheryl.

- Você não tinha algo para fazer hoje? Se precisar, podemos reagendar sem problemas.

- Não, acho que hoje é o dia perfeito para o seu compromisso. - e mais um ponto para Cheryl.

Peyton foi até à porta dos fundos em sua última tentativa:

- O que, pai? - Peyton gritou e abriu a porta - Você

precisa da minha ajuda com as vacas? Claro, já estou indo! - Peyton tentou sair pela porta, mas sua mãe a impediu.

- Peyton! Volte aqui. - ela ordenou - Eu sei que você não quer ir. E sei que você está desapontada, mas a última coisa que você precisa fazer é tornar isso estranho cancelando e não comparecendo ao seu compromisso. Você vai entrar lá confiante, com um sorriso no rosto, fingindo que não aconteceu nada. Você me entendeu? - a mãe estava olhando para ela e Peyton sabia que não tinha para onde fugir. Três pontos para Cheryl.

- Tá bom, mãe. - ela murmurou e saiu emburrada pela porta da frente em direção ao carro.

A mãe a seguiu e entrou no carro:

- Você sabe que só digo essas coisas porque eu te amo, não sabe?

- Eu sei, mãe. - Peyton respondeu e sentou-se no banco do passageiro.

A mãe saiu da garagem e dirigiu por cerca de quinze minutos até a cidade.

Assim que chegaram ao consultório, Peyton hesitou antes de sair do carro. Ela sabia que precisava recuperar a compostura antes de entrar.

- Você vai me fazer segurar sua mão e entrar lá com você? - a mãe a desafiou.

- Não, mãe. Não, eu já estou indo, é sério. Eu só preciso de um minuto para organizar meus pensamentos.

Ela encostou a cabeça no assento e fechou os olhos. Ela imaginou vários cenários diferentes, mas sabia que não podia se permitir pensar muito sobre isso. Ela apenas tinha que entrar lá confiante, assim como sua mãe havia dito.

- Lembre-se do que eu disse, querida: sorria. Está tudo bem. E outra, você não sabe o que houve, talvez não seja nada demais e ele só anda superocupado. Ele está fazendo faculdade de odontologia, não está? E vai se formar este ano, então, qualquer coisa pode ter acontecido. Não se preocupe. A confiança é a chave. - ela sentiu sua mãe pegar e apertar sua mão e, então, abriu os olhos e viu a mãe sorrindo para ela - Você consegue, filha. - ela sussurrou e sorriu.

- Ok, estou pronta. - ela respirou fundo e abriu a porta do carro - Ah, ei, mãe, - ela se virou para olhar para ela, - por favor, não se atrase. E aumente o volume do seu celular.

- Pode deixar. Até logo! - ela acenou.

Peyton fechou a porta, caminhou em direção à porta e entrou no consultório. Noah estava na recepção. Ele ergueu os olhos e sorriu para ela e, por um minuto, Peyton se esqueceu que estava chateada. O cabelo dele estava despenteado, seu sorriso torto mostrava uma covinha na bochecha direita e ele estava usando uma camisa azul marinho que realçava seus olhos.

- Oi, Peyton, como você está? - Noah perguntou com sua voz profunda.

Peyton pigarreou:

- Hum, muito bem. E você?

- Estou bem. Você está aqui para a consulta das onze horas?

- Sim, estou. - ela olhou para o chão e ele verificou no computador.

- Tudo bem, está tudo pronto. Eu vou avisá-lo você já está aqui. - ele sorriu para ela e ela sentiu seu coração disparar.

- Obrigada. - ela se virou e sentou-se na sala de espera.

Ela tentou folhear uma revista ou mexer no celular, mas continuou olhando para Noah indo e voltando entre o computador e um caderno em que ele estava escrevendo. Ela continuou prometendo a si mesma que pararia de olhar para ele, mas por alguma razão, ela não parou. Estava chegando a um ponto em que ela estava contando os minutos entre uma olhada e outra, ou tentando demorar o máximo que podia antes de olhar para ele novamente.

Antes que ela lançasse outro olhar, o doutor Schoenborn apareceu na sala de espera:

- Olá, Peyton, vamos lá? - ele estava usando uma calça cáqui e uma camisa roxa de botão quadriculada que parecia ter uma mancha de geleia. Ela achou que poderia ser de um donut de geleia do café da manhã.

- Sim, vamos! - ela tentou soar como se não se importasse com o mundo e se forçou a não olhar para Noah enquanto seguia o psiquiatra.

Peyton o seguiu até o consultório e sentou-se na mesma cadeira de sempre. Ela olhou ao redor da sala e nada tinha mudado. As paredes eram pintadas de um bege neutro com algumas fotos de montanhas que o doutor Schoenborn não tinha problemas em dizer a Peyton que ele mesmo havia tirado. Em uma extremidade da sala, uma mesa cheia de papéis espalhados, ficava em frente a uma janela grande. Havia também algumas fotos dele e de sua família na mesa. Ele tinha alguns armários para arquivos que Peyton presumiu que continham os prontuários de seus pacientes com algumas bugigangas aleatórias em cima deles. Na outra extremidade da sala havia um sofá marrom grande junto de duas cadeiras de acento azul escuro nas quais ele e ela preferiam sentar-se.

- Então, Peyton, como foi sua semana? - ele perguntou, puxando uma caneta, pronto para rabiscar em seu bloco de notas.

- Foi boa. Mesma coisa de sempre, nada de novo. Eu corri todos os dias, trabalhei para o meu pai e fiquei em casa. - ela deu de ombros e encerrou a frase.

- Eu ouvi dizer que você teve companhia em uma de suas corridas. - ele sorriu e esperou pela resposta dela.

- Hum, sim. - ela olhou para baixo, girando os polegares - Na verdade, Noah, seu sobrinho, foi correr comigo há alguns dias e eu mostrei a fazenda para ele. Foi divertido. - ela sentiu que estava começando a corar e a ficar com calor. A última coisa que ela queria fazer era falar sobre o sobrinho dele.

-É eu sei, ele me contou e disse que se divertiu muito. - ele ergueu as sobrancelhas e deu um sorriso de sapo que fez Peyton se contorcer na cadeira.

- Ah, ele se divertiu? Fico feliz, porque eu também. - ela disse baixinho e continuou olhando para seus dedos enquanto tentava controlar o suor que descia pelas suas axilas.

- Fico feliz em saber que você teve um encontro. Já faz um tempo que você não fazia algo assim, não é mesmo? - ele perguntou, levantando uma sobrancelha.

- Bom, eu não sei se eu chamaria isso de encontro. De qualquer maneira, nós quase sempre corremos. Doutor Schoenborn, é um pouco estranho falar sobre isso. Não vou mentir.

- Peyton, você sabe que pode falar comigo sobre qualquer coisa. - o psiquiatra tentou parecer inocente.

- Sim, mas ele é seu sobrinho. E não quero que isso se transforme em você recebendo informações sobre mim como um par de olhos a mais. Isso me deixa desconfortável. - Peyton sentiu-se mal por dizer isso a ele, mas ela não queria mais perguntas sobre o ocorrido. Principalmente porque ela não sabia se tinha sido ou não um encontro.

- Peyton, eu posso garantir que tudo o que ele me disse foi que se encontrou com você para correr e que gostou do tempo que vocês passaram juntos. A única razão pela qual ele me contou foi porque eu perguntei se ele poderia me trazer o café da manhã, e ele me disse que demoraria um pouco mais porque estava na sua casa. Eu não estou tentando ter alguém para te espionar ou tentando fazer você se sentir desconfortável. Desculpe-me se fiz você se sentir assim. No entanto, queria dizer que estou muito orgulhoso de você por ter ido a esse encontro ou como você quiser chamar. Você deu um grande passo na semana passada e fez grandes progressos. Independentemente de ser meu sobrinho ou não. Ainda quero ver como você está se saindo com esta nova etapa e como está se sentindo, mas vou tentar fazer parecer que não estou bisbilhotando, tudo bem?

Peyton o encarou e as sobrancelhas dele ainda estavam levantadas, mas seu rosto estava muito mais sério.

- Ok, - ela assentiu com a cabeça - eu entendo.

- Que bom. - ele recostou-se na cadeira, pois havia se inclinado para frente para fazer seu pequeno discurso retórico, tentando chegar ao ponto. - E posso lhe dizer mais? O fato de você ter se defendido agora há pouco e me dito como realmente se sentia também foi muito impressionante. Então, Peyton, bom trabalho.

- Obrigada. - Peyton exalou, olhou para o relógio e viu que haviam se passado apenas vinte minutos, ou seja, ainda faltavam quarenta minutos para terminar a consulta.

- Peyton, acho que você progrediu muito esta semana. Você gostaria de me contar mais alguma coisa?

O resto da consulta consistiu em como ela estava se sentindo ou se ela estava interessada em se encontrar com algum outro amigo, ou com a possibilidade de um novo encontro. E eles também conversaram sobre os pesadelos dela. Ele perguntou novamente se ela queria algo que a ajudasse a dormir melhor durante a noite, mas ela não queria tomar nenhum remédio. Também houve muito silêncio entre uma pergunta e outra, pois Peyton ainda se sentia um pouco desconfortável por ele saber da ida de Noah até à sua casa. Sem mencionar que não tinha acontecido mais nada desde a corrida. Aquela, tinha sido uma semana bem longa. Ela pensou em contar que Chris apresentou sua nova namorada, mas isso teria aberto uma nova rodada de perguntas que ela não estava disposta a responder. Ela gostaria de poder ter saído da consulta mais cedo em vez de ficar sentada em um silêncio mortal com aquele homem, mas o psiquiatra disse que ela permaneceria ali por uma hora inteira, e ele pretendia usar cada minuto com ela.

- Bom, senhorita Peyton, acho que já temos o suficiente por hoje. Tenho muito o que preencher em minhas anotações. Você já pode ir. - ele a informou e Peyton secretamente dançou feliz. Ela olhou para o relógio e viu que eram quinze para o meio-dia, e ficou chocada ao ver que ele havia encerrado a consulta mais cedo. Ele deve ter ficado ansioso para fazer suas anotações.

- Ok, querido. Então, até mais! - Peyton levantou-se junto com ele para apertarem as mãos e deixarem o consultório - Ah, espere doutor, o senhor quer que eu marque outra consulta para semana que vem?

- Sim, vamos deixar marcado para quinta-feira no mesmo horário.

Peyton, sentindo-se um pouco derrotada, respondeu:

- Tudo bem, vou avisar o Noah. - seu coração afundou até o fundo do estômago.

Ela tinha se esquecido que precisava passar por Noah antes de ir embora. Ela saiu do consultório, respirou fundo e se dirigiu à recepção.

Noah só notou que ela tinha saído do consultório quando ela parou na frente dele.

- Ah, ei, Peyton! Desculpe-me por não ter te visto antes. Tenho tentado estudar sempre que posso. Vocês já terminaram?

- Sim, terminamos mais cedo hoje. E por isso preciso ligar para a minha mãe. - Peyton se lembrou e pegou seu celular - E Noah, seu tio quer me ver de novo no mesmo horário quinta que vem. Você pode agendar para mim, por favor, quando tiver um tempo?

- Sim, claro que sim.

- Obrigada. - Peyton sussurrou com o celular na orelha.

- Alô? - sua mãe atendeu.

- Ei, mãe, a consulta terminou mais cedo hoje. Você

se importa de vir me buscar, por favor?

- Oh, já terminou? Eu vim correndo ao supermercado e ainda preciso pegar mais algumas coisas. Você se importa em esperar mais um pouco?

- Tudo bem. Eu espero. - e então ela virou a cabeça e sussurrou ao celular - Você está tentando me torturar?

- Não seja ridícula! - sua mãe sibilou - Mande um oi para o Noah! - ela disse alegremente e desligou.

- Droga! - Peyton resmungou e se virou para olhar para Noah - Ei, deu certo o horário para quinta-feira?

- Deu sim. Ei, está tudo bem?

Peyton olhou para o celular e percebeu do que ele estava falando:

- Oh, sim, minha mãe está fazendo compras, e como ela me deu uma carona até aqui, vou ter que esperar por ela.

- Quanto tempo você acha que ela vai demorar?

- Não sei. Depende do quanto ela precisa comprar e de quantas pessoas ela vai encontrar, pode ser que demore um pouco. Mas está tudo bem. - ela se virou e caminhou em direção às cadeiras da recepção.

- Peyton? - Noah chamou atrás dela.

Ela parou de andar e olhou para Noah:

- Sim? - Peyton perguntou e ficou surpresa ao vê-lo levantar-se com a mão em volta do pescoço e o punho enfiado no bolso, parecendo um pouco nervoso com o que estava prestes a dizer. Peyton achou aquilo fofo.

- Se você quiser, ficarei feliz em lhe dar uma carona. Meu tio só terá outro paciente daqui a algumas horas, e eu gostaria de dar uma pausa nos estudos.

Peyton, sendo pega de surpresa pela oferta, gaguejou as palavras seguintes:

- Você não precisa fazer isso. Eu não me importo de esperar. Eu baixei um livro no meu celular. - ela acenou com o celular e deu um sorrisinho.

- Tem certeza? Você estaria me fazendo um favor. Acho que não consigo ler mais nenhuma palavra. Elas estão começando a girar e sair das páginas. Além disso, todo mundo sai ganhando. Eu te dou uma carona, você não precisa esperar e eu dou uma pausa nos estudos. E passaríamos um pouco mais de tempo um com o outro. Então, como eu disse, todo mundo sai ganhando. - ele riu e sorriu seu meio sorriso torto. O rosto de Peyton começou a ficar quente e ela olhou para o chão para esconder a vergonha.

- Hum, já que você quer, então vamos. É que eu não quero incomodar, já que eu não moro perto. - ela olhou para ele, e ele estava sorrindo como se estivesse gostando do fato de que ela agora estava vermelha.

- O passeio me parece bom. Podemos ir? - ele tirou as chaves do bolso e recolheu seus livros.

- Podemos. - ela respondeu e o seguiu até o estacionamento. Ela olhou para o céu e percebeu que as nuvens estavam se formando, fazendo parecer que ia chover.

- Parece que logo vai chover. - Noah apontou como se tivesse acabado de ler a mente dela.

- Parece mesmo. - ela sorriu para si mesma e parou quando Noah parou em frente a um Honda Civic verde-escuro. Ele deu a volta até o lado dela, colocou seus livros no banco de trás e abriu a porta do passageiro.

- Obrigada. - ela agradeceu, entrou no carro e afivelou o cinto de segurança.

Noah riu:

- De nada, senhorita. - ele fechou a porta e Peyton o observou contornar o carro até o lado do motorista.

Ela não pôde deixar de notar o quão bem ele ficava com a calça jeans escura que estava usando. Ela rapidamente parou de olhar assim que ouviu a porta do carro abrir e se lembrou de que deveria ligar para sua mãe antes que se esquecesse.

- Ei, você se importa se eu ligar para a minha mãe rapidinho para dizer que vou de carona para casa?

- Sem problemas. Na verdade, vou enviar uma mensagem ao meu tio avisando que eu já saí... - ele parou e pegou o celular para mandar a mensagem, enquanto Peyton fazia o mesmo para ligar para a mãe. Claro que ele terminou de enviar a mensagem antes mesmo da mãe dela atender. Ele começou a sair do estacionamento quando a mãe atendeu.

- Alô?

- Ei, mãe. Só liguei para avisar que o Noah vai me dar uma carona até em casa, então você não precisa se apressar. - Peyton tentou soar como se aquilo não fosse grande coisa, mas ela sabia que no momento em que contasse isso à mãe, ela tentaria fazer pelo menos umas vinte perguntas.

- Ele o quê? É sério? Isso é incrível! Você já está no carro com ele? Qual carro que ele tem? Vocês já estão indo? Ele vai ficar um pouco em casa? Devo preparar o jantar para mais uma pessoa? - sua mãe tentou divagar, mas Peyton sabia que tinha que interrompê-la ou as perguntas nunca teriam fim.

- Sim, mãe, estamos no carro dele a caminho de casa. Vejo você assim que chegar, ok? Amo você. - Peyton falou o mais calmamente que pôde. Felizmente, sua mãe não foi lenta e percebeu.

- Quero saber todos os detalhes assim que eu chegar. Estarei em casa em uma hora. - e então ela desligou.

- Tudo bem? - Noah perguntou enquanto ela encerrava a chamada.

- Sim, está tudo bem. Obrigada de novo pela carona.

- Sem problemas. Como você tem passado?

- Muito bem. Só trabalhando em casa e ajudando meu pai. E você? - ela estava tão grata por finalmente ter a oportunidade de perguntar o que ele andava fazendo, porque este homem a fez se perguntar o que diabos ela tinha feito de errado para fazê-lo não falar com ela.

- Tenho estudado como um louco nos últimos dias. Eu vou me formar em algumas semanas e as provas estão chegando. Na verdade, eu não saí do meu apartamento a semana toda, só hoje para trabalhar. E mesmo no trabalho, tenho tentado estudar.

Isso soou como uma música suave para os ouvidos de Peyton. Nos últimos dias, ela estava preocupada por ter dito algo que o ofendeu ou que ele simplesmente não tinha gostado dela e que o encontro deles tinha sido uma grande perda de tempo. Em vez disso, ele ficou enfiado no próprio apartamento a semana toda estudando. Ele não teve tempo de mandar uma mensagem para ela ou fazer qualquer outra coisa. Era como se Peyton finalmente pudesse respirar de novo. Rapaz, a mãe dela ficaria bem feliz em saber isso.

- Eu lamento se pareceu que sumi da face da terra. Se ajudar, eu sinto que agora fui trazido de volta. - Noah sorriu e Peyton podia sentir os cantos de sua boca se erguendo.

Peyton balançou a cabeça:

- Está tudo bem. Eu imaginei mesmo que você estivesse ocupado com a faculdade ou algo do tipo.

- Sim, tem sido uma loucura, mas já está quase acabando, o que é um grande alívio. Foram quatro longos anos. - ele olhou para frente com o cotovelo apoiado na janela e com a mão na boca como se estivesse pensando seriamente em algo. Peyton percebeu, o que a deixou curiosa.

- Você não tem ideia. - ela murmurou.

- O que você disse? - ele virou a cabeça rapidamente na direção dela.

- Hum, - Peyton hesitou - apenas concordei com você que os últimos quatro anos foram longos.

- Sim, pelo menos já estão quase acabando. Acho que pelo menos para mim. E com você? Você acha que as coisas vão melhorar para você? - Noah perguntou, olhando para a estrada e para ela.

- Acho que sim. - Peyton admitiu e, pela primeira vez em muito tempo, ela realmente acreditou nisso.

CAPÍTULO 8

A coisa boa em Noah é que ele não pressionava Peyton a compartilhar quaisquer detalhes sobre a vida pessoal dela. Qualquer outra pessoa que ela conhecia teria perguntado: *"Por que você teve um ano difícil?"* ou *"Por que você está indo em um psiquiatra?"*. Por enquanto, as coisas estavam simples e ela certamente estava apreciando tudo disso. Já fazia quase um ano que Derek havia falecido e ela ainda não estava pronta para ter essa conversa com ele. Em vez disso, ele perguntou que música ela gostava de ouvir no carro, que tipo de carro ela dirigia e se ela já havia sido parada em uma blitz. Basicamente, eles falaram sobre carros pelo resto do caminho e debateram se Rascal Flatts era realmente uma banda country ou mais pop.

Depois que finalmente decidiram que era uma banda country, ele entrou na velha entrada de cascalho de Peyton e ficaram em silêncio por um minuto.

- Aquele é o seu carro lá na frente?

Antes que ela pudesse responder, seu irmão saiu do carro com sua nova amiga, Gloria. Chris se virou e parou por um breve momento, obviamente tentando descobrir de quem era o carro que estava chegando. Assim que percebeu que Peyton estava no banco do passageiro, ele sorriu e acenou com entusiasmo.

- Não, - ela exalou - é meu irmão Chris e sua nova namorada, Gloria.

- Ah, entendi. Eles parecem ser legais. - ele afirmou enquanto Peyton colocava a cabeça entre as mãos. Noah riu e colocou a mão no ombro dela, o que causou um choque em Peyton, fazendo com que ela levantasse a cabeça.

Ela olhou para ele e ele estava sorrindo:

- Está tudo bem, eu prometo.

Infelizmente, Peyton não fazia ideia do que ele quis dizer com isso.

- Tudo bem, bom, é melhor eu ir. Meu irmão deve estar doido para me encher de perguntas. E Gloria, bom, eu não sei o que ela vai fazer. Eu não a conheço muito bem. - Peyton admitiu e sentiu-se um pouco mal por ela não ter perguntado mais ao irmão sobre seu novo namoro.

- Deixe-me abrir a porta para você. - ele tirou a mão dela e abriu a porta dele.

- Não. Não, espere... - ela gaguejou. Mas antes que ela pudesse impedir, Noah já estava do lado de fora, caminhando até a porta dela. Ele a abriu e Peyton saiu do carro. Ela sorriu para ele e rezou para que seu irmão não dissesse nada estúpido.

- Ei, Pey Pey, e aí? Quem é o cara? - Chris perguntou. Estava na cara que ele não era muito tímido.

- Este é Noah. Ele é o cara que correu comigo segunda-feira. Eu estava no consultório do doutor Schoenborn e ele me deu uma carona.

- Aquele que mamãe estava preocupada em não falar com você de novo? - ele perguntou sendo desagradável. As orelhas de Peyton começaram a ficar vermelhas.

- Sim, eu mesmo. - Noah disse e acenou - Prazer em conhecê-lo. Você deve ser Chris. - ele parecia tão frio e calmo, como se o que o irmão dela tinha acabado de dizer não o abalasse.

- Sim, sou eu! Eu sou o irmão mais novo da Peyton. E esta é a Gloria. Ela é meio que minha mulher, sabe? - Chris sorriu e deu de ombros.

Ele passou o braço ao redor de Gloria e ela acenou para Noah:

- Oi, prazer em conhecê-lo.

- Prazer em conhecê-la também. - Noah acenou de volta - Bom, é melhor eu...

- Uau! - Chris interrompeu - Faz muito tempo desde a última vez que vi você sair do carro de um cara, mana.

- Chris... - Peyton alertou.

- Fez eu me lembrar da primeira vez que você fez isso. Era o carro do Derek... - Peyton se encolheu.

Chris não percebeu ou não se importou, porque ele continuou:

- Você estava voltando da escola e Derek te ofereceu uma carona em vez de você vir de ônibus. E então, papai saiu pela porta da frente e começou a interrogá-lo! "Quem é esse cara? Quem são seus pais? Peyton, por que você está no carro dele? Por que você não veio de ônibus? Vocês dois estão namorando?". Cara! Foi hilário! E o pobre coitado ainda te trazia todos os dias, mesmo com o papai na varanda olhando para ele com os braços cruzados todas as vezes. Meio irônico depois de tanto dirigir, ele ter morrido em um acidente de carro...

- Christopher! - o pai de Peyton gritou e a conversa de Chris parou. Ele se virou para olhar para seu pai, que estava parado da mesma maneira que ele acabara de descrever. Na varanda da frente, com os braços cruzados e com os olhos semicerrados na direção de Chris. Assim que o filho percebeu o olhar do pai, ele virou a cabeça para olhar para Peyton e arregalou os olhos, percebendo o que tinha acabado de fazer.

Peyton não tinha percebido, mas lágrimas escorriam pelo seu rosto e ela estava tremendo. Ela tentou limpar o rosto e controlar o tremor, mas as lágrimas continuavam caindo e ela se sentia como se estivesse em seu próprio terremoto.

- Peyton, eu... - Chris começou, mas foi interrompido novamente pelo pai:

- Chris, entre em casa, por favor. - o tom de voz do pai estava sério e Peyton sabia que qualquer pessoa que recebesse aquele tom estaria com sérios problemas.

Chris fechou a boca e obedeceu. Gloria, obviamente parecendo um pouco desconfortável, o seguiu. Claramente, ele era seu motorista e ele não iria a lugar nenhum por um tempo.

- Peyton, querida, por que você não entra? Obrigado por trazê-la para casa, Noah. - a voz de seu pai se suavizou e ele descruzou os braços.

Peyton balançou a cabeça e tentou enxugar o rosto novamente.

- Obrigada, Noah. - ela deu uma olhada rápida para o rosto dele e notou três expressões diferentes de uma só vez - confusão, aflição e preocupação.

Ver o rosto dele só fez com que ela chorasse ainda mais. Ela sufocou um soluço e entrou em casa.

- Sem problemas. - ela o ouviu dizer atrás dela enquanto entrava com seu pai a seguindo.

A primeira coisa que Peyton viu quando entrou foi Chris e Gloria preocupados e culpados.

- Peyton, eu realmente estou... - Chris começou, mas Peyton não ouviu o resto.

Ela se permitiu soluçar e subiu as escadas correndo em direção ao seu quarto. Ela se jogou na cama e soluçou. Ela estava brava com o irmão por ter aberto sua boca grande e por ele ter feito aquele comentário insensível sobre a morte de Derek, achando que não havia problema nenhum em fazer piada com isso. Para Peyton e qualquer outra pessoa com um coração, isso nunca soaria bem. Por fim, ela sentiu-se envergonhada. Tudo tinha sido dito na frente de Noah, e ela só podia imaginar o quão confuso ele deveria estar. Sem mencionar que não era assim que ela queria contar a ele sobre Derek. Suas emoções oscilavam - raiva, dor e vergonha - fazendo ela chorar.

Em algum momento, ela adormeceu com o rosto no travesseiro e, quando acordou, estava com o cabelo grudado no rosto por causa das lágrimas. Sem mencionar que ela se sentia como se tivesse sido atropelada por um caminhão de dezoito rodas. Ainda deitada, ela pegou o celular para verificar a hora. Ele marcava 17h03. Ela tinha dormido por quase quatro horas.

- Como você está, querida? - uma voz disse do nada.

Peyton se assustou e cobriu o rosto com o cobertor.

Ela ouviu alguém levantar-se e sentar-se ao lado de sua cama. Ela sabia que era sua mãe. Mas ainda estava assustada por ter sua mãe andando sorrateiramente pelo quarto.

- Mãe, - Peyton disse sob o cobertor - você me assustou e eu quase fiz xixi nas calças!

- Não me surpreende em nada. - ela disse do lado de fora da cabana de cobertor - Você está dormindo há algum tempo. Suponho que você esteja segurando há várias horas.

Peyton tirou o cobertor do rosto e olhou para sua mãe. Ela ainda estava com a mesma roupa, exceto pelo avental e, em vez de seu cabelo estar solto e enrolado, estava preso.

- Por que você está sempre certa? - Peyton questionou, pulou da cama e correu em direção ao banheiro. Depois que terminou, ela se sentiu muito melhor e voltou para o quarto. Sua mãe ainda estava sentada no mesmo lugar. Ela sentou-se ao lado da mãe e colocou a cabeça no ombro dela.

- Como você está?

- Já estive melhor. - Peyton tentou limpar o rosto por causa das lágrimas secas e desejou ter lavado ele enquanto ainda estava no banheiro.

- Bom, você já deve saber que seu pai teve uma conversa com o seu irmão, e que ele está se sentindo muito mal e quer se desculpar com você. Mas é claro, quando você estiver pronta para ouvi-lo.

- Ele ainda está aqui?

- Não, ele e Gloria foram embora. Ela precisava ir para casa, mas acho que ele vai voltar para o jantar.

- Mãe, eu não consigo acreditar que ele simplesmente deixou todas aquelas palavras saírem de sua boca estúpida. - Peyton respirou e balançou a cabeça - O que quero dizer é, que de todas as coisas insensíveis e rudes que ele poderia ter dito, uma coisa é falar sobre Derek dessa maneira na frente de Noah, outra é zombar da morte dele.

Peyton começou a chorar.

- Ele nunca deveria ter dito aquelas coisas. Ele estava completamente fora da realidade. Você está certa.

- O que Noah disse? - Peyton murmurou.

- Não sei. Ele foi para casa. Não sei se seu pai chegou a falar com ele. Naquela hora, a vontade dele era de matar o seu irmão.

- Completamente compreensível. Eu também queria fazer isso naquela hora. E ainda quero.

- Por que você não desce? Hoje teremos hambúrguer para o jantar e já está quase pronto. - a mãe disse e o estômago de Peyton roncou. Ela percebeu que não tinha comido nada desde o café da manhã.

- Que delícia. Vamos. - Peyton levantou-se da cama - Mamãe? Por que ele disse aquelas coisas do Derek? - ela engoliu em seco e disse a si mesma que não choraria - Foi tão inesperado. Acho que deixei bem claro que não queria falar sobre Derek ou qualquer coisa do passado porque dói muito. - ela abaixou a cabeça e sentiu as lágrimas começarem a escorrer pelo seu rosto - Digo, eu sei que tenho que superar, mas quando ele começou a falar sobre quando Derek me deixou aqui em casa a primeira vez... todas aquelas memórias começaram a voltar. Foi tão avassalador. Noah deve ter pensado que sou um caso perdido. Tenho certeza que ele está bem confuso. - nessa hora, Peyton já estava soluçando e mal conseguia respirar. Sua mãe levantou-se e puxou Peyton para um abraço apertado.

- Seu irmão tem algumas novidades para contar, e acho que ele estava tão animado que perdeu a cabeça por um minuto. E acho que quando ele viu você sair daquele carro com Noah, ele ficou tão feliz por você que ficou em êxtase e não mediu as palavras. Você sabe como ele fica quando está animado. Não estou justificando o que ele fez, mas apenas estou tentando ajudá-la a entender.

Peyton se afastou apenas o suficiente, para que ela pudesse olhar para a mãe:

- Quais são as novidades? - ela perguntou, mas tudo o que sua mãe fez foi sorrir e sair andando - Quais são as novidades? - Peyton exigiu, mas sua mãe riu e desceu as escadas, deixando Peyton se perguntando em que diabos seu irmão tinha se metido dessa vez.

CAPÍTULO 9

*P*eyton desceu as escadas e viu sua mãe mexendo alguma coisa na panela, seu pai sentado no sofá zapeando o catálogo da Netflix - típico - e seu irmão desagradável sentado à mesa de jantar olhando para o celular. Ela parou no último degrau, encostou-se na parede e cruzou os braços. O pai foi o primeiro a erguer os olhos e a abaixar o controle remoto. Ele se levantou do sofá e cruzou os braços, olhando para Chris.

Já que Chris não percebeu nenhum deles por cerca de um minuto, o pai pigarreou fazendo com que ele pulasse da cadeira. Aparentemente, ele ainda estava nervoso com a conversa que eles tiveram antes. Ele olhou em volta e primeiro viu seu pai olhando para ele e, então, viu Peyton parada demonstrando indiferença ao pé da escada com um olhar vazio em seu rosto, mas mesmo assim, ela sabia que não conseguiria enganar ninguém. Ela tinha certeza de que seu rosto estava todo vermelho, inchado e com algumas lágrimas perdidas.

- Oi, Peyton, eu sinto muito mesmo pelo o que eu disse. Foi super insensível da minha parte e eu simplesmente não sei onde é que eu estava com a cabeça. Honestamente, não há desculpas para isso. Eu nunca deveria ter mencionado Derek ou o acidente. Mana, desculpe-me, de verdade. - ele terminou e olhou para Peyton com uma expressão triste e culpada.

Isso a lembrou de quando ele costumava entrar em seu banheiro para brincar com sua maquiagem. Ela entrava lá e via que ele tinha desenhado um bigode no rosto com o delineador e um coração com batom no braço. Ah, a fase do pirata.

- Está tudo bem, Chris. - ela murmurou. Ela queria falar mais, mas não queria se chatear novamente, então deixou por isso mesmo.

- Espero que eu não tenha assustado o Noah! Porque senão, irei me sentir extremamente mal. Se ele não falar com você de novo, falarei com ele pessoalmente e pedirei desculpas. - ele ofereceu e ela poderia dizer que ele estava genuinamente arrependido.

- Tudo bem. Se ele se assustou, então simplesmente não era para ser. - ela disse e, surpreendentemente, ela realmente acreditava no que tinha dito, não importava o quão triste isso a fazia se sentir. Noah não sabia todos os segredos dela e, se ele não pudesse lidar com esse, ele não seria capaz de lidar com o resto.

- Eu não acho que isso o assustou. - a mãe gritou de seu canto.

- Hum, o que você está querendo dizer, mãe? - Peyton perguntou hesitante.

- Eu o convidei para jantar aqui em casa amanhã e ele aceitou. - ela disse em um tom normal e saiu de onde estava, para que pudesse ver todos.

- Você fez o quê? - Peyton gritou.

- Eu não poderia simplesmente deixá-lo ir embora com aquela impressão. Então, eu o convidei para jantar. Originalmente, a oferta era para hoje, mas ele disse algo sobre ter que voltar para fechar o consultório e compensar os estudos. Então, eu convidei ele para vir amanhã e ele aceitou! Chris, certifique-se de que você e

Gloria também virão. - ela apontou o dedo para ele e voltou para onde estava.

- É essa a novidade? - Peyton exigiu novamente.

- Não! Chris, conte a ela. É o mínimo que você pode fazer!

- Ah, sim, o motivo pelo qual eu estava aqui com Gloria mais cedo era para contar a vocês que ficamos noivos! - ele exclamou e atirou as mãos para o ar.

- Uau! Chris, isso é incrível. Parabéns! - ela aproximou-se dele e o abraçou.

- Eu realmente sinto muito, Peyton. - ele sussurrou no ouvido dela.

- Eu sei. Está tudo bem. - ela sussurrou de volta.

Enquanto abraçava o irmão, ela começou a processar que Noah viria jantar no dia seguinte e percebeu uma coisa.

- Espere aí! - ela se afastou de seu irmão e foi até a cozinha para falar com sua mãe - Achei que você tinha dito que ele foi embora assim que entrei em casa com o papai. - ela gesticulou em direção ao pai que estava zapeando os canais, mas que levantou-se completamente perdido ao ouvir a filha.

- Bom, - a mãe respondeu, ainda preparando o jantar - quando eu estacionei na garagem, ele estava sentado na beira do carro dele conversando com o seu pai. Aparentemente, ele estava esperando lá fora para ter certeza de que você estava bem depois de te ver tão chateada. Depois que seu pai conversou com seu irmão, ele notou que Noah estava sentado no capô de seu carro e foi lá falar com ele. Saí do carro e, depois de ter um rápido resumo do que tinha acontecido, eu convidei ele para o jantar. De verdade, Peyton, não foi nada demais. Depois que conversamos, ele foi embora. E isso é tudo. - ela contou e voltou a fazer o jantar.

- Você mentiu para mim! - Peyton exclamou, completamente perplexa com o que sua mãe tinha feito.

- Menti, mas eu não queria que você soubesse enquanto ainda estivesse triste. Na verdade, eu ia te contar, foi uma mentira temporária. - ela tentou explicar, mas mesmo assim Peyton não se acalmou - Quem vai querer comer? - ela gritou e todos foram para a cozinha.

- E o que eu faço quando ele vier, mãe? - Peyton perguntou enquanto pegava um prato - Graças ao Chris, sem querer ofender, Chris. - ela olhou para o irmão e ele ergueu as mãos:

- Tudo bem. Eu errei. - ele admitiu e pegou um prato.

- Ele mexeu em casa de marimbondo na frente do Noah e eu nem sei por onde começar a explicar. - Peyton terminou sua reflexão e começou a montar seu hambúrguer com todas as suas coberturas favoritas.

- Sabe o que você precisa fazer, querida? - o pai disse, pegando seu próprio prato de comida - Ore. Conte tudo a Ele e você saberá o que dizer amanhã.

- Ok, pai. - Peyton disse sarcasticamente e foi até a mesa da cozinha.

A mãe, o pai e Chris seguiram Peyton e desta vez a mãe falou:

- Seu pai está certo, Peyton. Ore. Ele a ajudará com as palavras.

Peyton assentiu com a cabeça e começou a comer. Desde que Derek tinha falecido, ela não orava com muita frequência porque parte dela estava com raiva do Pai Celestial por levar Derek embora, mesmo no fundo sabendo que tudo acontece por um motivo. Ela sabia, porém, que o que seus pais estavam dizendo era verdade e que precisava orar sempre que pudesse.

- O que você disse a ele, pai? - Peyton perguntou depois que ela terminou toda a comida do seu prato. Ela realmente estava com fome.

- Eu disse a ele que você e seu marido sofreram um acidente de carro há cerca de um ano. E que você teve a sorte de sobreviver, mas Derek não. - ele deu de ombros - Se eu não contasse, o pobre coitado realmente teria ficado confuso. Desculpe-me, querida.

- Está tudo bem. Uma hora ele iria ficar sabendo. Essa não era a maneira que eu queria que ele soubesse, - ela disse intencionalmente - mas ainda assim, aqui estamos. - ela recostou-se na cadeira e cruzou as mãos no colo.

- Mais uma vez, desculpe-me pelo que eu disse! - Chris soou mais exasperado do que arrependido. Ele levantou-se para limpar seu prato e beijou a mãe na bochecha - Obrigado pelo jantar, mãe. Eu tenho que ir. Gloria e eu vamos falar com os pais dela por chamada de vídeo para contarmos a novidade.

- Ei, parabéns de novo, irmãozinho. Quero saber mais detalhes amanhã. - ela levantou-se para dar um abraço nele e limpar seu prato.

- Pode deixar. Até mais. Tchau, pai. - ele acenou e saiu pela porta da frente.

- É, foi divertido. Não exatamente como eu imaginava que esse dia fosse. - a mãe limpou a mesa.

- Concordo com tudo o que você disse. - Peyton murmurou e ajudou sua mãe a lavar a louça.

- O que você vai dizer ao Noah, querida?

- Não sei. Sinceramente, não quero falar sobre isso. Eu estava planejando apenas contar algumas partes e aos poucos. Agora, sinto que esse plano foi jogado pela janela.

- Basta ser honesta com ele. Você não precisa necessariamente compartilhar tudo, mas seja honesta. Se você está realmente interessada nesse cara, ele merece saber tudo de antemão. Você não gostaria do mesmo tratamento?

- Sim. Mas mãe, nós não estamos namorando, nem nada. Foi apenas um encontro no shopping, uma corrida na semana passada e uma carona até em casa. Isso tudo está ficando fora de controle! - ela jogou as mãos para o alto - Sinto que agora estou tendo que fazer ou falar coisas que sinto que nem deveria, porque nada realmente aconteceu entre a gente! E se ele estiver apenas tentando ser amigável? Apenas tentando fazer uma amizade nova? Não é como se estivéssemos em um namoro onde há sentimentos. - Peyton protestou. Ela percebeu que havia elevado seu tom de voz e sentiu-se mal, mas seus pais não pareciam afetados.

- Eu entendo o motivo da sua frustração. E também entendo de onde vem, mas acho que agora mais do que nunca ele merece algumas respostas. Talvez não todas, mas apenas o suficiente para dar-lhe um pouco de clareza.

- Tudo bem. - ela reconheceu e começou a secar a louça.

- Você está absolutamente maluca se pensa que não há nenhum sentimento.

- O quê?

- Cada vez que você está com aquele garoto, ele demonstra que quer te ver. Sem mencionar que, depois do ocorrido com Chris, ele não foi embora até saber como você estava. O que me deixa perplexa é você ainda achar que ele não sente nada por você. - a mãe insistiu.

- Mas como? - Peyton gritou, agora sentindo-se ainda mais frustrada - Eu sou maculada! Eu sou uma viúva velha. Por que ele iria querer uma mulher que já foi de outro?

- Peyton, você não é uma viúva velha e definitivamente, não importa se você já teve outro homem. É óbvio que ele gosta de você do jeito que você é querida, e isso é tudo o que importa. Não é isso o que você quer? - sua mãe rebateu.

- Sim.

- Então, por favor, apenas seja gentil e deixe as coisas fluírem. - ela implorou e terminou de secar a louça.

Peyton queria continuar discutindo. Ela achava que sua mãe estava sendo completamente ridícula tentando forçar alguma coisa entre ela e Noah. Ela também não acreditava que Noah pudesse gostar dela. É claro que ele tinha sido legal e amigável, mas ela não tinha nenhum outro motivo para acreditar que ele pudesse realmente gostar dela. Mesmo que no fundo, ela esperasse que sim.

CAPÍTULO 10

aquela noite, antes de dormir, Peyton pegou seu celular para definir o alarme e percebeu que não tinha pegado nele desde que ligara para a mãe naquele dia. Ela o desbloqueou e viu que havia uma mensagem que não tinha sido aberta.

Era de Noah: *"Ei, só queria ter certeza de que está tudo bem."*

Peyton achou simpático da parte dele ter se importado em mandar uma mensagem para ela querendo saber como ela estava.

Então ela respondeu: *"Sim, estou bem. Obrigada por perguntar."*

Ela ajustou o alarme e colocou o celular na mesa de cabeceira. Assim que ela começou a relaxar, seu celular tocou. Era outra mensagem dele: *"Que bom. Sua mãe me convidou para jantar amanhã e eu disse a ela que iria. Espero que para você esteja tudo bem."*

Ela gostou de ele ter perguntando e o achou muito atencioso e respondeu: *"Minha mãe me contou. Por mim, tudo bem!* - Peyton sentiu-se um pouco mal porque, de início, ela realmente não tinha ficado bem com isso. No entanto, agora ela estava realmente ansiosa para vê-lo no dia seguinte.

Ela ficou olhando para a tela do celular se pergun-

90

tando se deveria ou não colocá-lo de volta na mesa de cabeceira, mas então a tela acendeu novamente: *"Que ótimo. Então, até amanhã!"*

Peyton sorriu e respondeu: *"Até amanhã!"*. Ela colocou o celular de volta na mesa de cabeceira, ajeitou-se em sua posição confortável e adormeceu com um sorriso no rosto.

Peyton acabou tendo alguns pesadelos durante a noite. Em um deles, ela desceu as escadas para jantar com Noah e percebeu que estava usando apenas roupas íntimas. No outro, Peyton desceu para a sala de jantar e, além de Noah, Derek também estava lá. Quando ela sentou-se à mesa, Derek ficou perguntando constantemente: *"Por quê?"* ou *"Você já se esqueceu de mim?"*

Ela acordou chorando, sua mãe entrou no quarto e a abraçou:

- Você acordou mais tarde do que de costume.

- Que horas são? - Peyton choramingou.

- Sete. Você passou bem a noite toda. Bom, mais ou menos. Mas mesmo assim, estou impressionada. - ela disse passando a mão nas costas da filha.

- Obrigada, mãe. - Peyton fungou e continuou - Estou tão cansada desses pesadelos!

- Eu sei, querida. Tenho a sensação de que eles vão começar a diminuir.

- Você acha?

- Sim, - sua mãe sorriu - eu acho. - ela beijou a testa da filha e saiu do quarto.

Para Peyton, não tinha justificativa para voltar a dormir, então ela levantou-se e foi correr. Ela imaginou que se algo pudesse fazer ela se sentir melhor, seria correr em vez de se arriscar a ter outro pesadelo. Ela correu onze quilômetros em vez dos seus oito habituais. Suas pernas não pareciam tão cansadas, provavelmente por causa da longa soneca do dia anterior, então ela acabou continuando por mais alguns quilômetros.

Durante a corrida, ela lembrou de seus pesadelos. Ela estava preocupada em como seria o jantar com Noah. Principalmente por que seu irmão e a noiva estariam presentes. Ela sabia que Chris estava arrependido e que estava sentindo-se muito mal por ter falado demais, mas mesmo assim, ela não conseguia deixar de sentir-se um pouco preocupada com relação a isso. Ela tinha a esperança de que todos se concentrassem apenas no noivado recente. O último pesadelo era o que mais a incomodava. Parte dela sentia-se como se não tivesse o direito de falar com outro homem. Ela sentia-se sortuda o suficiente por ter conhecido seu namorado no colégio e se casado com o amor de sua vida. Era realmente possível se apaixonar novamente? Ela estava sendo justa com o Noah? E lá foi ela novamente tirando conclusões precipitadas. Ela só tinha visto o cara algumas vezes e o amor nem estava em seu radar. Ele era bonito? Com certeza. Ele era doce como o mel? Oh, sim. Cuidadoso e atencioso? Sim e sim. Ela achava que poderia se apaixonar novamente? Peyton não sabia a resposta para essa pergunta. Ela iria seguir o conselho de sua mãe e apenas ser simpática. Não tentaria forçar nada ou pensar demais. Ela se lembrou da primeira vez que viu Derek durante seu terceiro ano do ensino médio...

Derek era novo na escola, e ela o notou à distância nos corredores, mas não fez nenhum esforço para falar com ele. Ela era supertímida e ele também, mas ele também era adorável, o que tornava difícil para ela se aproximar dele. Ela ainda se lembrava como ele estava vestido naquele dia. Ele estava com uma calça jeans clara com manchas de óleo espalhadas por toda parte e uma jaqueta azul escura de zíper. O cabelo dele estava bagunçado como se ele tivesse acabado de acordar e seus olhos pareciam cansados.

Ela estava sentada à mesa do almoço lendo. Ela sempre estava com o nariz enfiado em algum livro. Ela estava no meio de uma frase quando, do nada, alguém sentou-se em sua frente. Ela pulou com som da bandeja sendo colocada sobre a mesa. Ela ergueu os olhos de sua leitura e viu que era Derek, o garoto novo abrindo seu leite.

- Peyton, certo? - ele perguntou confiante.

- Sim. - ela disse com uma voz aguda e pigarreou - Quero dizer, sim. Meu nome é Peyton e o seu é Derek, não é?

- É sim. - ele respondeu olhando para ela.

Peyton só não ficou desconfortável porque ele era bonito.

- Legal. - ela simplesmente afirmou e continuou com sua leitura.

- Você está sempre lendo? - ele questionou com um tom de sarcasmo. Nesse momento, ele acabou de abrir o leite e começou a bebê-lo.

- Praticamente. - Peyton informou ao bebedor de leite e voltou a ler.

- Como você consegue ler e andar ao mesmo tempo? - ele perguntou e deu uma mordida em sua pizza - Eu juro que quase vi você trombar com um pobre calouro e, no último segundo possível, você desviou. Sério, isso é como se fosse um superpoder? - ele perguntou claramente tentando mantê-la longe de seu livro, o que Peyton achou irritante, porém fofo.

Ele deu outra mordida em sua pizza com um sorriso no rosto que insinuava que ele estava brincando com ela. Peyton decidiu entrar no jogo:

- Não sei. Talvez eu não seja uma super-heroína, mas sim uma vilã. E eu empurro as pessoas para longe para que eu possa ler. - ela sorriu e pegou seu livro, bloqueando o rosto de Derek.

- Agora faz sentido.

Peyton olhou por cima do livro e viu que ele estava olhando diretamente para ela.

- Bem que eu achei que você fosse mais do tipo vilã. - ele disse, tentando parecer sério, mas Peyton percebeu que ele tentava não sorrir.

Peyton desistiu, marcou a página e bateu o livro na mesa:

- É mesmo? - ela exagerou.

- Sim, você age como uma estudante inocente que mergulha em seus livros quando, na verdade, - ele parou para colocar o dedo no queixo - a raça humana te enlouquece, então você finge que está lendo para poder planejar dominar o mundo.

- Uau, você é bem esperto! - ela ergueu as mãos como se estivesse sendo presa - Você me pegou. Posso ajudá-lo em algo? - ela retrucou.

- Sim. Eu só estava me perguntando se por acaso você deixaria seu livro de lado um pouco e iria a um encontro comigo. - ele a convidou e Peyton percebeu que ele não era tão tímido quanto ela pensava.

- Você é muito atrevido. - ela observou.

Ele deu de ombros:

- Acho que só quando eu quero. Então, o que você me diz? Você vai arriscar esperar para ler sobre o Príncipe Encantado e sair comigo?

- Se eu aceitar, o que faremos? - ela perguntou curiosamente.

- Bom, posso te afirmar que com certeza não será em uma biblioteca. - ele riu e terminou de comer o resto de sua pizza.

- Que chatice, isso é um obstáculo para mim. - ela brincou e foi pegar seu livro.

- E se tiver comida no nosso encontro?

- Agora você está falando mais a minha língua.

- Ótimo! Se você me passar seu número, posso te contar mais detalhes. - ele estendeu a mão.

Peyton ficou tentada a dar um high five na mão dele e dizer para ele esquecer, mas acabou cedendo e entregou seu celular.

- Pronto. - ele disse enquanto olhava para o celular dela - Você acabou de me enviar uma mensagem. - ele pegou seu celular e leu a mensagem:

- Oh, olha só, você acabou de me perguntar se eu poderia levá-la até a sua próxima aula! A resposta é sim, eu levo. - ele levantou-se para guardar a bandeja do almoço e ficou ao lado da mesa - Está pronta? - ele devolveu o celular dela e esperou pela resposta.

- Sim, acho que estou.

Mais tarde naquele dia, o celular dela tocou e quando ela olhou para ver de quem era a mensagem, o nome do contato era *Seu Namorado Bonitão*...

Ela entrou em casa depois da corrida e foi pegar um copo d'água.

- Você ficou fora por um bom tempo hoje. - seu pai estava sentado à mesa da sala de jantar lendo suas escrituras.

- Sim, depois daquela soneca de ontem, eu fiquei com um pouco mais de energia, então corri por mais alguns quilômetros. - ela explicou e começou a beber água.

- Peyton, você está pingando suor no meu chão. Ou você pega um pano ou vá tomar banho antes que eu faça você enxugar. - sua mãe ameaçou e sentou-se ao lado de seu pai.

Peyton pegou um pano de uma gaveta e começou a enxugar o rosto.

- Sabe, mãe. Estou suando tanto que talvez eu devesse esfregar o chão com isso. - ela provocou e ouviu seu pai começar a rir.

- Haha, engraçadinha. Que nojento. - sua mãe repreendeu e abriu suas próprias escrituras.

- Ei, Peyton, - seu pai chamou - você me ajuda com a Betsy mais tarde? Eu acho que ela vai ter seu bezerro em breve.

- Sim, pai, quando precisar é só me chamar. Vou tomar um banho antes que a mamãe tenha um aneurisma. - Peyton brincou.

- Você sendo hilária mais uma vez. - a mãe disse.

Peyton subiu para tomar banho e se preparar para começar o dia como fazia todas as manhãs. Depois de se vestir, ela desceu as escadas e começou a trabalhar para seu pai. Ela organizou as anotações, faturas e os recibos e, em seguida, ligou para os clientes e os atualizou sobre os animais. Isso geralmente levava algumas horas porque o homem tinha uma queda por notas adesivas.

Ela correu para o celeiro para perguntar sobre um recado e ouviu seu pai conversando com uma vaca que estava deitada em sua baia.

- Peyton, que bom que você apareceu. Você pode pegar um pouco de feno fresco para a Betsy e encher o balde dela com água, por favor? Acho que ela está prestes a entrar em trabalho de parto e quase não está comendo.

- Claro, vou fazer isso já. Enquanto isso, você se importa em me dizer o que está escrito aqui? Parece que tem cocô de vaca nele. - Peyton entregou-lhe a nota adesiva rosa choque com o presente de vaca e ele começou a rir:

- Desculpe-me, querida! - ele berrou - Isso deve ter acontecido quando eu estava lutando com a Lucy lá fora. - ele se afastou dela para ver a pobre mamãe vaca.

Peyton adorava o celeiro. Havia algo com o cheiro do feno e o sol quente brilhando que acabou trazendo de volta lembranças boas...

- Derek, se eu fosse você, não faria isso - Peyton alertou.

- Do que você está falando? - ele questionou, rindo

em um tom arrogante.

Um bezerro havia pulado para o pasto das cabras e precisava voltar para sua mãe para se alimentar. A novilha ficou mugindo alto por uma hora e, quando Peyton finalmente decidiu dar uma olhada no animal, ela viu que seu filhote havia escapado. Derek estava sentado na beira da cerca prestes a pular para o lado das cabras e do bezerro solitário. Mal sabia ele que as cabras adoravam uma boa perseguição.

- Você vai levar uma chifrada na bunda. - ela disse categoricamente.

- Por você ou pelas cabras? - ele a desafiou e olhou para ela como se estivesse pedindo por isso.

- Ah, eu não vou precisar fazer isso. Billie e Millie, junto de sua prole, farão isso por mim. - ela riu e apontou para as cabras que estavam encarando Derek.

- Sem chance! - ele retrucou.

Peyton ergueu as mãos e riu:

- Ok, já que tem tanta certeza, vá em frente!

- Eu vou! - ele exclamou e pulou para dentro do curral.

Assim que ele fez isso, todos os animais ficaram quietos, exceto a mamãe vaca ao fundo, que precisava desesperadamente amamentar seu filhote. O bezerro estava cuidando da própria vida, andando e comendo grama, mas as cabras observavam Derek como um falcão. Ou como uma cabra mesmo.

Derek deu alguns passos em direção ao bezerro e as cabras permaneceram imóveis com um dos filhotes balindo de vez em quando. Peyton sabia que ele estava em apuros. Ele deu mais alguns passos e as cabras começaram a se mover juntas para o canto do curral. Assim que Derek se aproximou, ele agarrou rapidamente o bezerro, virando as costas para as cabras. Peyton viu imediatamente que isso tinha sido um erro porque assim que ele se virou, a mamãe cabra começou a correr em direção a ele.

- Derek, saia já daí! - Peyton gritou e correu em direção ao portão, pronta para abri-lo.

Derek se virou e percebeu que havia cometido um grande erro. Ele pegou o bezerro e começou a correr, mas antes que pudesse chegar ao portão, a mamãe cabra o alcançou e deu uma cabeçada bem na bunda dele.

- Ai! - Derek gritou, mas de alguma forma conseguiu segurar o bezerro, que mugia alto em seu ouvido. Derek correu ainda mais rápido, apenas para que o papai cabra o alcançasse e tivesse a vez de lhe dar uma chifrada.

- Ai! - Derek gritou novamente, ainda segurando o bezerro firmemente - Peyton, abra o portão! - ele estava a apenas alguns metros do portão, com um rebanho de cabras atrás dele, balindo e querendo sua vez.

No último minuto, Peyton abriu o portão e Derek passou correndo com o bezerro nos braços, mancando um pouco e com o suor escorrendo pelo rosto. Peyton rapidamente bateu o portão e trancou-o antes que alguma cabra pudesse escapar.

Ela correu até ele, tentando não rir e amarrou o bezerro, para que Derek pudesse colocar ele no chão. Assim que ela colocou a corda em volta do pescoço do bezerro, Derek o colocou no chão e enxugou o rosto. Peyton se ajoelhou e fez um carinho atrás das orelhas do bezerro, tentando esconder o rosto porque era quase impossível esconder sua risada.

- Viu? - ele disse ofegante - Eu te disse que não seria tão difícil! - ele estava em pé esfregando o traseiro, tentando não demonstrar que estava sentindo dor.

Peyton já não conseguia mais se conter. Ela riu tão alto que as cabras enlouqueceram e começaram a balir alto, correndo em volta do cercado e por entre elas. Ela estava rindo tanto que seu estômago começou a doer e lágrimas acabaram brotando em seus olhos.

- Este foi o melhor momento da minha vida! - ela declarou e enxugou as lágrimas.

- Isso não foi nada legal. - Derek disse mançando em direção a ela.

- Mas por que não? - ela perguntou mais calma dando uma risadinha. Agora ela estava preocupada por tê-lo chateado.

- Porque agora, vou ter que passar o resto da minha vida tentando superar isso. - ele disse calmamente, se aproximando dela.

- Pelo visto, parece que vai dar muito trabalho. - Peyton salientou sussurrando.

- Valerá a pena. - ele sussurrou de volta e puxou ela para o primeiro beijo deles...

Após encher o balde com água, ela levou um pouco de feno para o pai que ainda estava verificando a Betsy.

- Como ela está, pai?

- Acho que ela vai entrar em trabalho de parto em breve. Teremos que ficar de olho nela. Tudo bem você me ajudar hoje? Você tem alguma coisa planejada?

- Além de um menino vir jantar aqui hoje porque a mamãe convidou, não tenho nada planejado. - ela resmungou.

- Querida, sua mãe não quis insinuar nada. E se ela fez isso, o que provavelmente aconteceu, você sabe que ela tem um coração bom.

- Sim, sim. Eu sei, pai. Eu vou entrar para almoçar. Você quer alguma coisa?

- Um sanduíche ou as sobras da noite passada. Obrigado, querida. Ah, e aquela nota diz para cobrar a senhora Donald pela vaca que matei semana passada.

- Sabe, pai, é bom mesmo eu ler essas anotações. Caso contrário, você estaria trabalhando de graça.

Ele riu:

- Você é incrível, querida!

- São ossos do ofício, papai. - ela riu e correu de volta para casa.

Peyton entrou em casa e preparou para si e para o pai o almoço que ela tinha prometido. Depois de levar o almoço para ele, ela sentou-se à mesa e começou a trabalhar em todas as notas novamente - cortesia dele.

Ela não se importava de trabalhar para o pai. Quando se casou com Derek, ela trabalhava como caixa de banco, o que era um bom trabalho e pagava as contas. No entanto, isso nunca a fez feliz, por isso ela não se importou em deixar o emprego. Seu pai lhe ofereceu um trabalho para ajudá-lo com a papelada e as finanças, porque quando sua mãe tentou fazer isso, ela ficou atrapalhada. Era também para que ela pudesse ter algo para fazer e ganhar algum dinheiro. Não que ela precisasse, porque ela havia recebido uma boa indenização da seguradora por causa do acidente. O advogado de seus pais certificou-se de que aquele idiota pagasse caro por ser estúpido o suficiente para dirigir bêbado e matar seu marido. Apesar de tudo, trabalhar com o pai garantiu que ela pudesse trabalhar sempre que quisesse sem precisar sair de casa.

Depois de examinar todas as anotações do pai e cobrar os clientes, ela decidiu fazer uma pequena limpeza antes que Noah chegasse. Ela lavou os banheiros, varreu e esfregou o chão e passou o aspirador na sala de estar. Ela pensou em subir as escadas quando sua mãe a parou:

- Peyton, você quer me ajudar a fazer o jantar?

Peyton se virou e viu que ela estava usando seu chapéu de jardinagem e suas luvas.

- Claro. Deixe-me guardar o aspirador. - Peyton respondeu, enrolou o fio e guardou o aspirador no armário.

- Obrigada, querida. O que você acha de fazermos tacos? Acho que é fácil o suficiente para qualquer pessoa montar, caso seja alérgico a alguma coisa.

- Sim. Acho que é uma ótima ideia. Não tem como errar com tacos.

- Ótimo, então vou colocá-la para cortar os ingredientes.

- Tudo bem, contanto que eu não tenha que ralar o queijo. - Peyton rebateu.

Sua mãe enfiou a mão na geladeira e tirou um saco de queijo ralado.

- Uau, o Natal chegou mais cedo! - ela disse sarcasticamente e admirada.

Sua mãe nunca comprava queijo ralado. Ela dizia que apenas as pessoas ricas e preguiçosas compravam, e que eles poderiam facilmente economizar dinheiro comprando um pedaço e ralando eles mesmos.

Enquanto sua mãe estava na geladeira, ela tirou uma cebola, tomates, coentro, abacates e limões e entregou tudo a Peyton. Ela suspirou e começou a cortar todos os legumes.

- A que horas você falou para o Noah vir, mãe?

- Às 17h30.

- Você sabe que é daqui vinte minutos, não sabe? - ela informou a mãe que parecia calma e relaxada - E você ainda está querendo fazer guacamole?

- Nós duas damos conta sem problema nenhum! - ela encorajou e, como se fosse uma deixa, Chris e Gloria entraram pela porta - Oh, olha! Mais ajuda. Chris! Venha aqui e pegue uma faca.

- Deixe-me adivinhar, ela convidou Noah para vir numa hora irreal e está lutando para fazer tudo agora. - ele disse com indiferença.

- Acertou, mano! - Peyton apontou a faca para o alto e continuou a cortar a cebola - Gloria, você sabe fazer guacamole?

- Ah, cara, Pey Pey, ela faz uma guacamole ótima! Definitivamente, deixe para ela fazer! - Chris insistiu.

- O que você acha, Gloria? - Peyton não queria deixá-la desconfortável, mas também queria incluí-la.

Ela sabia como era estranho se adaptar a uma nova família. A primeira vez que Peyton jantou com os pais de Derek, eles perguntaram o que ela queria fazer da vida. Sendo Peyton, ela queria ser honesta e dizer a eles que tudo o que ela sempre quis era ser mãe. Ela não conseguia encontrar uma carreira que quisesse seguir. A expressão deles aparentava que eles estavam bem nervosos e, depois que ela foi embora, os pais de Derek tiveram uma conversa sobre sexo com o filho novamente e disseram a ele que os dois nunca poderiam ficar sozinhos.

- Sim, eu adoraria! - Gloria disse entusiasmada.

Então Peyton entregou-lhe todos os ingredientes da guacamole e, antes que ela percebesse, todos estavam como um bando de subchefes trabalhando juntos para preparar o jantar.

- Quanto tempo ainda temos? - Peyton perguntou depois que ela e Chris terminaram de cortar todos os vegetais.

Chris olhou para o relógio:

- Dez minutos.

- Ok, rápido, vamos arrumar a mesa! - ela pegou um punhado de pratos enquanto Chris pegava os talheres e, em seguida, foram em direção à mesa.

- Vocês dois, não façam com que pareça que foi um bando de crianças que arrumou a mesa. - a mãe repreendeu.

- Agora eu quero fazer isso só de pirraça. - Peyton murmurou.

- Não me provoque. - Chris brincou - Ei, Gloria, posso experimentar a guacamole?

- De jeito nenhum! - sua mãe gritou - Depois que você começa a comer essas coisas, não consegue mais parar! Vamos jantar a qualquer minuto, então você pode esperar.

- Nem mesmo um chip? - ele implorou.

- Você pode esperar. - ela repetiu.

Antes que Chris pudesse tentar pegar um chip, bateram na porta da frente.

CAPÍTULO 11

- *P*eyton! Vá abrir a porta! - a mãe sussurrou e apontou para a porta.

- Não! Foi você quem o convidou, então você abre!

- Você está brincando comigo? - ela ergueu as mãos para exagerar que estava irritada, embora Peyton já soubesse que ela estava.

- Não, eu não vou! Você vai atender antes que ele bata de novo? - Peyton perguntou, sabendo que isso incomodaria sua mãe.

A mãe pousou a colher e franziu o cenho para a filha:

- Você é ridícula!

Peyton deu de ombros:

- Isso não é nenhuma novidade, mãe.

Pouco antes de atender a porta, ela se virou:

- Comecem a colocar a comida na mesa! E Chris, mantenha seus dedos longe dessa guacamole!

- Mãe, abra a porta! - Peyton disse irritada.

A mãe abriu a porta e colocou um grande sorriso no rosto. Você nunca teria imaginado que ela tinha acabado de discutir com os filhos.

- Oi, Noah! Entre! - ela acenou para dentro e Noah entrou.

- Obrigado. - Peyton ouviu ele agradecendo com sua

voz profunda. Ela foi até a porta da cozinha e viu que o cabelo e a jaqueta impermeável dele estavam cobertos de gotas de água. Ela nem tinha percebido que estava chovendo.

Ele tirou os sapatos e a jaqueta. Antes que ele pudesse se perguntar onde iria colocar sua jaqueta, Cheryl falou novamente - Pode deixar, querido. Vou colocá-la no armário.

- Obrigado, Cheryl. - Noah agradeceu e sorriu quando viu Peyton, revelando as linhas de expressão ao redor de seus olhos.

Parecia que ele tinha saído da capa de uma revista. Ele estava usando uma calça jeans escura e uma camisa agarrada no peito que delineava a parte superior de seu corpo musculoso. Ele passou a mão no cabelo para se livrar de algumas gotas de água, e Peyton teve que se lembrar de respirar.

- Oi, Peyton. - ele a cumprimentou carinhosamente.

- Oi, Noah. - ela cumprimentou, apreciando o olhar dele.

Foi breve, mas ele olhou para ela como se não houvesse mais ninguém na sala. Ela estava presa no que parecia ser um transe, mas ela não se importou. Peyton nunca admitiria para sua mãe que ela estava muito feliz por ele estar ali. Mesmo que seu coração estivesse disparado e ela se esquecesse de respirar de vez em quando, ele levava uma espécie de paz para a mente dela. Uma sensação de conforto e segurança que ela não sentia há muito tempo.

- Obrigado por me convidar para o jantar. - ele agradeceu, ainda olhando para Peyton. Ele virou a cabeça para olhar para a mãe dela - O cheiro está ótimo.

- De nada. Vamos comer? Walter, largue o controle remoto. - ela chamou o marido que estava sentado em sua poltrona zapeando os canais novamente.

- Vamos, querida.

Sua mãe virou a cabeça rapidamente e lançou a ele

um olhar que Peyton sabia que significava que ele teria problemas por isso mais tarde. Ela odiava ser chamada de "querida".

Chris e Gloria já estavam sentados e Peyton olhou para sua mãe, questionando onde ela queria que eles sentassem.

A mãe viu o olhar da filha e entendeu o que ela estava perguntando:

- Por que você e Noah não sentam do lado oposto de Chris e Gloria?

Peyton fez o que lhe foi sugerido. Ela sabia que era a aposta mais segura. Ela e Noah sentaram-se um do lado do outro e tocaram-se brevemente nas mãos, o que enviou uma corrente elétrica por todo o corpo dela. Ela sacudiu a mão e cruzou os braços.

Eles abençoaram a comida e começaram a preparar seus tacos. Chris finalmente conseguiu pegar uma colher cheia de guacamole sem que sua mãe batesse em sua mão.

- Querida! - Chris disse com a boca cheia de chips e guacamole - Acho que esta é a melhor guacamole que você já fez!

- Obrigada, Chris. - ela agradeceu e se concentrou em seus tacos.

Ela parecia um pouco envergonhada e Peyton não a culpou por isso, porque seu irmão era bem sem noção às vezes.

- Então, Noah, Peyton nos contou que você está cursando odontologia. Como estão as coisas? - o pai perguntou.

- Estão bem. Eu só tenho mais algumas semanas, então tenho estudado muito para me preparar para as provas finais.

- Aposto que você está ansioso para se formar. - o pai disse entre uma mordida e outra.

- Sim, estou. Foram quatro longos anos e já estou pronto para começar a praticar.

- Que bom! - o pai ergueu o taco no ar e deu uma grande mordida nele.

- Obrigado, senhor. - Noah assentiu com a cabeça e começou a comer.

Eles ficaram em silêncio por alguns minutos enquanto comiam até que Chris decidiu falar novamente:

- Então, Noah, onde você e minha irmã se conheceram? - ele perguntou corajosamente. Nesta altura, Peyton começou a engasgar com seus chips e ela sentiu uma mão dando palmadinhas em suas costas. Ela olhou e viu que era Noah, e ele sorriu para ela:

- Você está bem?

Peyton colocou a mão no peito e assentiu com a cabeça:

- Obrigada.

Noah deixou cair sua mão, o que fez o coração dela cair junto.

- Eu a conheci depois de sua consulta no consultório do meu tio. E então eu a vi de novo no shopping e fomos correr juntos na semana passada. - Noah disse ao irmão chato.

- Espera aí, vocês ainda não tiveram um encontro? - Chris questionou, levantando uma sobrancelha.

Peyton agora estava pronta para esticar o braço por cima da mesa e esmurrá-lo.

- Não, ainda não. Na verdade, eu ia convidá-la para sair neste final de semana. - Noah se virou para Peyton - Você gostaria de sair comigo no sábado? - Peyton podia sentir seu rosto queimando e sabia que todos os olhos estavam sobre ela.

- Sim. - ela assentiu com a cabeça - Vai ser ótimo. - ela sorriu para ele, e ele sorriu ainda mais para ela.

- De nada, mana - Chris disse arrogantemente e Peyton virou a cabeça rapidamente para franzir as sobrancelhas para ele.

Ela aproveitou a oportunidade para chutá-lo na canela.

- Ai! - ele gritou e abaixou-se para esfregar a perna.

- Você mereceu. - a mãe murmurou, tomou um gole de água e então pigarreou - Isso parece divertido, pessoal! Noah, gostou do jantar?

- Está muito bom. Obrigado novamente por me convidar.

- Você é sempre bem-vindo. Você gosta de torta de pêssego?

- Eu amo.

- Perfeito, porque foi isso o que fiz para a sobremesa. Eu deveria ter te perguntado o que você gostava de comer quando te convidei para jantar! Falando nisso, Gloria, - ela se virou para encará-la - o que vamos comer na recepção do casamento? Comida mexicana?

Peyton voltou-se para Noah e explicou:

- Chris e Gloria estão noivos.

- Uau! Parabéns! - ele cumprimentou o casal de noivos.

- Obrigado, cara. - Chis agradeceu, passando o braço ao redor de sua mulher.

- Obrigada, Noah. Estamos muito animados. - Gloria deu uma risadinha - Estamos pensando em marcar para junho!

- Junho! - a mãe deixou escapar - Será daqui a dois meses! Está muito perto, não acho que seremos capazes de fazer tudo a tempo!

Era como se Peyton visse sua mãe começar a entrar em uma espiral descendente. A mente dela estava a milhão, e Peyton não queria estar por perto quando ela enlouquecesse com Chris, porque o olhar que ela estava lançando a ele não era nada bom.

- Sim, mãe, não é esse o mês ideal para se casar? Mal é verão e o tempo estará bom para tirar as fotos, e haverá muitas flores disponíveis para escolher. Além disso, é quando muitos da família de Gloria estarão disponíveis para viajar. - Chris explicou rapidamente, mas a aparência de sua mãe não melhorou. Ela levantou-se e começou a limpar a mesa.

- Walter, você pode me ajudar a limpar a mesa? - ela perguntou, indo em direção à cozinha.

- Claro, querida. - ele respondeu e olhou para Peyton - Salve-me! - ele sussurrou, pegou alguns pratos e seguiu sua esposa até a cozinha.

- Você acha que ela está brava? - Chris perguntou sarcasticamente.

Peyton retrucou:

- Acho que você tem que falar com ela.

- Eu não queria estressá-la! Junho é quando a minha família poderá vir me visitar. Estou me sentindo tão mal! - Gloria cobriu a boca e olhou para trás em direção à cozinha.

- Olha, - Peyton começou - você só precisa conversar com ela. Esteja aberta sobre o que vocês querem e seja honesta. Principalmente com um prazo de dois meses. Lutei com minha ex-sogra e não fui completamente honesta com ela sobre o que eu queria, e isso tornou o planejamento do casamento ainda mais difícil, até que finalmente tive coragem de dizer o que eu queria. Ela queria craveiros no centro das mesas e queria que os homens usassem gravatas-borboleta! Quase deixei que ela fizesse o que queria, até que ela me informou que havia pedido gravatas-borboleta e cravos e foi então que eu disse a ela que não queria nada daquilo. Felizmente, houve tempo suficiente para cancelar os pedidos, mas o que estou querendo dizer é para que não deixe chegar a esse ponto. Seja direta. Todo mundo merece isso e as coisas fluirão com mais tranquilidade.

- Uau, Peyton, há meses que você não fala tanto assim! Obrigado, mana. - Chris comentou, genuinamente surpreso e agradecido.

- Obrigada, Peyton! Você está certa, precisamos nos comunicar. - Gloria admitiu e olhou para Chris que co-

meçou a se empanturrar com o resto da guacamole -
Vamos conversar com seus pais.

- Tem certeza de que você quer fazer isso agora? Podemos esperar ela se acalmar um pouco e...

- Não, - Gloria o interrompeu - agora.

Chris suspirou e colocou os chips e a guacamole na
mesa:

- Deseje-nos sorte. - ele disse sarcasticamente e
Peyton ficou feliz em ver quem realmente tomava as de-
cisões na relação.

Eles levantaram, limparam seus pratos e dirigiram-
se à cozinha para enfrentar a condenação deles. Peyton
olhou timidamente para Noah que não parecia nem um
pouco incomodado. Ela não tinha considerado o que ele
pensaria sobre ela falando sobre um relacionamento
anterior.

Ela tentou quebrar o gelo com sua próxima de-
claração:

- Então, eu adoraria te dizer que os jantares geralmente não são tão dramáticos, mas eu estaria mentindo.

Noah riu e virou o corpo para que pudesse ficar de
frente para ela:

- Está tudo bem. Não me incomodou em nada. Achei
que foi um jantar completamente normal, com seus
altos e baixos habituais.

- Sim, tem toda a razão. - Peyton concordou e encostou a cabeça no encosto da cadeira.

Ela estava bem preocupada com o que ele pensava
sobre seu discurso importante para o irmão. Principalmente sobre a parte em que ela já havia colocado seu
grande vestido branco e se casado com o amor de sua
vida.

- Foi muito legal você ter compartilhado isso com o
seu irmão. Você sabe, para ajudá-lo. Foi muito fraternal
de sua parte, e acho que você explicou perfeitamente.
Até gostei da história sobre as gravatas-borboleta. -
ele riu.

- Bem, - Peyton colocou as mãos no colo - era tudo verdade. Ela realmente estava decidida com as gravatas-borboleta, mas eu simplesmente não gostei da ideia e, por algum motivo, a mulher adorava cravos, o que eu não entendo. Sempre pensei que fossem flores funerárias e não queria que isso fosse um mau presságio no dia do meu casamento.

"Claro que ela não precisava dos cravos como um mau presságio porque Derek acabou morrendo de qualquer maneira.", ela pensou consigo mesma.

A mãe entrou na sala de jantar para pegar mais pratos e Noah tentou levantar-se e pegar seu próprio prato, mas Cheryl o impediu:

- Não, Noah. - ela disse enquanto balançava a cabeça e pegava o prato dele - Você é um convidado. Você não precisa se preocupar com isso. Você e Peyton apenas sentem, relaxem e conversem.

- Obrigado. - ele sorriu e sentou-se conforme foi instruído.

- Obrigada, mãe.

- Sem problemas. Tenho certeza de que seu irmão ficará encarregado da louça toda vez que vier aqui em casa. - ela comentou e franziu os lábios.

Peyton riu enquanto sua mãe se afastava e balançou a cabeça. Assim que sua mãe sumiu de vista, ela olhou para Noah:

- Minha mãe deve estar um pouco brava. Desculpe-me.

Noah deu de ombros:

- Está tudo bem. Ela é apenas uma mãe.

- Obrigada pela compreensão.

- Claro. - ele a assegurou e colocou a mão no joelho dela - Sua mãe está querendo servir a sobremesa agora? Porque estou pensando em darmos um passeio.

Peyton, se sentindo perplexa e corada, gaguejou:

- Hum, vou perguntar a ela! Espere um minuto. - ela se afastou da mesa e foi até a cozinha onde Gloria e

Chris estavam lavando a louça e seus pais estavam guardando a comida - Ei, mãe?

A mãe se virou, parecendo surpresa ao vê-la:

- Peyton! O que você está fazendo aqui? Volte para lá agora! Ele já foi embora? - o pai colocou a mão nas costas da esposa do jeito que ele costumava fazer para sinalizar para ela relaxar. Ela respirou fundo, percebendo que estava ficando nervosa e esperou que Peyton falasse.

- Eu só ia perguntar quando você vai querer servir a sobremesa porque Noah está querendo dar um passeio comigo. - Peyton explicou com a voz ficando mais baixa a cada palavra.

- Oh, querida, tudo bem! Podemos comer a sobremesa quando vocês voltarem. Não se preocupe. Eu gostaria de falar com a Gloria e com o Chris de qualquer maneira. - ela esfregou o braço de Peyton e sorriu - Vá com ele!

- Obrigada, mãe. Boa sorte para vocês dois. - Peyton desejou aos pombinhos.

- Muito obrigado, mana. - Chris gritou.

- Sempre que precisar, mano. - ela voltou até Noah que estava sentado à mesa como um modelo - Ela disse que tudo bem. Deixe-me pegar meu tênis e um moletom.

- Ótimo. - ele levantou-se para calçar os sapatos e pegar a jaqueta.

Peyton subiu a escada correndo até seu quarto, pegou seu Converse e seu moletom antigo que ela tinha comprado quando estava no colégio. Ela se olhou no espelho e prendeu o cabelo em um rabo de cavalo. Ela rapidamente retocou a maquiagem e, por último, verificou os dentes para se certificar de que não havia comida presa entre eles. Depois de checar sua lista de verificação pessoal e decidir que estava apresentável, ela desceu correndo as escadas para encontrar Noah na porta.

- Pronta? - ele perguntou.

- Sim, vamos! - ela disse entusiasmada e abriu a porta da frente. Ela fez um gesto para que ele fosse na frente e ele riu ao passar pela porta. Ela riu e o seguiu fechando a porta atrás deles - Eu te seguirei. Irei aonde você for.

- Podemos dar uma olhada no celeiro?

- Claro, eu tenho que dar uma olhada em uma das vacas mesmo. Ela está prestes a entrar em trabalho de parto.

- Legal, então eu vou te seguir porque não percebi como estava escuro aqui fora e eu realmente não sei para que lado fica o celeiro.

Peyton riu e apontou:

- É por ali.

Noah seguiu ao lado dela pela grama molhada e olhou para o céu:

- Uau, há tantas estrelas!

- Sim, elas são lindas daqui. Eu prefiro viver no campo do que na cidade. Há uma espécie de beleza inocente incomparável nas estrelas, o som do rio ao fundo e dos grilos cantando... aqui é o meu lugar favorito.

- Eu acho você linda, sabia? - Noah admitiu e parou de andar.

- Sério? - ela perguntou e parou.

- Sim. Há uma inocência em sua beleza que é muito atraente. Tipo, a maneira como você gagueja quando fica nervosa. Ou quando você olha para baixo e coloca o cabelo atrás da orelha para esconder o rosto quando ele fica vermelho. Você fica tão linda que faz meu coração disparar. - ele pegou a mão dela e puxou-a gentilmente contra seu peito para que ela pudesse ouvir o coração dele batendo.

Parecia muito com o que ela sentia. Eles ficaram parados na grama, na metade do caminho para o celeiro por um tempo abraçados sob as estrelas, e Peyton não conseguia imaginar um momento mais perfeito que esse.

- Eu gosto de você, Peyton. - ela se afastou um pouco para que pudesse olhar para o rosto dele enquanto seus braços ainda estavam em volta dela - Eu gosto muito de você. Sei que não nos conhecemos há muito tempo, mas sempre que estou com você, sinto que posso ser eu mesmo e me sinto confortável. E agora, sempre que não estou com você, sinto muito sua falta. E eu preciso me desculpar. Eu sei que depois daquela corrida você não teve notícias minhas por um tempo, não foi justo, mas não era nada contra você. Eu diria que você estava agindo um pouco estranho quando chegou para a sua consulta. Eu realmente estava estudando para uma prova que fiz naquela semana e agora estou estudando para as provas finais. Eu juro que não estava te ignorando, mesmo que não pareça isso. Estou apenas tentando estudar nessas últimas semanas. Porque, honestamente, eu preferia muito mais estar com você do que estudando.

Peyton não conseguia acreditar no que tinha acabado de ouvir. A parte mais profunda dela sabia que ela realmente gostava de Noah e que adorava estar com ele. Mas ainda assim, havia algo que a impedia e ela sabia que era a lembrança de Derek no fundo de sua mente. Então, ela se lembrou das palavras de sua mãe: *"Peyton, ele iria gostar que você fosse feliz e que seguisse em frente"*. - Cheryl sempre estaria no fundo da mente da filha dizendo esse tipo de coisa. E Peyton sabia que se sua mãe estivesse ali, ela estaria dizendo a ela para abrir a boca e falar algo.

- Eu também gosto de você, Noah. De verdade. Minha vida está um pouco complicada e eu não gostaria de complicar a sua, principalmente com você prestes a se formar. Você já tem coisas o suficiente acontecendo. - Peyton olhou para baixo envergonhada.

Ela realmente gostava de Noah e ter os braços dele

em volta dela a fazia se sentir segura e protegida. Um sentimento que ela não sentia há muito tempo. Claro que ela sempre era abraçada pelos pais, mas o abraço de Noah era diferente.

- Peyton, - Noah sussurrou e colocou a mão debaixo do queixo dela e ergueu sua cabeça para que ele pudesse olhar nos olhos dela - por favor, não pense que você é uma pessoa complicada. Isso é o que mais está longe da verdade. Eu sei que algumas coisas aconteceram em sua vida e, quando você estiver pronta para falar, eu estarei aqui para te ouvir, ok?

Peyton respirou fundo e sorriu:

- Ok. - ela abaixou a cabeça e se afastou de Noah - Você quer ir ao celeiro?

Noah sorriu e assentiu com a cabeça:

- Claro, vamos ao celeiro. - Noah a soltou, mas pegou sua mão deixando que ela o guiasse até o celeiro.

O estômago de Peyton deu uma cambalhota. Ela amava a sensação da mão quente dele na dela.

Ela se sentiu culpada por não ter falado mais nada, mas para ser honesta, ela não tinha ideia do que dizer. Ela ficou chocada e foi pega de surpresa e não sabia como descrever seus sentimentos. Os sentimentos dela estavam uma bagunça com relação aos pensamentos sobre seu falecido marido, e ela ficava se perguntando se estava louca por pensar em outro homem. Por outro lado, ela não conseguia parar de pensar em Noah. Ela ficava se perguntando o que ele estaria fazendo, quando seria a próxima vez que eles iriam se ver e se ele estaria pensando nela como ela estava pensando nele.

- No que você está pensando? - ele perguntou enquanto caminhavam em direção ao celeiro.

Eles estavam a apenas noventa metros de distância agora.

- Não sei. Estou tentando processar tudo. Eu prometo que não estou tentando ser rude. Eu acho que nunca pensei em ser amada por outro cara novamente.

Você acredita que uma pessoa só pode se apaixonar uma vez? Tipo, se apaixonar de verdade mesmo ou você acha que isso pode acontecer mais de uma vez?

Noah olhou para frente, claramente pensando na pergunta e decidindo como iria respondê-la. Peyton sabia que era uma pergunta carregada, especialmente agora com ele sabendo que ela já tinha sido casada.

- Eu acredito que as pessoas são colocadas em nossas vidas na hora certa e que tudo acontece por alguma razão. E eu acho que você pode se apaixonar por qualquer pessoa se você se permitir. Portanto, não, não acho que haja apenas uma pessoa específica para cada um. Espero que não. Na sétima série, eu estava determinado que me casaria com a Holly Stewart e, graças a Deus, não fiz isso. Depois de terminar o colégio, ela enlouqueceu um pouco e já passou por dois divórcios. - Noah riu e Peyton se juntou a ele. Graças a Deus ele tinha senso de humor.

- Tudo bem, foi um bom argumento. - Peyton admitiu e eles entraram no celeiro.

Peyton acendeu as luzes.

- Uau, é maior do que eu pensava!

- É que meu pai abriga muitas vacas de outras pessoas, por isso que ele precisa de espaço. Nós também temos alguns cavalos e um galinheiro nos fundos. Na última baia, está uma vaca chamada Betsy e estamos esperando que ela entre em trabalho de parto. Quer ir vêla? - Peyton perguntou curiosa com a expressão de Noah. É claro que ele tinha uma postura calma e não parecia nem um pouco alterado.

- Quero sim, vamos ver a Betsy.

Noah e Peyton foram até a parte de trás do celeiro e ela soltou a mão dele para abrir a baia. Ela percebeu que Betsy não tinha comido o feno, mas que seu balde estava com pouca água, então ela o pegou para enchê-lo com água fresca.

- Ei, mamãe! - Peyton cumprimentou a novilha e fez

um carinho em sua cabeça. Ela ficou de pé, o que tornou um pouco mais fácil para Peyton examiná-la.

- Ela é uma vaca bem grande! - Noah afirmou.

Peyton riu:

- Você sabe que ela te ouve, né?

- Só estou dizendo que é óbvio que ela está carregando um bezerro na barriga. - Noah riu e observou enquanto Peyton examinava Betsy.

- Nossa, parece que ela está refrescando. - Peyton notou - Já está liberando muco. Você está prestes a ser mamãe, Betsy!

Noah pigarreou:

- Desculpe-me, mas o que significa refrescar?

- Oh, desculpe-me, significa que o suprimento de leite está chegando porque ela logo estará amamentando. Provavelmente ela deve estar se sentindo bem desconfortável.

- É em momentos como este que fico feliz por ser homem.

- Não é a primeira vez que ouço isso. E eu sou muito grata por não ser homem. - Peyton o informou, pegou o balde de água e foi até a mangueira.

Noah seguiu atrás dela:

- Eu também. - ele sorriu seu sorriso torto e Peyton corou.

Ela jogou a água velha e tornou a encher o balde com água fresca para a mamãe vaca. Ela o levou de volta para a baia de Betsy e a trancou.

- Há mais alguma coisa que você queira ver? - ela perguntou a Noah que tinha ficado em silêncio enquanto ela cuidava de Betsy.

- Não, acho que já vi tudo. - ele respondeu sarcasticamente e Peyton caiu na gargalhada.

- Definitivamente você fez o tour pelos bastidores. - ela riu e Noah se juntou a ela.

Ele pegou a mão dela novamente e eles caminharam de volta para casa.

. . .

Peyton finalmente decidiu criar coragem de contar a ele sobre Derek. Noah merecia isso depois de ver o muco saindo do traseiro de uma vaca.

- Derek foi meu namorado no colégio. Ele se mudou para onde eu estudava quando estávamos no terceiro ano e ficamos juntos todos os dias desde então. Depois do colégio, namoramos por mais um ano e, logo depois disso, ele me pediu em casamento e fomos casados por quatro anos. No ano passado, voltávamos de uma consulta médica, eu estava grávida de seis meses... - Peyton parou, tentando conter as lágrimas e Noah apertou a mão dela para consolá-la - estava chovendo muito e o sinal estava verde para nós. Mas um cara em um caminhão não estava prestando atenção e bateu em nosso carro do lado do motorista, que era onde Derek estava. - Peyton tinha lágrimas escorrendo pelo rosto e estava tentando se controlar da melhor maneira possível, mas ela sentia que estava começando a perder o controle.

Ela tinha parado de andar e Noah estava olhando para ela com uma expressão preocupada, mas ela continuou:

- O motorista estava bêbado e Derek morreu na hora. Acordei em uma cama de hospital e descobri que meu marido tinha morrido e que eu havia perdido meu bebê. - Peyton soltou a mão da dele e chorou. Noah puxou ela novamente e a abraçou apertado.

Ela nunca tinha contado os detalhes da morte de Derek para ninguém e, ao fazer isso, era como se ela estivesse revivendo o acidente. Além disso, ela nunca tinha contado a ninguém que não fosse da família dela sobre a perda do bebê. Ela se sentiu com o coração partido de novo, mas ao mesmo tempo teve um peso enorme tirado de suas costas. Ela presumiu que estava sentindo algum tipo de encerramento psicológico. Ela se sentiu muito envergonhada por ter chorado tanto na frente de Noah. Ela não era de demonstrar suas emoções e só conseguia imaginar o que ele poderia estar sentindo e pensando. Ela imaginou ele fugindo, mas em vez disso, ele a abraçou carinhosamente e a deixou chorar por toda a sua jaqueta.

- Peyton, - ele sussurrou - eu sinto muito. Eu nem consigo imaginar a dor que você deve estar sentindo.

Peyton respirou fundo algumas vezes e se esforçou para manter as emoções sob controle. Noah deve ter reparado que ela estava tentando se acalmar porque ele começou a fazer carinho na parte de trás da cabeça dela. Então ela sentiu ele pressionar a boca contra sua cabeça. Ele tinha acabado de beijar a cabeça dela?

O gesto pareceu trazer Peyton de volta para o momento presente e ela enxugou o rosto:

- Argh, desculpe-me, Noah. Eu juro que normalmente não faço isso. É que eu nunca contei isso a ninguém. Foi como se eu revivesse o acidente e agora sinto que estou me lembrando de todos os pequenos detalhes, como nossa conversa antes do acidente e flashbacks de estar na ambulância e os nomes das enfermeiras do hospital. - ela colocou a cabeça em suas mãos e se manteve assim por um minuto para tentar se livrar das memórias - Eu juro que normalmente sou muito mais controlada.

- Não se preocupe. É natural que você se sinta assim. Você sofreu muito. Tenho certeza que você sente falta dele.

Peyton deu de ombros:

- Acho que sempre vou sentir. Mas acho que finalmente cheguei a um ponto em que preciso voltar a viver. Minha mãe me disse que há um tempo para vivenciar o luto, e que há um momento para começar a perdoar e seguir em frente. Nas últimas semanas, eu realmente senti que era hora de começar a seguir em frente e voltar a viver. Toda vez que oro, tenho a sensação de que preciso perdoar, e percebo que Derek iria querer me ver feliz e não passando os meus dias tão infeliz nesta terra, mas aproveitando a chance de estar viva. Foi um milagre eu ter sobrevivido.

- Tenho certeza de que ele estaria orgulhoso de você. Se serve de consolo, eu acho que você está lidando com tudo isso de uma maneira incrível. Então é por isso que você tem se consultado com meu tio?

Peyton sabia que essa pergunta uma hora surgiria.

- Sim, - ela assentiu com a cabeça - fui encaminhada para tentar descobrir como eu realmente me sentia e para me ajudar a superar. Eu relutei, principalmente no início. Minha mãe sempre me levava porque antes eu realmente brigava para não ir. Agora, tornou-se um hábito para ela me levar às consultas.

- Ah, agora tudo faz sentido.

- Achei que você já soubesse disso ao olhar meu prontuário quando eu fazia o check-in.

- Tento não olhar para eles. Além disso, uma vez que você chamou a minha atenção, não quis olhar seu prontuário. Eu queria que você fosse a única a me dizer por que estava fazendo terapia, em vez de ler as opiniões dos outros. Além disso, esse material é privado. Eu não leio a menos que seja necessário. - Noah explicou e Peyton balançou a cabeça.

- Você é realmente incrível. - ela sussurrou.

Noah riu:

- Eu digo o mesmo de você. Devemos voltar? Aposto que sua mãe já está pronta para servir a sobremesa.

- Sim, vamos.

- Ei, - Noah pegou as mãos dela - obrigado por compartilhar a sua história comigo esta noite. Sou muito grato por isso. Sei que não foi fácil para você, mas me ajuda a entender melhor o que você passou e como você está atualmente.

- De nada. - ela disse e eles caminharam de mãos dadas.

$\mathcal{E}$les entraram em casa e todos estavam esperando para comer a sobremesa. Enquanto eles estavam fora, pareceu que tudo havia se acalmado entre Chris e sua mãe. Chris estava de volta ao seu jeito sarcástico de sempre, Gloria não parecia tão preocupada e a mãe tinha um sorriso de volta no rosto. Todos eles sentaram-se na sala de estar para desfrutar da torta, e todos ficaram entretidos em suas conversas paralelas. O pai de Peyton estava conversando com Noah sobre uma dor de dente que estava sentindo enquanto Chris, Gloria e a mãe conversavam sobre os preparativos do casamento. Peyton recostou-se e ficou ouvindo enquanto apreciava a torta, perdida em seus pensamentos.

Ela não conseguia acreditar que havia se aberto com Noah daquele jeito. E também não conseguia acreditar como ele havia se aberto para ela com relação aos seus sentimentos. Ela não sabia o que fazer ou como agir. Derek foi seu primeiro e único namorado, e tudo tinha sido muito fácil com ele. Como ela já havia passado por muita coisa, ela estava tentando descobrir como se abrir novamente e a acreditar que merecia uma segunda chance no amor com Noah.

Depois que Noah foi embora, ela ajudou a mãe a limpar a cozinha, informou ao pai sobre Betsy e subiu para seu quarto. Pouco depois de colocar o pijama, alguém bateu na porta.

— Entre!

A mãe abriu a porta e entrou:

— Ei, querida. Como você está?

— Ah, você sabe, estou bem, como sempre. - Peyton respondeu sarcasticamente.

— O que aconteceu no passeio? Seu rosto parecia todo manchado. Você chorou? - sua mãe não deixava passar nada.

— Sim. Eu contei a Noah sobre o Derek e o acidente. E sobre eu estar grávida e perder o bebê.

— Uau! - sua mãe parecia chocada e ansiosa ao mesmo tempo - Como ele reagiu? O que ele disse?

Peyton deu de ombros:

— O que ele poderia dizer? Ele disse que sentia muito e me deixou chorar por toda a jaqueta dele. Foi completamente embaraçoso, mas ele não parecia nem um pouco constrangido. Acho que ele aceitou muito bem. Eu só não expliquei muito bem porque eu estava chorando.

— Pelo que vi, ele entendeu sim, e ficou um bom tempo ouvindo seu pai tagarelar na orelha dele. Ele deve gostar de você, Peyton. - ela sorriu e parecia estar dando pulos de alegria por dentro.

— Sim, eu sei. Ele me disse isso.

— Ele disse?! - a mãe berrou - Oh, meu Deus, isso é tão incrível! O que você disse? Como ele disse isso?

— Ele disse que preferia estar comigo do que estudando o tempo todo, e eu disse que eu também gosto dele.

Sua mãe começou a bater palmas e a rir:

— Peyton! Estou tão animada! Você está feliz? Ele é um cara tão legal e paciente, e ainda ficou por perto quando seu irmão decidiu soltar a bomba do casamento ser em junho.

— A propósito, como foi? Você os perdoou?

Sua mãe revirou os olhos:

- Dificilmente perdoarei. Esse menino sempre vai me causar problemas. - ela bufou - Eles me explicaram que junho é o melhor mês para a família de Gloria vir, e que eles estão dispostos a ajudar em tudo o que precisarmos. Francamente, tudo o que preciso é que eles me enviem um cheque que eu assumo o resto. Não acho que eles tenham ideia de quanto tempo leva para planejar um casamento. Todas as coisas que temos que pedir como flores, vestidos, a escolha do bolo, reservar um lugar... falando nisso, você se lembra onde a mãe do Derek pediu aqueles cravos horríveis? E as gravatas-borboleta? Quando descobri que ela realmente tinha encomendado eles, eu quase tive um ataque cardíaco. Foi como se alguém tivesse morrido naquele dia. Cravos são para funerais!

Peyton riu, se lembrando que tinha falado exatamente isso a Chris e Gloria mais cedo.

- Sim, graças a Deus que conseguimos cancelar os pedidos a tempo. Ela pareceu tão surpresa quando eu disse a ela que odiava cravos e que queria gravatas slim em vez de gravatas-borboleta. De qualquer forma, estou feliz que eles finalmente te explicaram a situação e te deixaram a par de tudo.

A mãe sorriu:

- Sabe, Chris me contou que você se abriu com eles. E eu disse a eles para se abrirem conosco e que a comunicação era a melhor coisa que eles podiam fazer para que o planejamento do casamento fosse o mais tranquilo possível.

Peyton acenou com a mão:

- Eu conversei com eles, mas foi pouca coisa. Só queria ter certeza de que você seria tratada de forma justa e que essa experiência seja ótima e divertida para todos.

A mãe abraçou a filha:

- Muito obrigada. - ela sussurrou no ouvido de

Peyton e beijou-a na bochecha. Ela levantou-se da cama e sorriu - Você também teve um casamento incrível.

- Sim, foi um dia perfeito. - Peyton assentiu com a cabeça - Graças a você.

- Eu tenho bom gosto. - a mãe afirmou e riu - E já tenho ideias para o seu próximo casamento. - ela piscou e saiu do quarto.

O queixo de Peyton caiu:

- Você só pode estar brincando comigo! - ela gaguejou.

Ela ouviu sua mãe rir no corredor e entrar em seu próprio quarto. Peyton riu para si mesma e balançou a cabeça em descrença.

Ela deitou-se na cama pensando em como seria seu próximo casamento, o que faria de diferente e quem ela achava que poderia estar no altar. Ela adormeceu sorrindo, imaginando Noah de terno e ela caminhando em direção a ele em um vestido branco rodado.

No dia seguinte, Peyton estava sentada no sofá lendo um livro quando sua mãe desceu as escadas:

- Ei, Peyton, você quer ir ao supermercado comigo? Preciso comprar algumas coisas para vários dias e não quero acabar tendo que ir na segunda-feira. Além disso, preciso ter certeza de que temos tudo o que precisamos para amanhã. Mas se prepare, porque você sabe que ir ao supermercado aos sábados é certeza que estará cheio e que as filas estarão absurdamente grandes.

- Mãe, e se encontrarmos um de seus amigos? Vamos acabar ficando lá ainda mais tempo!

- Eu prometo que se encontrarmos alguém, vou ser breve e tentar esconder você o melhor que eu puder para que eles não te bombardeiem com perguntas. E então vamos fugir o mais rápido que pudermos! - ela brincou.

- Você é hilária. - Peyton brincou - Tudo bem, eu vou com você.

- Obrigada. Eu sei que é uma grande inconveniência.

- ela disse sarcasticamente e Peyton revirou os olhos - Eu não consigo mais convencer seu pai a ir comigo. Você tem alguma ideia para o jantar de hoje e amanhã?

- Eu realmente não o culpo, mãe. Não sei, almôndegas parece uma boa ideia. No entanto, hoje a noite vou naquele encontro com Noah, lembra?

- Claro! Estou tão animada por você, Peyton. Você vai se divertir muito. - ela gritou e agarrou sua bolsa.

- Sim, acho que vai ser divertido. Além disso, você sabe o quanto eu amo comer de graça. - Peyton brincou, levantou-se do sofá e esticou os braços - Você acha que eu deveria levar meu livro para o caso de você encontrar uma de suas amigas?

A mãe estreitou os olhos para a filha:

- Vou jogar esse livro fora! - ela ameaçou.

Peyton apenas riu e jogou o livro no sofá e, em seguida, seguiu sua mãe até o carro.

Durante o caminho, tudo o que sua mãe queria falar era sobre o casamento de Chris e Gloria. Ela ainda estava reclamando sobre como eles não haviam contado a ela sobre a data e, evidentemente, Chris tinha perguntado se alguns dos familiares de Gloria poderiam ficar na casa deles. Havia alguns quartos extras na casa e Gloria tinha tias e tios que queriam ir ao casamento também. A mãe de Peyton nunca gostou de ser pressionada quando faziam esse tipo de pergunta na frente de outras pessoas. Nunca acabava bem. Muitas vezes, enquanto Peyton e Chris eram crianças, eles perguntavam à mãe se podiam receber os amigos em casa enquanto falavam com eles ao telefone. Ela os fazia desligar para só então responder porque ela se sentia desconfortável e chateada. Cheryl contou que Gloria queria as cores vermelho e verde, mas que ela tinha achado ridículo porque essas são cores de natal. Ela falou sobre isso o caminho todo, e tudo que Peyton teve que fazer foi assentir com a cabeça e dizer "uhum".

Quando a mãe estacionou o carro em frente ao supermercado, ela entregou uma lista a Peyton.

- Não me deixe esquecer nada! Se eu tiver que voltar na segunda-feira, eu te arrasto até aqui comigo! - ela reiterou e abriu a porta do carro.

Peyton a seguiu e leu a lista:

- Hum, mãe, foi você quem fez esta lista?

- Sim, por quê?

- Então você vai querer biscoitos Oreo, sorvete, batatas fritas de churrasco e cerveja sem álcool?

A mãe pegou a lista de volta para ler:

- Foi o seu pai! Se ele acha que eu vou comprar todo esse lixo para ele, ele está ficando maluco. Ele não precisa de nada disso. Eu juro que aquele homem vai acabar com diabetes! - ela empurrou a lista de volta para a filha que acabou rindo:

- Não sei, todas essas coisas me parecem boas. - ela riu - Acho que ele tem bom gosto.

- Filho de peixe, peixinho é. - a mãe afirmou enquanto entrava no supermercado e apontava para os carrinhos de compras - Você fica com o carrinho. - ela informou à filha indo em direção aos corredores.

Peyton revirou os olhos e murmurou:

- Novidade!

- Eu ouvi! - a mãe disse e se virou para sorrir com um ar de superioridade.

- Impossível! - Peyton desafiou, mas para ser honesta, sua mãe provavelmente tinha ouvido, pois ela tinha uma audição incrivelmente boa.

Peyton seguiu sua mãe para todos os lados em cada corredor, verificando lentamente cada item da lista. Houve várias vezes em que elas se esqueceram de um item tendo que voltar em um corredor que já tinham passado. Assim como Peyton suspeitava, sua mãe pegou o que seu pai tinha colocado na lista.

Enquanto as duas esperavam na fila do caixa, Peyton olhou ao redor e, com o canto do olho, viu um rosto familiar passando pelo corredor de cereais. Era Noah. Com uma garota. Uma loira com lindos cachos saltitantes e uma maquiagem perfeita. Os dois estavam rindo de alguma coisa, sabe-se lá do que e ela tocava carinhosamente no braço dele.

Peyton sentiu seu coração despencar e respirou fundo. Ela se virou rapidamente e levantou o capuz para esconder o rosto.

- O que diabos você está fazendo? - sua mãe perguntou.

- Mãe, eu te imploro. Dê-me as chaves para eu poder ir para o carro.

- O quê? Não, estamos quase terminando. - sua mãe disse e começou a colocar os produtos na esteira do caixa.

Peyton virou a cabeça lentamente e viu que Noah e a loira estavam indo na direção delas:

- Mãe, eu prometo que se você esquecer alguma coisa, eu mesma venho até aqui e compro para que você não precise voltar. Mas, por favor, deixe-me ir para o carro. Por favor!

- Não até você me dizer o porquê! - ela exigiu e cruzou os braços.

Peyton agarrou o braço dela e a virou de forma que ela ficasse de costas para o casal feliz.

- Não olhe agora, mas Noah está atrás da gente com uma loira linda pendurada em seu braço. Eles parecem íntimos e estão bem à vontade um com o outro, e eu não quero que ele me veja. Isso seria bem estranho e constrangedor, então, por favor, deixe-me correr enquanto ainda é possível. E se ele te ver, não diga a ele que eu estive aqui! - Peyton sussurrou e sua mãe lentamente se virou para olhar.

Cheryl virou de volta rapidamente:

- Oh, minha nossa! Eu não acredito! - ela enfiou as mãos dentro da bolsa e entregou as chaves à Peyton.

Sem hesitar, Peyton as pegou:

- Obrigada! - ela sibilou e caminhou a passos largos até o carro sem olhar para trás.

Cerca de dez minutos depois, ela viu sua mãe caminhando em direção ao carro com o carrinho cheio de compras. A testa dela estava franzida e seus olhos pareciam distantes, e Peyton sabia que ela estava perdida em pensamentos. Peyton saltou do carro e encontrou sua mãe na parte de trás para rapidamente guardar as sacolas e o carrinho. Quando ela voltou, sua mãe já estava no banco do motorista pronta para dirigir. Assim que ela entrou no carro e colocou o cinto de segurança, sua mãe foi embora na melhor hora porque no mesmo instante, Noah e a loira entraram no estacionamento. Ela estava com o braço em volta do dele enquanto ele empurrava o carrinho até seu carro.

- Que sem vergonha. - a mãe afirmou.

- Qual deles?

- Não sei. Isso que é triste. - ela mordeu o lábio, o que normalmente fazia quando estava preocupada ou estressada.

- Ele te viu? - Peyton perguntou.

Sua mãe balançou a cabeça:

- Não, eles passaram direto por mim e foram em direção ao hortifruti. Graças a Deus! Não sei o que eu teria dito se ele me visse. Quer dizer, acho que sei sim. Eu iria agir com calma e claro, não falaria de você. Mas estou feliz por isso não ter acontecido. Eu queria jogar uma das maçãs na cabeça dele.

- Eu teria torcido para que você acertasse. - Peyton colocou a cabeça entre as mãos e lutou contra as lágrimas.

Ela se sentia tão desapontada e envergonhada. Ela não conseguia acreditar que tinha deixado um cara entrar em sua vida novamente, muito menos ter se permitido ter sentimentos por ele. E foi nesse momento que ela percebeu que estava se apaixonando por ele. Ela se via com ele todos os dias - rindo, cozinhando, viajando, construindo uma família, envelhecendo e ficando juntos para sempre. Mal sabia ela que tudo não passava de uma mentira. Ele tinha brincado com ela e ela tinha caído.

- Querida, está tudo bem. - ela sentiu sua mãe colocar a mão em suas costas - Talvez não seja o que estamos pensando.

Peyton ergueu a cabeça e franziu a testa para sua mãe:

- Ok, mãe, então o que mais poderia ser? Não era nada além de uma curtição e eu caí nessa merda. Estou me sentindo tão idiota. Eu nunca deveria ter deixado você me arrastar para isso. Eu não estava pronta!

- Sim, você estava e está! Querida, eu sei que é assustador abrir o seu coração novamente, mas você merece ser amada. Você sabe tão bem quanto eu que nada se compara à felicidade que sentimos quando estamos com alguém que realmente nos ama e que está do nosso lado, não importa o que aconteça. Alguém em quem você possa confiar constantemente! Você merece isso! Você vai ter isso! - ela protestou e colocou a mão de volta no volante.

- Mãe, eu já tive tudo isso. E desejo ter isso de volta todos os dias. Desejo ter ele do meu lado novamente. Ele é aquele com quem eu queria desesperadamente falar nos últimos meses, até que Noah entrou em minha vida. Então comecei a sentir todos aqueles sentimentos piegas de novo, como ficar animada quando via ele ou recebia uma mensagem idiota e agora que percebi que eu realmente estou gostando do cara, eu descubro que tudo não passou de uma mentira! Ele é um traidor, um idiota de duas caras. Nunca mais quero ouvir falar dele. De jeito nenhum que sairei com ele esta noite. - Peyton estava furiosa. Ela cruzou os braços e olhou pela janela, deixando as lágrimas rolarem pelo seu rosto.

- Peyton, você não pode afirmar isso! Você não sabe... - sua mãe parou de falar quando ouviu seu celular tocando. Ela o pegou para ver quem era e decidiu atender - Alô?

Peyton ouvia atentamente a voz abafada que vinha do outro lado da linha e reconheceu que era de seu pai.

- Oh, sério?

Peyton ouvia seu pai tagarelando e parecia que ele estava nervoso.

- Estamos a dez minutos de distância. Vou ligar para a veterinária agora mesmo. - ela parou de falar para ouvir a voz do marido e Peyton entendeu as palavras *"Obrigado"* e *"Eu Te amo"*.

- Também te amo, tchau. - sua mãe desligou e imediatamente começou a ligar para o que Peyton presumiu ser a doutora Stapleton.

Ela era a veterinária da família e morava a alguns quilômetros de distância. Geralmente ela estava disponível quando seu pai precisava dela.

- Mãe, o que está acontecendo? - Peyton perguntou e enxugou as lágrimas de seu rosto. Seus sentimentos agora haviam mudado de raiva para preocupação.

No entanto, a mãe ignorou a filha e esperou que a veterinária atendesse:

- Alô, Nicki? Oi, é a Cheryl. Você está em casa?

Peyton estava se esforçando ao máximo para tentar entender as palavras, mas não conseguia.

- Que bom, é uma emergência. Você pode ir a nossa casa? Temos um bezerro nascendo, e meu marido disse que acha que é um parto pélvico.

Peyton cobriu a boca e começou a entrar em pânico. Ela tinha cuidado de Betsy na noite anterior e tudo parecia bem.

- Muito obrigada, Nicki. Até daqui a pouco. - a mãe desligou e guardou o celular de volta na bolsa.

Peyton olhou para a mãe que estava olhando fixamente para a estrada com as mãos agarradas com tanta força no volante que os nós de seus dedos estavam ficando brancos. Peyton colocou a mão no ombro da mãe:

- Vai ficar tudo bem, mãe.

A mãe olhou para a filha e sorriu:

- Espero que sim. Nicki está já indo para lá. Felizmente, o cordão umbilical não está enrolado no pescoço do pobre coitado. Seu pai estava realmente apostando nesse bezerro.

- Pelo menos ela já está indo para casa. - Peyton fungou.

CAPÍTULO 13

*P*eyton e sua mãe chegaram em casa em menos de cinco minutos. Peyton tinha olhado o velocímetro e notou que sua mãe estava a 25 quilômetros por hora acima do limite de velocidade. Felizmente, elas viram o carro da doutora Stapleton na garagem, o que fez Peyton soltar um suspiro de alívio. Ela ficou feliz em saber que seu pai agora tinha ajuda médica. Assim que estacionaram o carro, as duas saíram correndo em direção ao celeiro.

Quando chegaram à baia, elas viram a veterinária verificando os sinais vitais do bezerro. Seu pai estava fazendo carinho nas costas de Betsy e olhando atentamente para a doutora e para o bezerro. Eles esperaram em silêncio pelo que pareceu uma eternidade, até que finalmente a veterinária ergueu os olhos e balançou a cabeça. Peyton sufocou um soluço e abriu a porta da baia. Sua mãe foi até seu pai para abraçá-lo e Peyton se ajoelhou ao lado do bezerro. Apesar de viscoso, ela tocou o topo da cabeça do bezerro, olhou para ele e perguntou tristemente:

— O que aconteceu?

— Acho que várias coisas. O bezerro é enorme e acho que era grande demais para conseguir se virar. E ao sair, ele se enroscou no cordão umbilical e acabou sufocando.

O pobrezinho não teve nem chance. Não havia nada que pudéssemos ter feito. - a doutora Stapleton lamentou.

Peyton acenou com a cabeça e chorou sobre o bezerro. Sua mãe se ajoelhou ao lado dela e a abraçou com força:

- Obrigada por ter vindo tão rápido, Nicki. - Cheryl fungou.

- Sempre que precisar. Vou examinar a Betsy e me certificar para que ela não esteja sangrando muito antes de eu ir.

- Obrigado, Nicki. - seu pai agradeceu - Peyton, Cheryl, vou acompanhá-las até em casa. Você precisa da minha ajuda com alguma coisa? - ele perguntou à veterinária.

A doutora Stapleton balançou a cabeça:

- Não, irei cuidar de tudo por aqui. Podem voltar para casa. Eu sinto muito.

- Obrigado. - ele agradeceu e saíram da baia para voltar para casa.

Assim que Peyton entrou em casa, ela começou a chorar. Ver o pobre bebê morto, deitado e indefeso no feno deixou seu coração em pedaços. Ela atribuiu a si mesma a culpa pela morte do bezerro. Ela jurava que quando tinha cuidado de Betsy na noite anterior, parecia que a cabeça estava virada para o lado certo. Ela se sentia absolutamente culpada e desamparada.

Sem mencionar que ela ainda estava chateada com Noah. Vê-lo tão feliz e rindo com aquela outra garota a fez se sentir sem valor algum. Ela não tinha nada a ver com a outra garota. A loira era linda, animada, cheia de vida e Peyton se sentia como se fosse uma mercadoria danificada. Não era uma escolha difícil para Noah. Por que ele iria querer as sobras se ele poderia ter uma refeição nova?

- Peyton, vai ficar tudo bem. - seu pai disse e sentou-se ao lado dela na escada, passando o braço ao redor dela - Eu verifiquei as outras vacas esta manhã e descobri que duas estão prenhes. Não sei de quanto tempo, mas Nicki vai dar uma olhada nelas depois de cuidar da Betsy. O touro do nosso vizinho que escapou e entrou pela nossa cerca há alguns meses deve ter feito seu trabalho antes de tirarmos ele de lá. Vai ficar tudo bem.

- Oh, sério? - ela choramingou - Que bom. Pelo menos isso. Aquele pobre bezerrinho. Simplesmente deitado lá, indefeso. Eu mal consegui suportar.

- Eu sei. - o pai esfregou o ombro da filha - Ele lutou muito.

- E foi tudo em vão. Ele tentou e lutou tanto apenas para piorar seu estrangulamento e acabar com sua pobre vida inocente! Teria sido melhor que ele nem tivesse existido. O pobre bezerro não merecia isso. Ele não fez nada de errado. Ele só queria uma chance de viver - de ser e viver feliz para sempre. Pobre bezerrinho! - Peyton lamentou e chorou no ombro do pai.

- Hum, querida. Tenho a sensação de que não estamos mais falando do bezerro.

- É porque ela não está - a mãe afirmou.

- Mãe. - Peyton gemeu e se inclinou de seu pai tentando parar de chorar.

- Ela já me contou, mana. - ele a informou.

Peyton revirou os olhos e colocou a cabeça entre as mãos:

- Ótimo!

- Talvez não seja o que estamos pensando. Aquela loira linda, como vocês duas me contaram, pode ser qualquer outra coisa dele. Ontem à noite ele disse que gostou muito de você e que prefere ficar com você do que estudar, certo? - seu pai persuadiu.

Peyton estreitou os olhos para sua mãe:

- Você contou a ele?

- Peyton, eu conto tudo a ele. Você já deveria saber disso.

- Filha, - o pai tentou chamar a atenção dela de volta - ele disse essas coisas a você?

- Sim, mais ou menos isso. Mas, as pessoas não gostariam de fazer qualquer outra coisa do que estudar? - Peyton rebateu - Pai, parecia que eles estavam juntos. Ela estava agarrada nele e ele estava rindo e sorrindo, parecendo muito feliz. E honestamente pai, se ele está feliz eu não vou me intrometer. Eu não quero atrapalhar. Eu só queria que ele nunca tivesse brincado com os meus sentimentos.

- Eu também. Além disso, ele parecia ser um cara tão legal, e não do tipo que brinca com uma garota dessa maneira. Acho que só o tempo irá dizer. - o pai disse.

- Sim. Tempo. Eu tenho muito disso agora. - ela murmurou.

- Ei, vai ficar tudo bem.

- Obrigada, pai. - Peyton sorriu - Eu realmente espero que sim.

- Vou ver se a Nicki ainda está por aqui. Quero saber como as outras vacas estão. - ele levantou-se, beijou a bochecha da esposa e saiu pela porta da frente.

Peyton continuou sentada na escada, olhando sua mãe descarregando a compra. Ela não conseguia acreditar em tudo o que tinha acontecido naquele dia. Na noite anterior, um cara incrivelmente doce, bonito e gentil tinha dito que realmente gostava dela e que queria estar com ela. Ela acordou com a percepção de que estava se apaixonando por ele. Por volta do meio-dia, ele tinha se tornado um traidor idiota. Momentos depois, ela viu um pobre animalzinho indefeso morrer e, não muito depois disso, ela estava se comparando ao bezerro. Sua vida havia se tornado completamente complicada em apenas vinte e quatro horas, o que fez ela sentir falta de como vivia antes de conhecer Noah. Ela nunca achou que pudesse sentir falta de ser infeliz.

O celular dela zumbiu em seu bolso. Ela o puxou e viu que havia recebido uma mensagem de Noah:

- Ah, não! - Peyton murmurou.

"Ei, Peyton, como você está? Onde você gostaria de jantar esta noite?"

Peyton bufou e respondeu: *"Desculpe-me, surgiu um compromisso e não poderei sair esta noite."*

- O que você está fazendo? - sua mãe perguntou.

- Noah acabou de me perguntar onde eu vou querer jantar, mas respondi que eu não poderei ir.

- E você está bem com isso?

- Sim, mãe, estou. Não tenho vontade nenhuma de sair com ele. Eu não mereço isso. Não posso competir com lindos cabelos loiros acompanhados da maquiagem perfeita e de pernas longas. E eu nem deveria.

O celular vibrou novamente em sua mão e ela abriu a mensagem: *"Ok, então qual outro dia fica melhor para você?"*

Peyton respondeu: *"Vou estar ocupada a semana toda, desculpe-me. Tenha um bom final de semana!"*

Ela decidiu desligar o celular durante a noite. Ela não queria ficar tentada a ligar para ele para repreendê-lo, ou esperar por uma mensagem que talvez nunca chegasse. Ela precisava de um tempo para si mesma.

Ela ajudou a mãe a preparar o jantar, um espaguete simples, salada e pão de alho. Então, ela ajudou a limpar a cozinha, a varrer e esfregar o chão e a colocar a louça na máquina. Assim que ela terminou os afazeres na cozinha, ela pegou seu livro que havia jogado anteriormente no sofá, sentou-se e se perdeu em sua leitura. Ela descobriu que a melhor maneira de passar aquele final de semana sem perder muito tempo pensando em Noah era lendo um livro. Ela estava lendo *Orgulho e Preconceito* novamente. Ela já tinha lido ele tantas vezes que até tinha perdido as contas, mas ela não se importava. Ela amava ler, principalmente Jane Austen.

Quando chegou ao ponto em que sua visão estava ficando difusa e ela não conseguia mais distinguir as palavras, ela decidiu que era hora de dormir. Ela subiu as escadas se arrastando até o seu quarto, completou sua rotina noturna, deitou-se na cama e apagou.

Seus sonhos consistiam em Elizabeth e o senhor Darcy discutindo e brigando, até que tudo se transformava em uma briga dela com Noah. Foi com isso que ela sonhou a noite toda até o último sonho que teve, que é claro, tinha sido com Derek. Ele estava sentado na cerca que abrigava as cabras, balançando a cabeça. Ele ficava perguntando: *"Você não pode se apaixonar duas vezes!"* e *"Por que você se esqueceu de mim tão rápido?"*. Assim que ela o ouviu fazer essas perguntas algumas vezes, ela acordou e sentou-se na cama com o suor escorrendo pelo rosto e ofegante como se tivesse acabado de correr. Ela nunca quis sentir que estava substituindo Derek. Na mente de Peyton, ele nunca poderia ser substituído. Mas ela também sabia que merecia ser amada e cuidada, algo que faltava em sua vida. Claro, seus pais a amavam e cuidavam dela todos os dias, mas ser casada com alguém que era tão dedicado ao relacionamento quanto você, é simplesmente o melhor tipo de amor. Foi bom com Derek porque ele era muito aberto sobre seus sentimentos verbalmente ou por meio de suas ações. Ela nunca duvidou de que ele a amava. Ela ficou assustada ao pensar que tinha sido enganada e não queria que isso acontecesse novamente. Ah, as alegrias de namorar!

Os dias passaram e Peyton fez o possível para não ficar deprimida. Quando ela não estava lendo *Orgulho e Preconceito*, ela estava ajudando sua mãe na cozinha ou ajudando seu pai a cuidar das vacas. Para realmente ajudar a passar o tempo, ela pegou o cortador de grama. Para a sorte dela, cortar a grama levava algumas e, para evitar que pensamentos negativos invadissem sua mente, ela colocou seus fones de ouvido com música alta e ficou cantando junto. A certa altura, sua mãe passou por ela a caminho do jardim, olhou para ela e começou a rir. Peyton sorriu, mas não se importou. Por aquelas duas horas, ela se sentiu como se estivesse em outro planeta, longe de seus problemas.

Ocasionalmente, ela recebia mensagens de texto de Noah perguntando como ela estava e o que estava fazendo. Peyton dava respostas breves, dizendo que estava bem ou que estava trabalhando muito com o pai. Felizmente, Noah não era do tipo que pressionava por respostas e parecia satisfeito com as respostas simples dela. Peyton se perguntou por que ele ainda se incomodava em ficar mandando mensagens. Ela achou que estava dando dicas muito boas sobre não querer sair com ele e com suas mensagens curtas. Mas ainda assim, de vez em quando, ele mandava uma mensagem para ver como ela estava e, mesmo que isso pudesse ser considerado fofo, estava começando a irritá-la.

Antes que Peyton percebesse, já era quinta-feira de manhã e ela já estava se arrumando para ir à consulta com o doutor Schoenborn. E é claro que ela estava com medo. Os últimos dias tinham passado tão depressa que ela nem tinha percebido. Parecia que ela ainda não tinha feito nada e, ainda assim, os dias passaram voando.

- Mãe, se houvesse um momento para me deixar ficar em casa, hoje seria o dia ideal. - Peyton insistiu, inclinando-se sobre seu café da manhã.

- Querida, você tem que ir. Você não pode perder nenhuma de suas consultas, a menos que esteja vomitando ou morrendo. Vai ficar tudo bem. Talvez aquela outra moça esteja de volta e ele nem esteja mais lá. - a mãe tentou encorajar a filha.

- Ela não vai voltar por um tempo. Ele está lá, com toda certeza. - Peyton começou a esfregar as têmporas - Dor de cabeça conta como uma desculpa para não ir?

- Não, não conta. - a mãe disse e sentou-se ao lado da filha. Ela segurou a mão de Peyton e apertou-a para encorajá-la - Vai ficar tudo bem. Apenas coloque um sorriso no rosto e não deixe que ele veja que você está chateada.

Peyton sorriu seu sorriso mais ridículo possível e sua mãe riu:

- Essa é a minha garota. Agora vamos. Por que você está comendo tão tarde? Normalmente você já terminou.

- Eu não consegui dormir direito, então eu me permiti dormir um pouco mais e saí para correr um pouco mais tarde do que o normal.

- Eu percebi. Seu cabelo ainda está meio molhado. Que tipo de impressão você está tentando passar? Pelo menos você se maquiou um pouco. Embora você já se maquiou melhor.

- Ei, mãe, você não está ajudando.

Em apenas quinze minutos, o carro estava estacionado em frente ao consultório e Peyton estava hesitante em sair do carro. Ela lentamente desafivelou o cinto de segurança e estendeu a mão para abrir a porta, mas não teve coragem de abri-la. Ela baixou a mão e cobriu os olhos.

- Saia do carro e acabe logo com isso. - sua mãe gemeu.

- Mãe, você vai comigo, não vai? - Peyton gaguejou.

- Querida, eu vou me encontrar com algumas amigas. Elas querem me levar a um restaurante novo e, nesse ritmo, vou acabar chegando atrasada. Então, você pode, por favor, agir como uma garota crescida e sair do carro? - ela implorou.

- Tudo bem! - Peyton exclamou e saiu correndo do carro.

- Ligue-me quando terminar! - sua mãe disse e Peyton bateu a porta.

Ela se virou e marchou até a porta apenas para hesitar novamente, uma vez que ela olhou pela janela e viu Noah na recepção. Ela respirou fundo e abriu a porta lentamente. Ela entrou no consultório e Noah ergueu os olhos imediatamente. Quando ele percebeu que era ela, ele sorriu e levantou-se da cadeira:

- Ei, eu estava esperando você chegar! - ele sorriu.

Ele estava usando uma calça jeans mais clara combinando com uma camisa de flanela azul e verde que estava aberta, revelando uma camisa branca por baixo. As mangas estavam dobradas até a metade do braço e ele tinha um lápis atrás da orelha, o que levou Peyton a acreditar que ele ainda deveria estar estudando para as provas finais.

- Oh, é mesmo? Bom, já cheguei. Você vai avisar o seu tio? - a pergunta saiu de sua boca rapidamente, e ela esperava que ele tivesse entendido o que ela havia perguntado.

- Sim, vou avisá-lo. - ele se inclinou sobre o computador e começou a digitar, o que Peyton presumiu que ele estaria enviando uma mensagem para o tio. Enquanto ele digitava, ela foi até o saguão e sentou-se em sua cadeira favorita. Ela queria parecer ocupada para tentar evitá-lo, então pegou o celular e começou a jogar Mario Kart.

Com o canto do olho, ela pôde ver Noah se afastar do computador e percebeu que ele parecia confuso quando viu que ela não estava mais na frente dele. Ele deu uma olhada rápida pela sala e a encontrou sentada na cadeira.

- Como foi o seu final de semana? - ele perguntou curioso.

- Foi bom. Meu pai precisou da minha ajuda com as vacas. Ficamos bem ocupados. - o cara simplesmente não viu o sinal de *"não fale comigo"* na testa dela.

- Aquela vaca acabou tendo seu bezerro? - Noah perguntou e contornou a mesa lentamente para que pudesse ficar de frente para ela. Ele se encostou na mesa e cruzou os braços, esperando que ela respondesse à sua pergunta. Peyton se perguntou por que ele tinha que parecer um supermodelo o tempo todo. Não era justo. Ela não conseguia tirar os olhos dele, por mais irritada que estivesse.

Peyton assentiu com a cabeça:

- Sim, mas não deu certo.

- Oh, eu sinto muito, Peyton. Deve ter sido difícil. O que você acha que aconteceu?

- Foi um parto pélvico. E quando ele estava tentando sair, o cordão umbilical enrolou em seu pescoço e o estrangulou. - Peyton suspirou, sentindo a tristeza tomar conta dela novamente ao se lembrar do pobre bezerro indefeso.

- Eu sinto muito. Posso fazer alguma coisa para ajudar? - ele ofereceu, mas Peyton balançou a cabeça.

- Não, está tudo bem agora. Descobrimos que duas de nossas outras vacas estão prenhes, então vamos ficar bem. Com sorte, a mesma coisa não acontecerá com os bezerros que irão nascer.

- Espero que não. Talvez, já que parece que vocês já resolveram tudo, poderíamos tentar marcar o nosso encontro para esta semana. O que você acha?

Peyton ficou surpresa com o quão persistente ele ainda estava com relação a esse encontro. Ele não tinha uma loira cheia de vida esperando por ele?

Antes que Peyton pudesse responder à pergunta dele, o doutor Schoenborn abriu a porta e saiu:

- Olá, senhorita Peyton, você está pronta?

- Mais do que pronta. - ela disse sarcasticamente.

- Nos falamos mais quando você sair. - Noah disse e voltou para o computador.

- Ótimo. - Peyton murmurou e seguiu o psiquiatra.

CAPÍTULO 14

- **C**omo tem passado, senhorita Peyton? - o doutor Schoenborn perguntou alegremente.

Peyton olhou rapidamente para ele e viu que ele estava usando uma camisa listrada azul claro que não o favorecia muito e uma calça caqui. A estranha mancha marrom em sua camisa, não ajudava muito com sua combinação. Apenas realçava o seu estereótipo.

- Muito bem. E o senhor, como está, doutor? - Peyton perguntou e sentou-se na cadeira.

- Bem, obrigado por perguntar. Alguns parentes estão na cidade, tenho pescado e fui conhecer o novo restaurante da cidade. Você já foi? - ele perguntou e pegou o bloco de notas e uma caneta pronto para começar.

- Não, ainda não, mas minha mãe vai hoje, vamos ver se ela vai gostar. - Peyton disse e girou os polegares no colo.

- Ouvi dizer que você ia a um encontro neste final de semana, mas acabou não indo. Você pode me dizer o que houve?

Peyton realmente já não gostava do fato de ter que revelar tudo a ele uma vez por semana, e muito menos de que agora ela estava recebendo uma bronca por fora.

- Hum, meu pai teve alguns problemas com as vacas neste final de semana e precisou que eu ficasse em casa.

- Oh! O que aconteceu? - ele empurrou os óculos até a ponte do nariz e ajustou as hastes enquanto aguardava.

- Um bezerro acabou morrendo.

- Eu sinto muito. Não deve ter sido fácil para você. Como você se sentiu com relação a isso?

- Bom, - Peyton abaixou a cabeça - eu fiquei muito chateada. É difícil ver um ser tão inocente e indefeso morrer daquela maneira quando não há nada que você possa fazer para ajudar. Estava completamente fora do nosso controle. Chamamos a veterinária quando meu pai percebeu que o parto era pélvico, mas não havia nada que ela pudesse fazer. Ele foi estrangulado até a morte enquanto lutava para nascer.

- Isso fez você se lembrar de algo em particular? - Peyton percebeu que ele estava insinuando algo, então ela foi em frente e mordeu a isca.

- Sim, me lembrei de quando perdi meu bebê após o acidente de carro. - Peyton disse em uma voz monótona.

- Entendo porque você se sentiu assim. Seu bebê morreu de circunstâncias desconhecidas e que estavam fora de seu controle! - ele simpatizou - O que te ajudou a se recuperar depois de ter revivido esses sentimentos?

- *Orgulho e Preconceito.*

- Como?

- O livro *Orgulho e Preconceito.* Eu li ele durante todo o final de semana e isso me ajudou a superar. Eu simplesmente li, então não tive que pensar em nada.

- Peyton, se você está lutando com algo, eu a encorajo fortemente a se abrir sobre isso e falar com alguém. Não reprima seus sentimentos, caso contrário, você irá explodir. - ele teorizou.

- Explodir?

Doutor Schoenborn assentiu com a cabeça:

- Como um vulcão. Quando você reprime os seus

sentimentos, é inevitável que quando algo te incomodar, você acabe vomitando todos os seus pensamentos e sentimentos.

- Isso é bem visível. - Peyton murmurou.

- O quê? - ele virou a cabeça em uma tentativa de ouvir com mais atenção.

- Nada. - ela acenou - Além disso, não é por isso que eu estou aqui? Para te contar essas coisas e tirá-las do meu peito para que eu me sinta melhor? - ela fez aspas no ar e continuou - Eu não gosto de falar sobre meus sentimentos, doutor Schoenborn. Nunca gostei. Principalmente quando se trata de tristeza ou morte, já que vivenciei duas de uma vez só em apenas vinte e quatro anos de vida. Você sabe tão bem quanto eu que eu não quero estar aqui. Não mesmo. Não é como se eu estivesse ansiosa para vir aqui todas as quintas-feiras e pensasse: *"Puxa, sobre o que será que vou falar com o doutor Schoenborn hoje?"* Não! Eu preferia ficar em casa sozinha lendo ou ajudando meus pais em casa ou trabalhando. Mas estou tentando fazer a coisa certa vindo às minhas consultas, para poder acabar com tudo isso logo. Então me perdoe se eu não saio por aí no meu dia a dia contando às pessoas como eu me sinto ou no que estou pensando. Sinto que minha vida já foi exposta muito mais do que eu gostaria, e há algumas partes em meu cérebro que eu gostaria que continuassem em sigilo. - Peyton se assustou e cobriu a boca após seu pequeno discurso.

Ela não conseguia acreditar que tinha falado com seu psiquiatra daquele jeito. O que deu nela? Primeiro, ela fez um belo discurso para Chris e Gloria sobre planos de casamento, depois ela se abriu completamente com Noah sobre o acidente e agora com o doutor Schoenborn.

O psiquiatra recostou-se na cadeira e olhou para ela, processando tudo o que ele tinha acabado de ouvir. Ele nem mesmo havia escrito nada durante o discurso dela.

- Doutor Schoenborn, eu sinto muito. Eu... - ela parou quando viu um sorriso surgir no rosto dele e então ele começou a aplaudir.

- Senhorita Peyton, eu mal consigo acreditar! Esta foi a vez que você mais falou! Você foi tão expressiva, natural e aberta sobre os seus sentimentos! Acho que você está começando a quebrar a sua linda concha! - ele começou a escrever em seu bloco de notas e Peyton ficou olhando para o homem excessivamente animado.

Peyton foi completamente pega de surpresa e não tinha ideia do que dizer. Em sua opinião, aquele homem era de longe a pessoa mais estranha que ela já tinha conhecido. Ela sentia que ele ficava animado e feliz em todos os momentos errados, e isso a fazia querer sair correndo do consultório.

- Acho que você só terá mais duas sessões comigo, a não ser que você queira continuar além do período sugerido que eu e o médico de sua família prescrevemos. Mas pelo o que me disse, não parece que você vai querer isso.

- É sério? - Peyton respirou fundo - Eu só tenho mais duas consultas?

- Sim, nas últimas semanas você tem demonstrado melhora. Você está mais feliz, alerta e disposta a fazer pequenas mudanças em sua vida. Como entrar em contato com os pais de Derek, fazer amizade com Noah e aceitar a sair com ele. E você tem se aberto com as pessoas mais do que nos últimos meses.

Peyton sorriu e assentiu com a cabeça:

- Isso é uma notícia ótima! Muito obrigada por tudo o que o senhor tem feito por mim. Eu sei que não tenho sido a pessoa mais fácil de se trabalhar, mas eu realmente admiro o quão paciente você tem sido.

- Obrigado, senhorita Peyton. Acho que terminamos por hoje e enviarei uma mensagem ao seu médico informando-o sobre o seu diagnóstico. Como sempre, obrigado por vir. - eles levantaram-se e apertaram as mãos.

- De nada e até a próxima quinta! - ela gritou enquanto saía pela porta.

Peyton não percebeu que ainda tinha um sorriso no rosto, mas Noah percebeu e riu:

- Você parece feliz.

Peyton foi pega de surpresa e gaguejou:

- Hum, sim, acho que estou.

- Fico feliz em ouvir isso. Você precisa que eu marque outra consulta?

- Sim, - ela disse lentamente se afastando da recepção - para a próxima quinta, no mesmo horário, por favor.

Noah não reparou que ela estava se afastando dele, porque estava muito focado no computador agendando a consulta dela. Quando ele se endireitou e não estava mais olhando para a tela, Peyton já estava na porta.

- Pronto, você já está marcada. - ele olhou para cima e franziu a testa discretamente - Você está bem?

- Estou sim. Eu só preciso voltar para casa porque tenho um trabalho para fazer. - Peyton respondeu, tentando inventar a melhor desculpa possível.

- Oh, tudo bem. Achei que você gostaria de remarcar o nosso encontro.

O triste é que ele realmente parecia desapontado, o que fez o coração dela acelerar. Ela não gostava de vê-lo triste.

- Bem, eu... aaah! - Peyton quase caiu para trás quando a porta se abriu de repente.

- Desculpe-me! - desculpou-se uma moça atrás dela.

Peyton fez o possível para sair do caminho sem cair em cima dela. De alguma forma, Peyton conseguiu se agarrar ao batente da porta e se reergueu. A moça passou por ela e Peyton reconheceu os cachos loiros saltitantes, percebendo que era a mesma garota do supermercado.

- Ei, querido! - a loira cumprimentou. Ela estava usando uma jaqueta de chuva verde escura, uma calça jeans skinny extremamente justa e botas de cano e salto alto. Parecia que ela tinha acabado de sair da passarela e foi então que Peyton percebeu que Noah era o Ken daquela Barbie - Você gostaria de almoçar comigo? - ela se inclinou sobre a mesa e enrolou um de seus cachos - Abriu um restaurante novo na cidade que todos os meus amigos estão elogiando, então pensei que nós dois poderíamos ir até lá. Eu sei que você deve estar com fome, porque já está na hora do almoço! - Peyton achou que ela iria pegar os pompons e começar a dançar.

O pobre Noah parecia completamente pego de surpresa. Ele estava olhando para a loira que estava tentando capturar toda a sua atenção, mas então ele olhou desnorteado para Peyton. Ele parecia não saber como lidar com a situação porque ficava olhando para uma e para outra.

Quando a líder de torcida percebeu que ele estava distraído, ela se virou para encontrar o responsável que o estava distraindo e fixou os olhos em Peyton. Era possível alguém ficar ainda mais bonito em tão pouco tempo? A maquiagem dela parecia ainda mais perfeita do que antes. Seus olhos azuis claros com delineador e rímel olhavam para Peyton como se dissessem: *"Quem é essa perdedora?"*. Suas sobrancelhas formavam um grande arco e pareciam ter acabado de ser preenchidas. Suas bochechas eram rosadas, seu nariz era perfeito e seus lábios eram de um vermelho rubi. Quando ela perdeu o interesse em olhar para a velha e entediante Peyton, ela se virou para Noah e sorriu para mostrar seus dentes brancos e brilhantes.

- Então, o que você acha, quer ir? - ela flertou e estendeu o braço por cima da mesa na tentativa de tocar a mão dele.

A esta altura, Peyton já tinha visto o suficiente e saiu pela porta. Felizmente, sua mãe estava esperando por ela e Peyton disparou para o carro.

- Mãe, vamos! - Peyton gritou.

- Você está falando sério? De novo? - sua mãe gritou.

- Sim, estou! Apenas dirija, mãe. Vai, vai, vai! - Peyton implorou e afivelou o cinto de segurança.

- Eu não acredito que estamos fazendo isso de novo. Eu sinto que estamos tentando fugir de algum bandido. Que estamos com o tesouro e temos que fugir dos piratas.

- Se isso te ajuda a dirigir, então, com certeza, mãe. O Barba Negra está bem atrás de nós e fará de tudo para pegar o tesouro, então você precisa dirigir como nunca dirigiu antes! Eu não vou caminhar na prancha do navio hoje! - Peyton implorou e sua mãe obedeceu.

Cheryl ziguezagueou pelo trânsito e foi o mais rápido que pôde para o bem de Peyton. Sempre que sua mãe dirigia assim, Peyton automaticamente sabia que havia policiais esquadrinhando as ruas esperando para multar alguém.

Assim que elas estavam fora dos limites da cidade, sua mãe diminuiu a velocidade acalmando a condução.

- Ok, eu exijo uma explicação. - ela ordenou e Peyton obedeceu.

- Lembra da loira estúpida? Então, ela apareceu bem na hora que eu estava prestes a sair pela porta. Ela praticamente me atropelou e eu quase caí. - Peyton queixou-se.

- Então foi isso o que eu vi? - sua mãe interrompeu.

- Se você está falando da hora em que eu quase fui de cara no chão, sim. Ela basicamente desfilou toda sedutora e exuberante até a recepção onde Noah estava sentado e o convidou para almoçar. Você deveria ter visto. Ele foi pego de surpresa quando viu ela entrando. E quando ele percebeu que eu ainda estava ali perto da porta, seu rosto simplesmente caiu. Ele parecia tão envergonhado de ver que eu tinha descoberto que ele estava me enganando por estar namorando com uma supermodelo. E então, quando ela percebeu que Noah estava desviando o olhar dela, ela se virou e me viu, fez uma cara como se eu fosse a escória da terra e o chamou para sair novamente. E essa foi a hora que eu saí. Já tinha ouvido e visto o suficiente e o resto da história você já sabe. - Peyton resmungou e olhou pela janela.

Todas as árvores estavam florescendo com lindas flores rosas e brancas. Isso fazia Peyton se lembrar de pipoca.

- E você não falou nada? Você simplesmente saiu correndo de lá como uma galinha? - sua mãe gritou.

- Eu não sou covarde!

- Mas com certeza foi isso que pareceu. Você nem mesmo deu uma chance a ele ou esperou para ver o que ele responderia à loira.

- Honestamente, mãe, eu não queria estar lá para ouvir. Eu já tive o suficiente. Se ele quer estar com alguém como ela, então eu não quero atrapalhar. Definitivamente, eu não sou uma modelo.

Ela olhou para si mesma e franziu a testa quando percebeu que havia manchas de grama no jeans em que estava usando. Ela realmente não estava com uma ótima aparência. Ela estava usando um moletom velho do colégio e seu cabelo estava preso em um coque. Quando ela acordou naquela manhã, ela tinha algumas olheiras profundas e aplicou um monte de corretivo para tentar escondê-las. Ela abaixou o espelho do quebra sol para verificar a maquiagem e ficou desapontada ao ver que a maior parte dela havia sumido. Ela levou a mão à testa e lembrou-se de que havia se esquecido de usar o spray preparador e o fixador para ajudar a fixar a maquiagem. Se ela não fizesse isso, ela tinha dificuldade na hora de se maquiar e fazer com que a maquiagem durasse. Esse não era o dia para ela se esquecer de um passo tão importante como aquele, mas ela estava sonolenta pela noite mal dormida quando estava se maquiando, então não ficou surpresa por ter se esquecido do spray.

- Eu não te culpo, querida. E é muito nobre de sua parte falar assim, embora eu queira atropelá-lo com a caminhonete do seu pai. Não farei isso, mas devo admitir que o pensamento passou pela minha cabeça algumas vezes. Ele era tão legal e tranquilo, e parecia gostar de você. Eu apenas sinto que perdemos algo, mas pelo o que você acabou de me dizer, parece que ele estava apenas se aproveitando de você. Eu sinto muito, Peyton. Sinto que te empurrei para isso, e agora seu coração está se partindo de novo. - sua mãe fungou - Eu só queria ver você feliz de novo.

- Está tudo bem, mãe. Eu vou ser feliz dessa maneira de novo. Algum dia. Obviamente, ainda não é o momento. Mas um dia eu serei. - Peyton assegurou à mãe que parecia tão confusa como sempre.

- Espere, agora você está me consolando? Peyton, você está bem? - ela perguntou preocupada.

- Sabe, mãe, eu não estou tão mal assim.

Elas dirigiram pela entrada de casa e Peyton viu o carro de Chris na garagem.

Peyton gemeu:

- Ok, não sei se consigo lidar com esses dois agora.

- Eu também acho que não consigo. Talvez devêssemos deixar seu pai cuidar deles. - sua mãe sugeriu. Ela estacionou o carro ao lado do de Chris e saiu. - Eles provavelmente têm coisas do casamento para revisar. - ela suspirou e subiu os degraus da varanda. Ela se virou e percebeu que Peyton ainda estava parada ao lado do carro.

- Você não vai entrar?

- Sabe, acho que vou dar um passeio. Preciso organizar algumas coisas em minha mente antes de encarar o casal mais feliz do mundo. - Peyton decidiu e começou a caminhar em direção à trilha.

- Tudo bem. Então, tenha cuidado. Você está indo para o rio?

- Sim, não vou lá há um tempo e preciso de um pouco de privacidade. Por favor, não diga a Chris onde estou. Não preciso que ele venha me procurar e me atormente com perguntas sobre o Noah. Eu nem tenho certeza de como estou me sentindo com essa situação.

- Ok, vejo você mais tarde. - sua mãe acenou assim que entrou em casa.

Peyton caminhou até a trilha e seguiu para o seu lugar favorito.

$\mathcal{E}$la sentou-se na beira do cais e fechou os olhos, absorvendo todos os sons ao seu redor. Ela ouviu o som da água passando abaixo de seus pés e movendo-se rio abaixo. Ela ouviu um sapo próximo coaxar e depois ir pulando para longe. Ela ouviu grilos, o vento sussurrando por entre as árvores e os pássaros cantando ao seu redor, avisando aos outros que havia um humano por perto. Peyton amava todos aqueles sons. Aquele era um lugar especial para ela, pois trazia paz a sua mente, ajudava a clarear seus pensamentos e onde ela frequentemente ia para orar.

Ela deitou-se e olhou para o céu, observando as nuvens passando. Ao longe, ela podia ver que as nuvens estavam se formando indicando que iria chover. Entretanto, ela não se preocupou, pois ainda demoraria um pouco, então ela tinha tempo para relaxar e aproveitar o sol.

Ela começou a pensar em Noah e se perguntou o que ele havia dito à loira que entrou desfilando no consultório. Ele parecia completamente surpreso e, obviamente, não sabia como lidar com a situação. Ela imaginou que eles tinham saído para almoçar, ficaram sentados um de frente para o outro, conversando e rindo como no supermercado. Ela imaginou a loira tentando estender o braço por cima da mesa e pegar a mão dele, mas Peyton não sabia se ele aceitaria ou não. Provavelmente sim, apenas para ser legal ou talvez porque gostasse dela.

Frustrada, Peyton cobriu os olhos com as mãos porque não tinha ideia de como ele estaria se sentindo naquele momento. Na semana anterior, ele disse que queria estar com ela, a abraçou e segurou suas mãos. Ele era muito carinhoso e doce e, pelo que aparentava para Peyton, muito honesto e transparente. Mas agora, uma semana depois, ao vê-lo interagir com essa outra garota, Peyton não sabia o que ele estava pensando ou se havia mudado de ideia. A ideia fez o coração de Peyton ficar apertado e seu estômago ficar enjoado.

Ela não gostou de vê-lo com outra garota no supermercado rindo e se divertindo como se não se importassem com mais nada. Ela odiou ver aquela garota se aproximar dele e muito sedutoramente convidá-lo para almoçar e tentar agarrar sua mão. Peyton pensou que era a mão dela que ele tinha que segurar, e que aquela loira estava passando dos limites. Evidentemente, tais limites não tinham sido definidos por ela e Noah, mas apenas por Peyton. Ela não percebeu o quanto realmente gostava de Noah, mas vê-lo com essa garota estava lentamente deixando ela louca.

Ela então começou a pensar em todas as coisas que gostava nele. Ela gostava da forma como o cabelo dele ficava e como era meio bagunçado, porém bonito, como se ele tivesse feito de propósito. Ela gostava de como ele era educado e sempre queria deixá-la confortável. Ela gostava de como ele era paciente com sua família e percebeu como ele era bem-educado. Ela se sentia atraída fisicamente e podia ficar olhando para ele o dia todo. Seu físico era bem musculoso, como se fazer obturações definissem os músculos, mas quem sabe, não é mesmo? Seus olhos sempre pareciam vivos e alertas, como se tivessem apreciado boas risadas na vida. E então havia o sorriso. O sorriso torto que sempre tirava o fôlego dela. Era como se nada no mundo fosse mais perfeito do que o sorriso dele. Quando ele sorria, seus olhos pareciam cintilar e o mundo parecia brilhar mais forte. No entanto, não importava o quão perfeito Noah parecesse, ele havia desapontado ela e ela realmente desejou que isso não tivesse acontecido.

Ela levantou-se, saiu do cais e foi até a beira do rio para pegar algumas pedras para jogar na água. Ela tentou encontrar algumas pedras lisas para que pudessem pular na água, mas não teve sorte. As que achou simplesmente afundavam no rio. Ela tentou várias vezes, mas não conseguia fazer com que uma única pedra pulasse. Frustrada, ela jogou a última que tinha em suas mãos e se afastou do rio.

- Você tem um braço e tanto. - disse uma voz masculina a alguns metros de distância.

Peyton deu um pulo, olhou para cima e viu Noah caminhando em sua direção, vindo da trilha da floresta.

- Caramba, Noah! Você quase me matou de susto agora! - Peyton gritou e colocou a mão no coração como se estivesse tentando desacelerá-lo - O que você está fazendo aqui?

- Eu fui até a sua casa para falar você, mas sua mãe atendeu e me disse onde você estava.

- Isso não responde à minha pergunta. O que você está fazendo aqui?

- Eu queria falar com você. Eu tenho sentido sua falta e sinto que você não quer falar comigo. Eu fiz alguma coisa de errado?

- Noah, sinceramente, não quero falar sobre isso agora. Eu... - ela parou de falar quando Noah chegou a alguns metros dela e parou.

- Por favor, fale comigo!

- Eu não acredito que você está mesmo me perguntando isso. Estou farta desses jogos mentais! - Peyton balançou a cabeça e fechou os olhos.

- Jogos mentais? Como assim? Do que você está falando? Por favor, fale comigo!

- A loira, Noah! - ela gritou - A loira que estava em cima de você hoje no consultório te convidando para almoçar. E no supermercado onde ela estava agarrada em você enquanto vocês riam, flertavam e andavam de braços dados.

- Quê? - Noah perguntou com um olhar confuso.

- Ah, por favor, você sabe de quem eu estou falando! - ela acenou para ele.

Então ela viu ele arregalar os olhos e suas bochechas corarem. Foi como se uma lâmpada tivesse se apagado no cérebro dele. Mas em vez de parecer envergonhado, ele começou a sorrir e a balançar a cabeça:

- Hum, Peyton. - ele sussurrou e deu um passo em direção a ela.

O rosto de Peyton começou a queimar. Ela estava ficando mais chateada à medida que os segundos passavam. Ela ficou com os braços cruzados, lutando contra as lágrimas e esperando que ele se explicasse.

- Peyton, não é nada disso que você está pensando.

- Eu discordo. - ela disse entre os dentes, determinada a não deixar nenhuma lágrima escapar.

- Aquela loira, como você se referiu, era com quem eu namorava no colégio. Não durou muito porque tenho certeza de que você percebeu que ela é um pouco doida e eu não sou assim.

Ela deu de ombros:

- Como eu poderia saber que você não estava interessado em supermodelos super sedutoras?

Noah riu e deu um passo à frente, de modo que eles ficaram apenas a alguns centímetros de distância agora.

- Minha prima Sarah é a melhor amiga daquela supermodelo super sedutora, cujo nome é Brittany.

- Brittany, a loira encantadora. Isto está ficando cada vez melhor - Peyton murmurou.

Noah riu mais alto desta vez e passou a mão no rosto:

- Brittany voltou para casa durante suas férias da faculdade e tem andado muito com a minha prima, o que parece que está tentando me rastrear para ficar comigo. Quando você nos viu no supermercado, eu estava em uma emboscada e ela começou a se pendurar em mim como se eu fosse uma gaiola gínica ou algo parecido. Eu estava rindo de puro terror.

Desta vez, Peyton riu e abaixou a cabeça, colocando uma mecha de cabelo atrás da orelha.

- E então, você viu o que aconteceu no escritório hoje. Mas você perdeu quando eu recusei porque não estava interessado em almoçar com ela. Quando ela quis saber o motivo, eu disse que era porque eu esperava ir com outra pessoa. Mas, quando finalmente consegui que ela fosse embora, você já tinha ido. Então, eu disse ao meu tio que estava saindo para o meu horário de almoço e aqui estou. - ele explicou e sorriu seu sorriso torto, e Peyton sentiu-se mais feliz.

- Então você não está interessado na Brittany, a loira encantadora? - Peyton perguntou e descruzou os braços para colocá-los atrás das costas.

- Não. - Noah balançou a cabeça e riu - Eu não estou, de verdade. Eu prefiro as morenas. - Noah se aproximou e passou os braços ao redor de Peyton, e ela ergueu os olhos para ele.

Os olhos dele estavam fixos nos dela, e eles ficaram presos no olhar um do outro. Antes que ela percebesse, Noah estava abaixando a cabeça até o rosto dela, colocou a mão em sua bochecha e gentilmente encostou seus lábios nos dela. Eles se beijaram. Ela não era beijada há muito tempo, e ela sentia como se houvesse eletricidade correndo em suas veias. Era o cenário perfeito - o som do rio ao fundo, os pássaros cantando e o sol brilhando sobre eles. Ela se sentia como se estivesse em um conto de fadas e desejou ficar ali para sempre.

Ele se afastou depois de alguns segundos e encostou a testa na dela. Peyton perdeu o fôlego e tentou estabilizar sua respiração. Ela não conseguia acreditar no que tinha acabado de acontecer. Ela não era beijada há quase um ano e se perguntou se aquilo era tudo um sonho. Ela sabia que não era porque seus sonhos nunca foram tão bons.

– Você acredita em mim agora? – ele sussurrou.

Peyton riu e assentiu com a cabeça:

– Sim. Agora sim.

Ele se endireitou, mas ainda manteve os braços apertados ao redor dela:

– Você cancelou o nosso encontro porque pensou que eu estava saindo com a Brittany pelas suas costas? – ele sorriu.

– Sim. – ela respondeu timidamente e olhou para o chão.

– Ah, Peyton! – ele a puxou para um abraço – Eu nunca faria isso com você. Acho que você já passou pelo suficiente. Tudo o que eu quero é te fazer feliz e não te causar mais dor. Acredite em mim quando digo que gosto muito de você e que gostaria de sair com você hoje à noite. Se você quiser, é claro.

– Tudo bem. – ela sorriu e olhou para ele, para que ele pudesse ver que ela estava feliz. – Vamos sim.

– Excelente! Aonde você quer ir?

– Menos no restaurante novo. – Peyton brincou e ele inclinou a cabeça para trás e riu alto.

– Combinado. Conheço um lugar que acho você vai gostar.

– Eu confio em você. Além disso, não sou muito exigente. Eu simplesmente amo comer.

– Eu também. – Noah olhou para ela tão intensamente que parecia que ele estava olhando diretamente para a alma dela. Como se ele estivesse memorizando o rosto dela para que nunca mais se esquecesse. Ele abriu um pequeno sorriso, mal levantando os cantos da boca, mas que não era forçado. Era tenro e doce. Ele tirou o cabelo do rosto dela e Peyton sorriu timidamente:

- Acho que tenho que voltar. Já estou aqui há algum tempo e provavelmente minha mãe está se perguntando onde estou. Principalmente agora que ela sabe que você está aqui. - Peyton disse refletindo.

Ela imaginou que sua mãe estaria vagando pela casa fazendo tarefas sem sentido, como arrumando a estante ou limpando o balcão pela terceira vez e olhando repetidamente pela janela dos fundos para ver se eles estavam ou não voltando. Então ela se viraria bufando, resmungando e se perguntando se eles nunca mais iriam voltar.

Peyton sorriu para si mesma, percebendo que provavelmente era exatamente o que sua mãe estaria fazendo e tirou os braços da cintura de Noah. Mesmo que Noah parecesse um pouco chateado, ele não a deixou ir completamente porque então ele pegou a mão dela e a beijou antes de voltarem para casa juntos.

Assim que chegaram em frente da casa, Noah hesitou nos degraus da varanda:

- Eu adoraria entrar, mas preciso voltar ao consultório. - ele pegou o celular para ver a hora - É, eu realmente preciso ir. Eu sinto muito. Gostaria que eu tivesse mais tempo.

- Não se preocupe com isso. Está tudo bem. - Peyton cantarolou.

Ele pegou a outra mão dela e eles ficaram um de frente para o outro.

- Nós ainda vamos sair hoje à noite? Não vou receber nenhuma mensagem dizendo que você está ocupada de novo, vou? - ele gargalhou e olhou para ela de uma maneira sedutora.

- Não. Eu diria que até agora está tudo certo. - ela provocou - Porém, eu te aviso.

Noah riu e balançou a cabeça:

- Você se acha tão engraçada.

- Eu não me acho. - ela fez uma pausa para o efeito -

Eu sou. - e os dois riram e ele a puxou para mais um beijo.

Desta vez, ele não foi tão gentil e sim mais persistente, mas de uma forma afetuosa. Ele a segurou com força e colocou a mão na parte de trás da cabeça dela. Peyton não conseguia acreditar que isso estava acontecendo com ela. Seu coração parecia que estava batendo fora do peito, e ela meio que se sentiu ficando tonta.

- Agora eu realmente não quero ir. - ele sussurrou.

Peyton deu uma risadinha:

- Você vai me ver esta noite. - ela o encorajou.

- Pelo menos isso. Pode ser às dezoito? Eu saio às dezessete, deve dar tempo suficiente para eu correr para o meu apartamento, tomar banho e vir te buscar.

- Às dezoito está ótimo para mim.

- Excelente. Então, vejo você mais tarde. - ele reiterou, a beijou na bochecha, foi até seu carro e acenou antes de entrar e partir.

Peyton acenou enquanto ele saia da garagem e não entrou até que o carro desaparecesse.

$\mathcal{P}$eyton foi recebida em casa aos gritos pela sua mãe:

- Peyton! - ela gritou enquanto corria para abraçar a filha - Peyton! Eu não acredito no que acabei de ver! Não acredito que ele acabou de te beijar! De te beijar de verdade. Ah, eu nunca pensei que pudesse ficar tão feliz, querida. Você está feliz? O que aconteceu? O que ele disse? E a loira? Você tem que me contar tudo!

- Mãe! Você estava nos espionando? - Peyton perguntou, sentindo-se completamente envergonhada.

- Não só eu, mas seu pai também estava.

- O quê? - Peyton gritou - Pai? - ela se virou e viu seu pai sentado em sua poltrona, mudando de canal enquanto tentava fingir indiferença.

- Querida, nós dois estávamos curiosos para ver se ele voltaria para o carro de mãos dadas com você ou com uma marca da sua mão no rosto. - seu pai admitiu - Graças a Deus não foi a segunda possibilidade. Mas eu vi vocês dois de rosto colado e não sei se gostei muito disso.

- Papai!

- Peyton, - a mãe chamou a filha para que sua atenção voltasse para ela - o que aconteceu? O que ele disse?

Peyton sentou-se na escada e contou tudo o que tinha acontecido. Ela explicou sobre Brittany, a loira encantadora, sobre o consultório e sobre como ele a beijou as duas vezes.

Quando Peyton contou à mãe sobre como tinha sido o primeiro beijo, ela fingiu um desmaio e colocou a mão no coração. Então, quando ela percebeu que tinha visto o segundo beijo, ela bateu palmas entusiasmada com um sorriso tão grande que parecia que suas bochechas iriam começar a doer.

- Você está feliz?

- Sim. - Peyton sorriu - Sim, estou sim. Ele vem me buscar às dezoito para jantarmos.

- Por favor, deixe-me ajudá-la a se arrumar. Posso ajudar a escolher uma roupa. Você vai tomar banho, não vai? Você está com o cheiro do rio. - a mãe olhou para a filha e torceu o nariz em desaprovação.

- Vou, mãe, não se preocupe. Já estou pensando nisso. - Peyton revirou os olhos e tentou cheirar a si mesma sem que seus pais percebessem.

- Hum, na verdade, antes de você fazer isso, mana, você se importa de limpar as baias para mim? Elas absolutamente precisam de uma limpeza, e hoje não terei tempo. E depois que terminar, você pode colocar mais feno e verificar a água das vacas? - seu pai perguntou - Eu agradeceria muito, porque as vacas estragaram a cerca dos fundos e eu vou precisar ir até lá para consertá-la.

- Claro pai, pode deixar. Eu preciso de algo para fazer para ajudar a passar o tempo.

- No entanto, certifique-se de ter tempo o suficiente para se arrumar. Eu quero ver você linda esta noite. - sua mãe importunou.

Peyton suspirou:

- Sim, mãe. - ela saiu rapidamente pela porta dos fundos antes que sua mãe pudesse dizer qualquer outra coisa.

Ela ficou grata porque trabalhar no celeiro ajudava a passar o tempo. Ela passou o tempo todo pensando em Noah. Ela não esperava que ele fosse aparecer e que a beijasse. Ela sentiu que tinha sofrido por nada e realmente estava envergonhada. Ela havia perdido tempo e energia se preocupando e ficando chateada com algo que ela havia entendido completamente errado. Apesar de estar envergonhada, Noah fez ela sentir que estava tudo bem e que ela era humana. Ele a fazia se sentir confortável e segura ao lado ele e ela não gostava quando não estava em sua companhia. Era como se uma rede de segurança fosse tirada dela no momento em que eles se separavam. Ela não se sentia tão apaixonada há muito tempo. Ela se perguntou se estava ou não indo rápido demais e se era uma boa ideia. Fazia apenas um ano que Derek tinha falecido e ela não queria se apressar em nada. No entanto, sempre que ela estava com Noah, ela não conseguia se conter. Era fácil estar perto dele e ser ela mesma quando ela não estava em seu próprio mundo.

No momento em que ela terminou de limpar as baias, ela olhou o celular e percebeu que já estava lá há três horas. Ela correu de volta para a casa e subiu as escadas correndo, esperando que sua mãe não percebesse que ela ainda não havia tomado banho.

– Peyton! – a mãe barulhenta gritou – É você? Você ainda não tomou banho? Eu posso sentir o seu cheiro daqui!

– Estou indo agora, mãe! – Peyton respondeu, fechou a porta rapidamente e ligou o chuveiro.

Quando ela saiu do banheiro para pegar a roupa, sua mãe estava sentada em sua cama esperando por ela.

Peyton deu um pulo e agarrou sua toalha para se certificar de que estava coberta:

– Minha nossa! Você ficou sentada aí o tempo todo? – ela gritou.

- A maior parte do tempo. Já faz um tempo que eu não ouço você cantar no chuveiro. Você canta bem.

- Puxa, obrigada. - ela foi até a sua cômoda e pegou uma calça de moletom velha e uma camiseta larga para vestir rapidamente enquanto sua mãe brincava de vestir a filha. Ela entrou no banheiro, vestiu as roupas rapidamente e saiu:

- Muito bem, - Peyton pulou na cama e abriu os braços - o guarda-roupa é todo seu.

Sua mãe saltou da cama e começou a rodopiar pelo quarto de Peyton jogando as roupas por todos os lugares, encorajando-a a experimentar de tudo, desde jeans com uma blusa a uma saia com um cardigan e, em seguida, o vestido que Peyton menos gostava e salto. Sua mãe a fez andar de salto pelo quarto para praticar, mas ela continuou tropeçando nos próprios pés. Ela percebeu que não usava salto desde o funeral de Derek. Ela sentou-se na beira da cama e sentiu uma lágrima escorrendo em sua bochecha.

Sua mãe estava com outro vestido na mão quando se virou. Seu rosto caiu quando percebeu que Peyton estava chorando:

- Querida, o que está acontecendo? - ela sentou-se ao lado de Peyton e colocou a mão no joelho dela - Você não precisa usar um vestido se realmente não quiser.

- Será que estou fazendo a coisa certa? - Peyton sussurrou.

- O que você está querendo dizer?

- É que, - a voz de Peyton ficou mais alta - eu realmente devo sair com alguém tão cedo? As pessoas não vão pensar que estou com pressa? E se alguém me ver?

Ela deu de ombros:

- Quem se importa? Você precisa se preocupar consigo mesma e com o que é melhor para você. Você merece ser feliz tanto quanto qualquer outra pessoa. Aproveite o seu tempo com Noah e esteja no presente com ele. Não passe o tempo todo se preocupando com o que as outras pessoas vão pensar. É impossível agradar a todos. Além disso, com quem você está preocupada?

- Ninguém em particular. No geral, as pessoas têm suas próprias ideias sobre o luto, e estou preocupada se posso incomodar alguém se me virem com outro homem.

- Ou eles ficariam felizes em ver você sair de casa para mudar de vida.

- É, talvez sim. - ela pensou em voz alta e olhou para o salto que estava esmagando os dedos dos seus pés.

- Então, o que você quer vestir?

Peyton decidiu ir com uma jeans skinny escura e uma blusa amarela de mangas esvoaçantes, mas para deixar sua mãe um pouco mais feliz com essa opção, ela disse que usaria suas botas. Dessa forma, ela estaria usando salto para parecer elegante, mas não um salto tão alto que ela não pudesse andar. Sua mãe queria que ela usasse um vestido e uma sandália de salto com tiras.

Cheryl a seguia como um cachorrinho pelo quarto e pelo banheiro, constantemente fazendo perguntas e dando sugestões. Assim que Peyton começou a arrumar o cabelo e a maquiagem, ela deixou sua mãe assumir porque ela não queria correr o risco de estragar tudo e causar um ataque cardíaco na mãe. Com muita orientação de Peyton, sua mãe enrolou seu cabelo em ondas largas e puxou um pouco para que ela não precisasse se preocupar com cabelos caindo no rosto. Então a mãe começou a fazer a maquiagem e, embora fosse um pouco mais escura do que Peyton estava acostumada, ela manteve a boca fechada porque logo iria escurecer, então não tinha problema em sair com uma maquiagem escura.

Quando ela terminou de se vestir, ela se olhou no espelho e engasgou. Ela não se via arrumada e toda produzida há muito tempo. Nos últimos tempos, já que ela vivia chorando, ela se deu conta de que era inútil usar maquiagem, só o corretivo ocasional para esconder as espinhas.

Sua mãe veio por trás dela e abraçou seus ombros:

- Você está tão linda!

- Você não acha que está exagerado? - ela perguntou hesitantemente sobre o seu novo visual.

- De jeito nenhum. Você vai surpreendê-lo. Que horas são? - ela deu um tapinha no ombro da filha.

- Faltam quinze minutos. - ela respondeu, olhando para o celular - Oh, olha, ele me mandou uma mensagem. Não tinha visto. - ela murmurou.

- O que está dizendo? - sua mãe perguntou, sendo a curiosa de sempre.

- Ele só queria ter certeza de que eu ainda vou sair com ele e que não vou abandoná-lo novamente. Como é que eu poderia saber que aquela loira não era uma pessoa em especial?

- Não sei, por quê? Ele disse que queria ser sua pessoa especial?

- Ok, ok, você estava certa. Eu já entendi. - Peyton acenou para ela, saiu do quarto e desceu as escadas.

- Eu simplesmente amo ouvir essas palavras. - a mãe regozijou-se enquanto seguia Peyton escada abaixo.

- O que vocês vão fazer hoje à noite? - Peyton perguntou.

- Acho que Chris e Gloria virão e vamos planejar algumas coisas para o casamento. Não se preocupe, eles não vão chegar antes de você sair. Eu não preciso do seu irmão dizendo algo que irá envergonhar a todos nós.

- Você está falando do Chris? - o pai gritou de sua poltrona.

- Sim, a mamãe estava me dizendo que Chris vai vir aqui hoje, mas que ele só virá depois que eu sair. - Peyton se aproximou e sentou-se no sofá próximo ao seu pai.

O pai olhou para a filha e arregalou os olhos:

- Caramba, Peyton, é você? - ele ficou maravilhado olhando ela de cima a baixo.

- Muito engraçado, pai. - ela murmurou e afundou-se no sofá.

- Querida, você está linda! Foi só isso o que eu quis dizer.

- Sim, então sente-se direito. Você vai amassar a camisa e alisar o cabelo. - ressaltou a mãe.

Peyton fez o que sua mãe mandou, ajeitou a camisa e afofou o cabelo:

- Melhorou?

- Sim, obrigada! Menina atrevida.

- Eu ouvi. - Peyton cantarolou e ela e o pai riram.

- Você está animada? - ele perguntou.

- Sim e não. - Peyton admitiu - Por toda esta última semana eu pensei que ele estava brincando comigo e acabou que eu estava errada, então acho que ainda estou tentando digerir tudo. E estou preocupada com o tempo de tudo e me perguntando se estamos indo rápido demais. Em particular, eu.

- Bom, depois de tudo o que você passou, não acho que haja um cronograma específico de quando começar a seguir em frente. Se você está feliz e ele está feliz, isso é tudo o que importa. - ele sorriu e pegou a mão dela - Você está realmente muito linda. E confesso que não te vejo sorrir tanto assim há muito tempo. Estava sentindo falta do seu sorriso. - Peyton percebeu as lágrimas brotando nos cantos dos olhos dele e isso fez com que ela começasse a querer chorar também.

- Ah, papai! - Peyton lançou-se para frente e abraçou o pai, tentando não deixar que nenhuma lágrima saísse de seus olhos. Ela não queria estragar a maquiagem e, o mais importante, dar a sua mãe outro motivo para que ela colocasse um pincel de maquiagem em seu rosto.

Houve uma batida na porta e a mãe correu para atender. Antes de abri-la, ela viu os dois se abraçando emocionados:

-Ei, vocês! - ela sussurrou freneticamente e acenou com a mão como uma louca - Parem! Agora não é hora disso. Peyton, vá depressa verificar a maquiagem no banheiro. Walter, recomponha-se!

Peyton foi verificar sua maquiagem rapidamente e, assim que terminou, voltou para a sala e ajeitou as roupas novamente.

O homem também obedeceu e resmungou:

- Sim, querida.

A mãe revirou os olhos:

- Vocês dois ainda vão me matar. - então ela abriu a porta e cumprimentou Noah - Olá, Noah! É um prazer ver você de novo! Entre.

- Obrigado, Cheryl. Como você está?

Ele estava usando uma calça caqui e um belo suéter azul marinho. Ele procurou por Peyton ao redor da sala e quando finalmente a encontrou, eles se olharam e ele piscou.

Ela corou e olhou para o pai para ver se ele havia notado o gesto afetuoso. Pelo jeito, ele tinha percebido e a provocou fazendo uma careta engraçada e piscando para ela. Peyton tentou abafar uma risada, mas sem muito sucesso, porque então sua mãe olhou para ela e Peyton tentou fazer uma cara séria. Sua mãe estreitou os olhos e se virou para olhar para Noah e responder à pergunta dele. Peyton lançou um outro olhar para o pai e os dois sorriram maliciosamente. Noah viu o olhar de Peyton quando a mãe não estava olhando e compartilhou uma risada silenciosa, balançando a cabeça. Ela tinha sido pega.

Quando eles terminaram de trocar gentilezas, Peyton foi até Noah para poderem sair pela porta.

- À que horas você vai voltar para casa? - o pai perguntou.

- Papai! - Peyton advertiu.

- Ela estará em casa no máximo até às vinte e uma.

Tenho que acordar cedo e estudar de manhã. - Noah explicou.

- Você é um bom rapaz. Divirta-se, mana. - o pai beijou a testa da filha, recostou-se na poltrona e pegou o controle remoto.

- E papai acaba de assumir a sua posição, o que significa que já podemos ir. Vejo você mais tarde, mãe. - Peyton beijou a bochecha da mãe e abriu a porta.

- Tenham uma boa noite. - Noah disse e saiu pela porta, e Peyton o seguiu.

Como um verdadeiro cavalheiro, Noah abriu a porta do carro e esperou que ela entrasse.

- Você não é legal. - Peyton provocou e caminhou até o lado do passageiro.

- Eu prefiro pensar que sou. A propósito, você está linda! - ele cantarolou, fechou a porta do carro, caminhou até o lado dele e entrou.

- Obrigada. - Peyton agradeceu timidamente.

Ela estava grata por estar escurecendo para poder esconder suas bochechas vermelhas. Noah pegou a mão dela e a apertou como se soubesse que ela estava envergonhada.

- Ei, - Noah começou - estou feliz que você esteja aqui.

- Eu também. Então, para onde vamos?

- Tem um bom restaurante aqui na cidade chamado Maxwell's que tem uma variedade de comida. Hambúrgueres, massas, frutos do mar - comidas de todos os tipos. Eu queria ir a algum lugar onde tivéssemos várias opções, porque eu não sabia qual seria o seu humor.

- Parece ótimo. E muito inteligente da sua parte.

Não demorou muito para que eles chegassem ao restaurante. Eles estacionaram o carro e Noah deu a volta para abrir a porta para ela novamente:

- Você está pronta? - ele brincou enquanto ela hesitava em sair do carro.

Os nervos dela estavam começando a afetá-la. Ela

não aparecia em público assim há algum tempo e não queria ver ninguém. Ele estendeu a mão e sorriu, esperando pacientemente.

- Sim. - ela engoliu em seco e pegou a mão dele.

Ela não conseguia resistir a um sorriso como aquele e, de alguma forma, isso deu-lhe coragem para sair do carro.

- Você está bem? - ele olhou para ela desconfiado.

- Sim, - ela assentiu com a cabeça - vamos! - ela tentou parecer entusiasmada, mas não conseguiu enganá-lo porque ele começou a rir.

- Tudo bem então, vou deixar você me dizer mais tarde. Estou com fome porque hoje eu não almocei. - ele olhou para ela com um brilho nos olhos e levou um segundo para que Peyton percebesse que ele não tinha almoçado por causa dela.

- Noah, eu deveria ter feito algo para você levar! Estou me sentindo mal por você ter ficado sem almoçar por minha causa. - Peyton se lamentou enquanto Noah segurava a mão dela e a conduzia até a entrada do restaurante.

- Está tudo bem. - ele a confortou e parou na porta - Valeu a pena. - ele sorriu seu sorriso torto e ela não pôde deixar de sorrir de volta. Ele inclinou-se e deu-lhe um beijo rápido.

- Com certeza. - ela respirou fundo e olhou para ele, percebendo que estava perdidamente apaixonada.

- Fico feliz que você pense assim. - ele concluiu e, em seguida, abriu a porta e foi com ela até a recepção para solicitar uma mesa. A anfitriã os levou até a uma mesa nos fundos e eles sentaram-se um de frente para o outro.

O restaurante era grande e aberto. Parecia um chalé grande com lanternas marroquinas e velas por todo o restaurante para torná-lo romântico. A recepcionista avisou que a garçonete logo os atenderia e deixou eles a sós.

- Este lugar é fantástico! É romântico e confortável. - Peyton comentou.

- É um lugarzinho agradável. - Noah concordou e começou a olhar o menu.

Peyton decidiu fazer o mesmo, mas estava tendo problemas para decidir entre macarrão e hambúrguer.

- Vocês já querem pedir? - perguntou uma voz feminina e familiar.

Peyton olhou para a garçonete e sentiu um arrepio percorrer pela sua espinha.

- Peyton? - a garçonete ficou chocada.

- Oi, Lucy. - Peyton gaguejou e sentiu suas bochechas começarem a corar porque a expressão no rosto de Lucy mostrava que ela não estava feliz.

- Como vocês se conhecem? - Noah perguntou, percebendo que Peyton estava bem desconfortável.

- Esta é a Lucy, a irmã mais nova de Derek. - Peyton murmurou.

- Derek? Quem é... - Noah fez uma pausa e arregalou os olhos um pouco, percebendo que sabia a resposta para sua pergunta - Ah, o Derek. - ele recostou-se na cadeira e não disse mais nada.

- Sim. - Peyton assentiu com a cabeça.

- Isso mesmo, eu sou a irmã mais nova de Derek. - Lucy bufou e colocou a mão no quadril - Sou a cunhada com quem Peyton não fala há cerca de um ano e tem ignorado nossa família desde o acidente. Você sabe que nós ainda somos a sua família e poderíamos ter precisado de você ao longo deste ano. A única coisa que recebemos de você foi uma ligação. Uma ligação! Só isso! Costumávamos conversar e a sair sempre, mas no momento em que Derek não estava mais entre a gente, você também não. Eu precisei de você, Peyton! Eu tentei te ligar e mandei mensagens de texto nos primeiros meses. Você recebeu elas? Aparentemente, você está recebendo mensagens porque saiu hoje com este cara! - ela apontou para Noah e ele sorriu timidamente - Mas acho que você está muito bem porque seguiu em frente e se esqueceu de nós! Que bom que você conseguiu seguir em frente tão rápido e nos abandonando completamente! A pior parte é que não parecia que apenas Derek havia morrido, mas você também! E não precisava ser assim. Mas eu já superei. Aproveite o seu novo cara. - ela se virou e foi embora.

Peyton sentia que seu rosto estava pegando fogo. Ela olhou ao redor e todos estavam olhando para ela. O mais calmamente que pôde enquanto reprimia as lágrimas, ela levantou-se e caminhou em direção à porta. Noah deve ter percebido o que ela estava fazendo, porque ela ouviu ele levantar-se e segui-la.

Ela recusou-se a se virar e olhar para trás até que ela estivesse do lado de fora do restaurante e perto do carro dele.

- Peyton. - Noah chamou atrás dela. Ela parou de andar assim que chegou ao carro, mas não se virou - Peyton, você está bem?

- Hum, - Peyton fungou - eu não sei. - as lágrimas estavam começando a escapar pelo canto dos seus olhos. Ela realmente esperava que sua maquiagem não borrasse muito.

Noah tocou nos ombros dela e a virou de modo que revelou seu rosto manchado de lágrimas e seus lábios carnudos:

- Peyton, você está bem? - ele repetiu.

Peyton desabou nos braços dele e a chorar por todo o seu suéter. Ela não sabia quanto tempo eles ficaram ali, mas deve ter sido por um bom tempo. Ela estava muito envergonhada. Era o primeiro encontro deles e ela já estava completamente nervosa com a possibilidade de encontrar alguém que conhecia que acabou encontrando a irmã mais nova de Derek. A parte triste foi que Peyton sentia que tudo o que Lucy tinha dito era verdade. As duas eram muito próximas. Eles costumavam fazer compras juntas, ficavam acordadas até tarde assistindo filmes e conversavam sobre os garotos que Lucy gostava. No entanto, após o acidente, Peyton não teve coragem de falar com a família de Derek. Eles eram uma lembrança constante de seu falecido marido e isso a machucava muito. Ela só ligou para eles uma vez porque o doutor Schoenborn lhe disse para fazer isso. Ela só queria fazer aquilo logo.

- Peyton, você quer ir embora?

Peyton assentiu com a cabeça e Noah a guiou em direção ao banco do passageiro.

CAPÍTULO 17

$\mathcal{N}$oah saiu do estacionamento do restaurante e ficou olhando de lado para Peyton que estava olhando pela janela.

- Você gostaria de ir a um outro lugar? - ele ofereceu.

Peyton deu de ombros:

- Na verdade não. Principalmente depois do que acabou de acontecer. Mas eu sei que você está com fome, então podemos fazer o que você quiser. Eu não me importo.

- Eu estou bem, Peyton. Estou mais preocupado com você agora. Você gostaria que eu te levasse para casa? - ele perguntou baixinho.

Peyton olhou para Noah e assentiu com a cabeça:

- Desculpe-me, de verdade. Eu não estou mais com fome. Eu só quero ir para casa.

Noah pegou e apertou a mão dela gentilmente:

- Está tudo bem, podemos tentar fazer isso de novo outro dia.

Peyton apenas sorriu porque ela não queria dizer a ele o que realmente estava pensando. A esta altura, ela não queria sair em público nunca mais.

Noah parou o carro em frente à casa totalmente iluminada e desligou o motor. Peyton saiu do carro e Noah fez o mesmo.

- Você quer que eu entre com você? - ele perguntou, abrindo os braços.

- Não, acho melhor eu entrar sozinha. Desculpe-me por tudo. - Peyton estava olhando para o chão, tentando não fazer contato visual. Tudo o que ela queria era que ele fosse embora, para que ela pudesse continuar chorando em seu quarto.

- Posso fazer alguma coisa por você? Eu me sinto mal por deixá-la assim. - ele explicou a ela.

Peyton olhou para ele e percebeu que, quando ele estava preocupado, ele franzia as sobrancelhas. Ela se sentiu sorrir um pouco e balançou a cabeça:

- Não, você não tinha como prever que isso iria acontecer. Eu só preciso de tempo para processar tudo. Eu não quero deixar você sem respostas. Tenho certeza de que você tem muitas perguntas, mas só preciso primeiro pensar em tudo com calma.

- Ok, espero que você se sinta melhor. Amanhã eu lhe mandarei uma mensagem. - Noah deu um passo à frente, beijou a testa dela e voltou para seu carro.

Peyton se sentiu mal. Ela percebeu que ele estava confuso e queria ajudá-la, mas ela só queria ficar sozinha. Ela entrou em casa e viu quatro pares de olhos se virarem para olhar para ela.

- Peyton, o que você está fazendo aqui? - sua mãe exigiu e levantou-se da cadeira.

- Você só ficou fora de casa por cerca de uma hora. - seu pai afirmou e levantou-se atrás de sua esposa.

- Você estava chorando? - sua mãe perguntou, indo em direção à filha com um olhar preocupado.

- Eu preciso dar uma lição nesse cara? - Chris levantou-se da cadeira e deu um soco na mão.

Gloria revirou os olhos e puxou a camisa de Chris:

- *Sientete, mi amor*.

Peyton olhou para as quatro pessoas e começou a sentir a ansiedade crescendo dentro dela. Sua visão ficou turva e ela começou a ver estrelas. Antes que ela percebesse, seu pai estava correndo em sua direção e tudo ficou escuro.

Peyton acordou olhando para o teto. Ela olhou em volta e percebeu que estava em seu quarto, e que sua mãe estava sentada ao lado da cama, dormindo. Ela sentou-se lentamente e olhou em volta para ver se conseguia localizar seu celular, mas não o encontrou. Ela presumiu que provavelmente ainda estava em sua bolsa, em algum lugar pela casa. Ela endireitou-se e acidentalmente derrubou um livro que estava na beira da cama. O barulho acordou sua mãe que ficou atordoada e confusa por um momento até que viu Peyton acordada.

- Peyton, você acordou! Como está se sentindo? - ela perguntou, esfregando o rosto.

- Estou bem. Há quanto tempo estou desmaiada?

- Bom, - sua mãe fez uma pausa para pegar seu próprio celular - você ficou apagada a noite toda. Depois que você desmaiou, seu pai te carregou até aqui. Você acordou por um minuto, mas estava muito grogue e voltou a dormir. Você estava completamente fora de si.

Peyton encostou a cabeça na parede e balançou a cabeça em descrença:

- Uau, não achei que ficaria apagada por tanto tempo. Que horas são?

- Meio-dia. Você dormiu cerca de dezessete horas.

- Caramba! - Peyton colocou a mão na testa - Metade do dia já foi.

- Você obviamente precisava dormir, querida. Posso perguntar o que aconteceu? - sua mãe perguntou com cuidado e inclinou-se para frente em sua cadeira, esperando Peyton responder.

Peyton suspirou e decidiu que era melhor acabar com isso e contar para sua mãe logo em vez de adiar:

- Eu vi a Lucy ontem.

- Quem? - a mãe questionou e então Peyton assistiu

a compreensão aparecer nos olhos da mãe enquanto eles se arregalavam - Espere, Lucy, a irmã do Derek?

Peyton assentiu com a cabeça:

- Sim, ela era a nossa garçonete no Maxwell's.

- O que ela disse?

Peyton começou a contar o que Lucy havia dito a ela na frente de todo o restaurante, incluindo Noah. A mãe olhava atentamente para a filha enquanto ela contava o que tinha acontecido na noite anterior. Peyton percebeu que ela ficava cada vez mais quieta à medida que avançava na história e relaxou quando chegou na parte em que Noah a abraçou e perguntou se ela estava bem.

- Mas então por que você voltou para casa?

- Mamãe, de jeito nenhum que eu iria a outro restaurante depois disso. Fiquei tão envergonhada com o que aconteceu que nem consigo imaginar como Noah se sentiu. Ele parecia tão confuso e desconfortável. Eu só precisava vir embora. - Peyton suspirou e fechou os olhos se perguntando o que será que tinha passado pela cabeça de Noah durante todo aquele incidente.

- Ele disse mais alguma coisa? - a mãe cutucou.

- Não. Ele só ficou me perguntando se eu estava bem e se ele poderia fazer alguma coisa para me ajudar. Eu meio que afastei ele.

- Querida, você deveria ter deixado ele te ajudar! - a voz de sua mãe ficou mais alta em alguns pontos.

- Mãe, eu te disse um pouco antes de sair que estava preocupada em sair em público, lembra? Eu disse a você que estava preocupada em encontrar alguém que eu conhecia e que algo pudesse acontecer. E o que aconteceu em apenas vinte minutos do nosso encontro? Eu encontrei a Lucy, a irmã mais nova de Derek, que gritou comigo e me humilhou na frente de todo o restaurante! E sabe qual é a pior parte disso tudo? Que ela estava certa. Lucy e eu conversávamos praticamente o tempo todo. Ela geralmente era nossa vela quando Derek e eu saíamos. Ela me pedia conselhos sobre namoro, me pedia para arrumar seu cabelo e assistia comédias românticas comigo. Ela passava em nosso apartamento algumas vezes por semana só para sairmos. Eu os abandonei completamente depois que Derek faleceu. Eu sou uma pessoa terrível! Só posso imaginar o que ela deve ter pensado quando me viu sentada lá com o Noah. Eu não deveria ter saído ontem à noite. Eu tive um pressentimento e o ignorei completamente. Por que eu simplesmente não confiei na minha intuição? - Peyton terminou de divagar e sentiu uma lágrima escorrendo pelo seu rosto.

A mãe levantou-se da cadeira para sentar-se ao lado da filha e abraçá-la:

- Está tudo bem, querida. Como você poderia saber que Lucy estaria no restaurante ontem à noite? Além disso, ela nunca deveria ter gritado assim com você na frente dos outros. Isso não foi nada gentil. Cada um tem sua própria maneira de lidar com o luto. Ela não pode culpá-la por isso. - a mãe encorajou.

- Eu simplesmente não percebi que estava machucando ela. Tenho estado tão envolvida em meus sentimentos egoístas que não tenho pensado nos de mais ninguém. Eu me tornei uma pessoa egocêntrica? Foi o irmão dela que morreu. Filho da Marie e do Andrew. Eles são ou foram os meus sogros, e eu não me preocupei ou pensei neles. Eu tenho pensado só em mim. Eu realmente sou uma pessoa horrível! - Peyton gritou.

- Não, você não é! Já chega! Você tem passado por um momento muito difícil! Não são muitos os jovens que perdem os seus cônjuges. Você não está se dando crédito o suficiente. Você tem sido incrível e, se isso significava se isolar para resolver isso no seu tempo, então tudo bem! Não deixe ninguém, nem mesmo a família de Derek fazer você se sentir culpada por isso. Não é justo da parte deles tratá-la dessa maneira. E antes de mais nada, você não é nem um pouco egoísta. - ela fez uma pausa e se afastou de Peyton para olhá-la nos olhos -

Você está me ouvindo, Peyton? Você não é egoísta. Lembre-se do que eu te disse, há um tempo para viver o luto e foi o que você fez. E agora é hora de seguir em frente e começar a viver a sua vida novamente. Que é o que pensei que você estava fazendo com Noah, não importa se é sério ou não, já é um passo. Um passo na direção certa.

- Tem certeza, mãe? Eu não me transformei em uma pessoa egoísta?

- Não, querida, você não se transformou. Apenas não afaste Noah. Ele tem sido muito paciente e doce com você. Nem todos os homens são assim.

- Não, não são. - Peyton reiterou.

- Você vai ficar bem? - a mãe bocejou e levantou-se da cama.

- Vou sim. Por acaso você sabe onde está o meu celular? Não estou vendo ele em lugar nenhum. - Peyton perguntou e começou a olhar ao redor do quarto novamente.

- Não sei. Aposto que ainda está na sua bolsa. Seu pai trouxe você aqui para cima logo que você desmaiou, então eu sentei aqui e esperei você acordar.

- Obrigada por ficar aqui e cuidar de mim, mãe. Sou muito grata. Eu provavelmente deveria me levantar também. Eu não consigo acreditar em como já é tarde. - Peyton admitiu e levantou-se ao lado de sua mãe e deu-lhe um abraço - Eu nem consigo acreditar que você ainda me atura. - Peyton disse no ombro da mãe.

- É só porque eu te amo. Caso contrário, eu já teria te expulsado. - a mãe riu e saiu do quarto.

- Que grosseria! - Peyton gritou e seguiu atrás dela descendo as escadas e encontrou seu pai sentado na mesa dele.

- Peyton! - o pai gritou - Como você está se sentindo? A sua cabeça está doendo por causa da queda? Você caiu de costas.

- Por incrível que pareça, eu estou bem. Você sabe onde está a minha bolsa?

- Está no balcão da cozinha. - ele apontou para a cozinha - Eu ouvi um zumbido no início desta manhã, mas não sabia de onde estava vindo.

- Oh, céus! - Peyton murmurou e se aproximou para pegar o seu celular.

Ela tinha recebido algumas mensagens de Noah perguntando se ela estava bem e se ela se sentia melhor, além de uma chamada perdida de Chris.

- Que estranho. - Peyton murmurou.

- O quê? - sua mãe perguntou.

- O Chris me ligou esta manhã. Por quanto tempo ele ficou aqui depois que eu desmaiei?

Chris normalmente nunca ligava. Se ele quisesse falar com alguém, ele simplesmente mandava uma mensagem. Ligar geralmente significava que era importante e não podia esperar.

- Ele ficou aqui apenas por alguns minutos e depois saiu rapidamente com Gloria. Me surpreendeu porque, antes de você aparecer, estávamos tentando encontrar um local para a recepção. Faltando apenas algumas semanas, realmente precisávamos resolver isso. Ah, isso fez eu me lembrar que... - ela parou e começou a escrever seus pensamentos em um bloco de notas entrando no modo casamento.

- Acho melhor eu ligar para ele então. - Peyton decidiu e começou a ligar para o irmão.

- Peyton? - Chris atendeu.

- Sim, sou eu. E aí? - ela percebeu uma certa preocupação na voz dele, o que deixou ela nervosa sobre o que ele estava prestes a dizer.

- Acho que fiz algo ruim.

- Ah não, Chris. O que você fez? - quando ela perguntou, seus pais ergueram os olhos, ouvindo a conversa atentamente.

- É que, quando você voltou chateada para casa

ontem à noite depois de seu encontro e desmaiou, presumi que algo de ruim tinha acontecido com... Noah.

- Ah não, Chris. - Peyton repetiu.

- O que está acontecendo? - a mãe questionou, mas Peyton acenou para que ela pudesse ouvir melhor seu irmão.

- Foi como se algo tivesse me cegado e acabei agindo por impulso. Depois de tudo o que você passou com Derek e vê-la nesses altos e baixos com esse cara... para mim tem sido difícil ver tudo isso. Eu odeio ver você triste e chateada desse jeito, principalmente quando você costumava ser tão feliz e alegre, uma pessoa muito divertida que todos gostam de manter por perto. E então, depois que você voltou para casa mais cedo sem o Noah e completamente chateada, eu presumi o pior.

- Vá direto ao ponto, Christopher. - Peyton implorou. Ela sabia que chamá-lo pelo seu nome completo iria chamar a atenção dele e deixá-lo saber que ela não estava brincando.

- Você mencionou que ele trabalhava no consultório que você frequenta. Então, esta manhã, fui ao consultório de seu psiquiatra para confrontar Noah e fazer aquela coisa fraterna, sabe? - Chris disse envergonhado - Bom, eu estava indo para falar umas poucas e boas para ele, mas então vi o carro dele estacionado e alguma coisa tomou conta de mim. Senti uma raiva incontrolável fervendo dentro de mim que acabei indo até o carro dele e comecei a chutá-lo. - ele parou de falar para esperar o que Peyton iria falar, mas ela não sabia por onde começar.

- Você chutou o carro dele? - Peyton perguntou em descrença.

A mãe engasgou:

- Chris chutou o carro de alguém? De quem?

- Mãe! - Peyton fez uma careta e estreitou os olhos para sua mãe - Continue, Chris.

- Sim, eu chutei o carro dele. Tenho certeza de que

deixei umas boas marcas. Depois de cerca de cinco minutos que eu estava chutando o carro dele, o alarme disparou e então Noah saiu do consultório para desligá-lo e me viu lá parado ao lado de seu carro.

- Meu Deus! - Peyton disse baixinho, tentando não deixar sua mãe nervosa novamente.

- E então eu comecei a gritar com ele. Eu disse que ele precisava ficar longe de você e que ele tinha partido seu coração. Eu disse a ele que você já tinha passado por muita coisa, e que não merecia ser enganada por um idiota que anda com peruas loiras penduradas para cima e para baixo e que brinca com as emoções das pessoas. Especialmente da minha irmã mais velha. Ele tentou se explicar, mas eu dei um soco na cara dele. Infelizmente para mim, havia um policial por perto e me prendeu.

- Você foi preso? - Peyton perguntou com uma voz estridente.

- Peyton, você tem que me dizer o que está acontecendo! - sua mãe gritou.

- Você está bem? Você está ligando da prisão? Vou precisar pagar fiança para tirar você daí? - Peyton perguntou rapidamente.

- Não, você não precisa fazer nada, a Gloria veio e me pegou e já resolvemos tudo. Ela me deu uma bronca e o policial me multou, mas está tudo bem. Eu mereci. Eu deixei a raiva me consumir. De qualquer forma, se você não tiver notícias de Noah, provavelmente é por minha causa. - Chris reconheceu.

- Não acredito que você chutou o carro dele, Chris. No que você estava pensando? E então você deu um soco nele? - Peyton questionou.

- Eu sei, Peyton, eu sei. Confie em mim. Algumas horas trancado definitivamente me deram algum tempo para refletir.

- Eu não consigo acreditar que você foi preso. Não consigo acreditar nisso. Pobre Noah. Agora estou me perguntando se ele me mandou alguma mensagem desde que isso aconteceu. Que horas você foi lá?

- Às nove.

- Ok, bom, obrigada por me defender. Mas preciso te dizer que foi tudo em vão.

- Como assim?

Peyton começou a explicar para Chris sobre o mal-entendido com a Barbie loira e contou sobre a Lucy ter gritado com ela na noite anterior.

- Uau! Eu estava completamente errado. - Chris gemeu.

- Sim, totalmente. Você quebrou o nariz dele?

- Não sei! Eu não fiquei por perto para perguntar. Logo depois que dei um soco nele, um policial correu até mim, agarrou os meus braços e me encostou no carro amassado de Noah. - Chris disse em tom de ir-ritação.

- Escute, não fui eu que dei um soco nele, então não se irrite comigo. Bom, obrigada por ligar e me avisar que Noah provavelmente nunca mais falará comigo. - ela provocou.

- De nada. Desculpe-me, mana. - Chris suspirou.

- Tudo bem. Você estava apenas tentando ser um bom irmãozinho. A propósito, Gloria ainda vai querer se casar com você?

- Por enquanto sim. Vamos tentar evitar contar aos pais dela que acabei sendo preso semanas antes do ca-samento.

- Parece-me uma boa ideia. Conte a eles no dia se-guinte ao casamento e depois me conte como foi. - ela brincou

- Muito engraçado. Tudo bem, falo com você mais tarde. Eu preciso pedir desculpas a Gloria novamente por ser um completo idiota.

- Boa sorte. Falo com você mais tarde. - Peyton en-cerrou a ligação e ergueu os olhos para ver sua mãe olhando carrancuda para ela.

- O que foi? Eu não conseguia ouvi-lo com você gritando comigo.

- O que aconteceu? - a mãe surtou.

Peyton suspirou e contou toda a conversa. O pai dela se aproximou, passou o braço em volta da esposa e olhou atentamente para Peyton enquanto ela contava o que Chris tinha feito naquela manhã.

- Ah, aquele garoto estúpido! - a mãe estava fervendo de raiva.

O pai cruzou os braços claramente chateado e perguntou:

- Noah está bem?

- Não sei. Parece que a última vez que ele me mandou uma mensagem foi esta manhã por volta das oito horas. Chris provavelmente o assustou tanto que ele nunca mais vai querer falar comigo. Ele provavelmente deve estar pensando que sou muito dramática ou algo parecido. Eu realmente não posso culpá-lo, eu meio que sou mesmo, mas não tanto. Chris levou isso a um outro nível. - Peyton divagou.

- Vou ligar para o seu filho! - a mãe rosnou e saiu apressada para seu quarto.

- Meu filho? Não era você quem disse que queria um menino? - o pai retrucou e seguiu a esposa escada acima.

Peyton tentou falar com Noah através de mensagens de texto, perguntando se ele estava bem, mas ele não respondeu a nenhuma de suas mensagens. Ela até tentou ligar para ele algumas vezes para se desculpar pelo comportamento de Chris e dizer que tudo tinha sido um mal-entendido, mas ele não atendeu. Os dias se passaram e ela não teve nenhuma notícia dele, o que a deixou louca. Ela refazia os passos desde o celeiro até a entrada da garagem por onde eles haviam caminhado e se abraçado. Ela ia e voltava correndo pela garagem refletindo sobre o primeiro encontro deles. Ela caminhou ao longo da trilha até o rio e lembrou-se dele aparecendo e assegurando-lhe de seus sentimentos. Ela esperava que ele estivesse na recepção para cumprimentá-la quando ela fosse para a sua consulta, mas em vez disso, ela foi recebida por uma garota mais jovem. Ele havia desaparecido da face da terra e, mais uma vez, ela se sentiu completamente sozinha.

CAPÍTULO 18

O casamento seria em duas semanas. Sua mãe corria pela casa como uma galinha com a cabeça cortada, e seu pai havia trabalhado muito para deixar a casa em ótimo estado para os convidados. Chris e Gloria decidiram que seria melhor fazer o casamento e a recepção em casa, onde era mais acolhedor, familiar e econômico. Peyton teria achado uma ótima ideia se não fosse por sua mãe. Cheryl tinha se tornado uma lunática, fazendo toneladas de listas, incluindo uma lista de afazeres para seu pai, para se certificar de que a casa estaria recém pintada, o gramado bem cuidado e sem cercas quebradas para que nenhum animal pudesse escapar. Ela estava trabalhando no jardim incansavelmente dia após dia, porque era onde Gloria queria que fosse o altar, então o jardim tinha que estar bonito e bem cuidado. Ela convocou Peyton para fazer o trabalho no quintal. Ela deveria cortar a grama quase todos os dias, arrancar todas as ervas daninhas que estivessem à vista e manter a trilha aparada. Sem mencionar que ela ajudou a manter a limpeza da casa para sua mãe, o que ela normalmente faria de qualquer maneira, mas neste ponto, a mantinha ocupada. Ela sabia que provavelmente não precisava varrer, aspirar e limpar os banheiros todos os dias, principalmente com apenas três pessoas morando em casa, mas ela precisava se manter ocupada.

Noah não falava com ela há semanas. Na primeira semana, Peyton tentou falar com ele. Ela enviou mensagens ocasionais perguntando como ele estava e como andava os estudos, mas ele não se pronunciou nenhuma vez. Sem resposta. Nada. Ela achou que ele estava se preparando para se formar, mas não sabia dos detalhes. Quando ela foi as suas duas últimas consultas, ele não estava lá e o doutor Schoenborn não falou nada sobre ele. Na última consulta, ele apertou a mão dela com a sua mão rechonchuda e seu sorriso atrevido e então ela estava livre. Ela nunca mais teria que ir à terapia. Ela queria comemorar esse feito gigantesco, mas percebeu que a única pessoa com quem ela queria fazer isso era com Noah.

Ele estava constantemente na mente dela, em todos os seus pensamentos e ela não conseguia fazê-lo sair. Ela esperava que ele aparecesse em sua casa aleatoriamente e fingisse que tudo estava bem, mas ela sabia que isso não aconteceria. No fundo, ela tinha estragado tudo. Ou seu irmão. De qualquer forma, ele não voltaria. Ele provavelmente já tinha seguido em frente e, de alguma forma, Peyton tinha que fazer isso também.

Sem o conhecimento de sua mãe, tudo o que ela fez foi chorar. Ela conseguiu esconder bem, porque sabia que se chorasse em casa, sua mãe a ouviria e acabaria fazendo perguntas. Então, para que ninguém a ouvisse, ela chorava enquanto cortava a grama, enquanto estava na trilha ou em qualquer lugar longe de casa, quando ela sabia que sua mãe não estaria por perto e, às vezes, ela se tornava uma rebelde e chorava enquanto capinava. Seu coração estava machucado. Ela havia se permitido abri-lo novamente e já conseguia ver um futuro com Noah. Mas agora isso era passado, assim com Noah.

Mal sabia ela que, enquanto arrancava as ervas daninhas dos canteiros de flores do quintal, seu irmão a pegaria chorando.

- Peyton, você está bem? - Chris perguntou e agachou-se ao lado dela na terra.

- Oh sim, eu estou bem. É apenas a minha alergia. - ela mentiu.

- Como se eu acreditasse nisso. - Chris disse sarcasticamente.

Peyton tentou sorrir, mas estava tão chateada que suas emoções assumiram o controle e ela começou a chorar ainda mais alto. Chris passou o braço ao redor da irmã e ela apoiou a cabeça no ombro dele.

- Suponho que ele ainda não falou com você? - Chris presumiu. Ela balançou a cabeça, incapaz de formar qualquer palavra e ele suspirou - Eu vou consertar isso.

- Não, - Peyton gritou - se ele quisesse falar comigo e ouvir o meu lado da história, ele já teria feito isso. - nessa hora, ela estava chorando e duvidava que Chris estivesse entendendo o que ela estava dizendo.

- Eu não me importo. Ele merece ouvir toda a história e como eu fiz papel de idiota. Ele tem que saber que você não teve nada a ver com isso e que tudo foi culpa minha. Ele gostava de você, Peyton, talvez até mais do que isso, pelo que pude perceber. Esse tipo de sentimento não vai embora tão fácil. Ele provavelmente deve estar bem confuso. Você e eu sabemos que sua situação não é fácil e parece que vocês têm alguns obstáculos e, provavelmente, eu o empurrei do precipício.

- Tenho certeza que sim. Provavelmente era demais para ele. - Peyton estava decidida.

Ela se afastou e continuou arrancando as ervas daninhas, pensando que isso a ajudaria a não chorar, mas ainda tinha algumas lágrimas escapando.

- Provavelmente sim. - Chris concordou e Peyton girou a cabeça para encará-lo.

- Como é? - ela esbravejou.

- Peyton, escute-me. Você meio que tem uma bagagem de vida pesada. Muito mais pesada do que a maioria das mulheres na casa dos vinte anos, certo?

- Ele sabia de tudo isso, Chris! Eu contei tudo e ele aceitou bem! Ou pelo menos ele disse que tinha aceito! - Peyton retrucou.

- Eu sei e talvez ele tivesse aceito. Mas então você ficou brava com ele por causa da Brittany, pensando que ela era sua amante e então a Lucy gritou com você na frente dele. O cara provavelmente está assustado. Você estava fazendo terapia porque seu marido morreu e isso é muito para um cara lidar!

- Então, você está dizendo que eu sou um poço de drama? Que estou destinada a ficar sozinha até o dia da minha morte? Que ótimo, Chris, obrigada! - ela levantou-se e se afastou dele, mas Chris a seguiu.

- Não! Não é isso o que estou falando. Ele está prestes a se formar na faculdade, não está?

- Sim, acho que sim. Na verdade, não sei, já que ele não fala mais comigo, lembra? - ela berrou e estava prestes a abrir a porta dos fundos quando Chris pulou na frente dela bloqueando a porta.

- Ok, bom, imagine como ele se sente. Ele investiu quatro anos de tempo e dinheiro para se formar. Você não acha que ele já está se sentindo um pouco sobrecarregado? E então coloque você e eu neste meio... - Chris se calou.

- Mas eu não fui atrás dele. Ele que veio atrás de mim! - Peyton disse asperamente.

- E você pode culpá-lo? Você é um partidão! Você é linda, engraçada, simpática e forte. Qualquer cara se sentiria atraído por você. Por que ele não se aproximaria? Estou te dizendo, aposto que ele está apenas dando um passo para trás para se concentrar na faculdade e para pensar. Os homens fazem isso. Eu faço isso. Não estou dizendo que é certo deixar uma garota esperando ou ignorá-la assim, mas eu te garanto que isso é coisa de homem. - Chris insistiu e colocou a mão no ombro dela -

Ele gosta de você. Aposto que ele te ama. Ele sabia que você estava fazendo terapia e ainda assim quis te conhecer. A terapia geralmente é a maior bandeira vermelha de todos os tempos, mas ele te achou especial independente de qualquer coisa.

- Você está tentando fazer eu me sentir melhor? Porque você continua me ofendendo como se me desse uma chicotada e depois me elogia.

- Estou tentando te dar a perspectiva de um cara. Às vezes somos idiotas.

- Às vezes? - Peyton interrompeu.

- Ei! - Chris fingiu estar ofendido - De qualquer maneira, o que estou tentando dizer é que às vezes não lidamos com as situações da melhor maneira. Então, considere dar um tempo a ele.

- Já se passaram quase três semanas, Chris.

- Eu disse para você considerar. Mas você não precisa. A prerrogativa é sua. Mas tenho a sensação de que sim, porque, se eu fosse um apostador, diria que você também ama ele. E bem no fundo, bem no fundo mesmo, acho que você sabe disso. - ele ressaltou.

- E daí? Não importa. Ele não vai falar comigo. É óbvio que ele está me evitando. - Peyton hesitou.

- Eu disse que ia cuidar disso. - Chris a lembrou e tocou o nariz dela.

- O que você vai fazer?

- Eu não sei, mas eu lhe direi. - ele deu de ombros e se afastou indo em direção ao seu carro.

- Eu nem sei onde ele mora! - ela gritou.

- Eu cuido disso! Vejo você mais tarde. Diga à mamãe que virei para o jantar e que trarei a Glória, ok?

- Ah sim, claro. - Peyton concordou e entrou em casa balançando a cabeça em descrença - Lá vai um dos maiores idiotas de todos. - ela murmurou para si mesma e subiu para lavar toda a sujeira de seu corpo... e as lágrimas.

• • •

- Então, Chris vem para o jantar? Eu nem acho que comprei carne suficiente para mais duas pessoas! - sua mãe estava perplexa quando Peyton voltou do andar de cima - Aquele menino me deixa louca! Gloria vai ter muito trabalho com ele.

- Mas a melhor parte disso, mãe, é que ela quem vai ter que aturá-lo e não você. - Peyton riu.

- Ok, mas ele sempre aparece quando quer alguma coisa. Esse menino realmente nunca vai me deixar!

- Ah, o meu irmão! - Peyton revirou os olhos - Mas você ama isso. Ele mantém você em alerta.

A mãe bufou:

- Você tem razão. Bom, o que vamos fazer com apenas meio quilo de hambúrguer?

- Tacos de novo?

- Que desculpa esfarrapada.

- Que tal enchiladas? Você pode rechear com outras coisas como feijão e queijo, e então você não terá que se preocupar em tentar descongelar mais carne a tempo.

- É uma boa ideia. Você pode pegar um pouco de molho e as tortilhas, por favor? O jantar é em uma hora. Provavelmente eu deveria avisar o seu irmão.

- Já são cinco horas? - Peyton perguntou, parecendo surpresa.

- Sim, temos que nos apressar se queremos terminar antes que eles apareçam.

- Uau, hoje o dia passou voando! - Peyton comentou calmamente.

Peyton fez o que sua mãe pediu e começou a colocar a mesa.

- O que o papai anda fazendo?

- Ele está consertando aquela cerca idiota de novo. Nos últimos dias, ele tem dito que está pronto para atirar em todas as vacas.

- Estou surpresa que ele não me pediu para ir ajudá-lo. Não vi ele o dia todo, deve ter sido difícil para ele.

- Ele viu que você está passando por momentos difíceis e, depois da sua conversa com Chris, não quis incomodá-la.

- Ah, ok. - Peyton murmurou.

- A propósito, você teve notícias dele depois daquela conversa?

- Não, não tive. Eu não sei o que Chris poderia fazer para consertar o que ele fez. Eu sinto que se Noah quisesse me ver ou esclarecer as coisas, ele já teria feito isso. Mas Chris tem em mente que os homens pensam de forma diferente, e que é inocente e tudo o mais. - Peyton tagarelou.

- Estou curiosa para ver o que ele vai fazer. - a mãe disse enquanto começava a cozinhar a carne e a preparar a mistura das enchiladas.

- Eu também. - Peyton murmurou - Vou ligar para o papai e ver se ele precisa da minha ajuda. - ela decidiu e foi até a sala de jantar para ligar para ele. Quando começou a chamar, houve uma batida na porta.

- Peyton, você pode atender? Estou com as mãos ocupadas, e é mais provável que seja seu irmão malcriado. - ela gritou.

- Sim, posso. - ela disse e arrastou-se para atender. Quando Peyton abriu a porta, ela viu Chris, Gloria e... Noah.

- O que... - Peyton parou, e Chris a interrompeu.

- Peyton, não fique brava. Eu sei que não deveria ter te surpreendido. Principalmente considerando o que você está vestindo. - ele apontou.

Peyton estava usando um moletom antigo do colégio, uma das camisetas de seu pai e seu cabelo estava preso em um coque alto e bagunçado com cabelos caindo por todos os lados.

- Obrigada por realçar isso, Sherlock. - Peyton fez uma careta.

Ela finalizou a chamada assim que ouviu que tinha ido para a caixa postal e cruzou os braços.

- Mas acontece que, de qualquer maneira, ele já estava se preparando para vir ver você, eu apenas ajudei a levar o processo adiante. Viu? Eu disse que iria consertar as coisas! - ele disse alegremente. No entanto, o sorriso no rosto de Chris a fez querer socá-lo bem na boca.

- Ok, obrigada, Chris. - Peyton agradeceu por pura educação.

Ela olhou para Noah e ele estava sorrindo. Ela se perguntou por que diabos ele estaria sorrindo, ou se ela teria perdido alguma piada. Ele estava lindo como sempre. Ele era irresistível, principalmente com um sorriso no rosto e Peyton não conseguia desviar o olhar quando eles se olhavam. Era como se as últimas semanas nunca tivessem existido e eles estivessem apaixonados, caminhando de mãos dadas à beira do rio novamente.

- Chris, acho que posso continuar a partir daqui. - Noah disse em sua voz profunda e Chris se virou para vê-lo olhando para sua irmã mais velha.

- Tudo bem, o jantar está com um cheiro bom. Embora provavelmente tenhamos assustado a mamãe por termos vindo mais cedo. - Chris riu e passou por Peyton que ainda estava parada na porta como se estivesse petrificada.

- Acertou! - a mãe gritou da cozinha.

- Boa sorte! - Chris sussurrou no ouvido de Peyton e, em resposta, ela deu um tapa em suas costas.

Chris fechou a porta atrás dela a forçando a sair para a varanda. Ela olhou para si mesma lamentando sua escolha de roupas, mas decidiu aceitar e endireitou os ombros.

CAPÍTULO 19

—O i. - Peyton cumprimentou secamente.

- Oi, Peyton, você se importa de conversarmos um minuto?

- Claro. - ela respondeu e sentou-se no banco da varanda.

Noah sentou-se ao lado dela e percebeu sua frieza, então achou melhor não tentar segurar sua mão.

- Como você tem passado?

- Bom... - Peyton mexeu em seu cabelo e ajeitou a camiseta - está tudo bem. Apenas me preparando para o casamento.

- Casamento? - Noah perguntou e então se lembrou - Ah, Chris e Gloria, isso mesmo. Como estão as coisas?

- Estão indo bem. Minha mãe tem mantido eu e meu pai ocupados. Eles decidiram fazer o casamento todo aqui fora já que temos muito espaço, então temos tentado limpar tudo por aqui e continuar mantendo. O que você tem feito? - Peyton perguntou genuinamente curiosa em como ele iria responder a essa pergunta.

- Estive estudando como um louco para as provas finais nessas últimas semanas.

- E como você se saiu?

- Foi tudo ótimo. Terminei há alguns dias.

- Uau! Que maravilha! Como você está se sentindo?

Aposto que já pode finalmente respirar de novo como se um peso enorme tivesse sido tirado de seus ombros. - ela disse enquanto imitava levantando algo.

Ele riu e mostrou o sorriso torto favorito de Peyton:

- Tenho que admitir que é incrível. Eu me formarei oficialmente neste final de semana.

- Isso é ótimo. - ela assentiu com a cabeça - Aposto que você está muito animado.

- Sim, estou. Na verdade, eu ia perguntar se você gostaria de ir comigo.

- Como é que é? - ela perguntou perplexa.

- Eu quero que você vá à minha cerimônia de formatura. - ele afirmou novamente.

- Você está falando sério? - ela pôde sentir suas sobrancelhas franzindo e sua cabeça inclinando, mas ela não se incomodou em relaxar.

- Sim, - ele abriu um sorriso - estou. - ele parecia tão relaxado e calmo. O tom de sua voz era tão uniforme que era como se as duas últimas semanas dele tivessem sido completamente diferentes das dela.

- Noah, não tenho notícias suas há semanas.

- Eu sei.

- Eu tentei falar com você. Você recebeu minhas mensagens e viu as minhas ligações, não viu? - ela o interrogou, ficando cada vez mais irritada a cada minuto.

- Sim, eu vi.

- Então você me ignorou. - Peyton desafiou e sentiu seu rosto ficar mais quente, o que significava que ela estava começando a ficar vermelha.

- Eu sei e eu sinto muito. Houve um mal-entendido, mas seu irmão já esclareceu tudo. Eu deveria ter enviado uma mensagem de volta e ouvido o seu lado da história. Eu fiquei um pouco assustado com o nosso jantar e então na manhã seguinte, eu vi o seu irmão chutando o meu carro, e então ele me deu um soco!

Peyton colocou a cabeça entre as mãos, balançando a cabeça. Ela estava envergonhada e ainda não conseguia acreditar que seu irmão tinha feito tudo aquilo. Principalmente ouvindo da boca de Noah.

Ele continuou:

- Acho que você deve ter imaginado que me perdi nos estudos e não percebi que fazia tanto tempo desde a última vez que falei com você. Nunca pensei que ficar sentado no mesmo lugar estudando por dias a fio faria o tempo passar tão rápido. Quando eu não estava estudando, você estava constantemente em minha mente. Senti sua falta todos os dias e queria dar desculpas para vir aqui para te ver. Eu também queria te enviar uma mensagem para saber como você estava, mas estava com muito medo de que você ficasse chateada comigo e ignorasse minhas mensagens, assim como eu tinha feito com você. Não que eu não merecesse, mas eu fui um covarde. Foi seu irmão quem finalmente me deu um impulso de confiança.

- Oh, céus! - Peyton revirou os olhos.

Noah riu:

- Não foi tão ruim. Ele precisou me caçar um pouco. Primeiro, ele foi ao consultório do meu tio para me rastrear e perguntou como ele poderia me encontrar. Felizmente, minha prima que está trabalhando na recepção para mim enquanto eu estava estudando... - ele parou e sorriu para ela como se ele tivesse lido a mente dela, e ela sorriu timidamente em resposta - E não, não era porque eu estava tentando te evitar. Ela disse a ele que eu estava estudando no campus que é onde eu praticamente morei nas últimas semanas, e ele me encontrou. Acho que ele ficava perguntando às pessoas se sabiam quem eu era e onde ele poderia me encontrar. Ele finalmente me encontrou e me contou toda a história. Ele me garantiu que agiu completamente sozinho e entendeu mal a situação. E, claro, ele explicou isso de uma forma bem 'Chris' de ser.

- Eu me senti péssima com o que aconteceu naquela noite. Eu sei que não deveria ter afastado você do jeito que eu fiz, mas na época eu simplesmente não sabia como lidar com a situação. Eu sinto muito por isso.

- Tudo bem. Eu não te culpo. Eu também não saberia o que dizer. Seu irmão mencionou que você desmaiou depois de entrar em casa. Você está bem?

- Acho que eu fiquei sobrecarregada. Assim que passei pela porta, fui bombardeada com perguntas. Quando concordei em sair com você, meu maior medo era que algo assim acontecesse. Que alguém me visse saindo com outro cara e que me confrontasse assim como Lucy fez. E aconteceu. Em menos de vinte minutos do nosso encontro, gritaram comigo na frente de todo o restaurante. - Peyton deu de ombros incapaz de encontrar seus pensamentos.

- Peyton, - Noah sussurrou - eu sei que você ainda está tentando superar a morte de seu marido. E está tudo bem. Eu sei que você sempre irá amá-lo, e por que não amaria? Ele parecia ser um cara legal. Eu só espero que você ainda me dê uma chance, porque quando estou com você, eu me sinto completo. Eu sei o que quero fazer, onde quero estar e o que quero da vida. Eu realmente senti sua falta como um louco nas últimas semanas. Senti falta do toque da sua mão. - ele pegou a mão dela suavemente - Senti falta do seu sorriso contagiante. - ela sorriu naturalmente - E senti falta de puxá-la para perto para abraçá-la. - Peyton podia sentir que seu rosto estava vermelho como uma beterraba agora, e ela tentou olhar para suas mãos entrelaçadas na tentativa de escondê-lo, mas Peyton sabia que ela não conseguiria enganá-lo - Cara, eu também senti falta desse rubor. - ele riu, o que não ajudou em nada o caso de Peyton - Sei que não fui a pessoa mais inteligente do mundo nas últimas semanas, mas estou aqui agora e não há outro lugar onde eu queria estar. Você acredita em mim?

Peyton olhou para ele e assentiu com a cabeça:

- Sim, acredito.

- Que bom! - ele sorriu seu sorriso torto e ela sorriu de volta.

- Esse sorriso me mata todas as vezes. - ela admitiu - Você poderia se safar de um assassinato com esse sorriso.

- Isso significa que estou livre? - ele brincou.

Ele se aproximou de Peyton e passou os braços ao redor dela de modo que seus rostos estivessem a apenas alguns centímetros de distância.

- Será que você vai sumir da face da terra de novo? - ela perguntou tentando não soar tão séria. No entanto, ela realmente queria saber a resposta.

- Eu prometo que nunca mais vou sumir. Não foi justo com você e eu sinto muito.

- Obrigada. Prometo não te afastar e que vou me abrir mais com você.

- Obrigado. Você sabe que é uma pessoa incrível, Peyton. - Noah sorriu para ela.

- Sério? Você não acha que sou muito dramática? - ela questionou, pois isso era o que ela mais temia.

- Não, Peyton. Acho que você já passou por muita coisa para alguém da sua idade, mas apesar de suas provações, você tem lidado com tudo extremamente bem. Você é mais forte do que pensa. - Noah se curvou e deu um beijo carinhoso na testa dela, enviando um choque elétrico por todo o corpo de Peyton.

- Você só está tentando me bajular. - ela flertou e sorriu para ele, esperando por sua réplica.

Ele era tão lindo que só de olhar para ele fazia o coração dela disparar.

Noah lentamente começou a se aproximar dos lábios dela, o que deixou Peyton nervosa.

- E está dando certo? - ele sussurrou apenas a meros centímetros de distância dos lábios dela.

- Talvez... - ela gaguejou.

- Você com certeza gosta dessa palavra. Você me ama?

- Talvez... - ela deu uma risadinha e Noah riu em resposta.

- Ah, Peyton, o que eu vou fazer com você? - ele brincou.

- Beije-me.

Noah urgente e apaixonadamente pressionou seus lábios nos dela, e ela se derreteu nos braços dele. Peyton podia sentir seu coração disparar um milhão de batidas por minuto, seu rosto enrubescer e arrepios na espinha. Ela estava se apaixonando por ele mais e mais a cada minuto.

Ele gentilmente afastou-se, mas manteve os braços em volta dela em um abraço apertado. Peyton não queria sair daquele momento nunca mais. Ela queria ficar ali para sempre, se isso significasse estar sempre com Noah.

- A propósito, eu gostei do moletom. - ele riu e Peyton tentou escapar de seus braços, mas ele apertou um pouco mais forte para que ela não pudesse se mexer tão facilmente.

- Você se acha muito engraçado. Eu não esperava que você fosse aparecer hoje! Eu tenho trabalhado no quintal o dia todo e não vi nenhuma razão para me arrumar. - ela reclamou e escondeu o rosto no peito dele.

- Você ficou feliz por eu ter vindo?

Ela virou a cabeça para o lado, para que ele pudesse ouvi-la claramente:

- Sim, fiquei. - ele não podia ver, mas abaixo de seu queixo, ela tinha um grande sorriso espalhado em seu rosto.

Peyton e Noah voltaram para casa de mãos dadas e sua mãe começou a pular em êxtase ao vê-los:

- Fico muito feliz em ver vocês dois juntos de novo! - ela se emocionou e correu para abraçar os dois - Noah, você vai ficar para o jantar?

- Desculpe-me, mas eu tenho que ir. Vou buscar meus pais no aeroporto daqui a algumas horas e preciso ter certeza de que tudo esteja pronto antes de eles chegarem. Mas obrigado. - ele agradeceu graciosamente.

- Você sabe que é sempre bem-vindo, Noah! Que emocionante que seus pais estejam vindo para a cidade! Qual é a ocasião?

- Eu vou me formar oficialmente neste fim de semana e vamos dar uma festa na casa do meu tio. Eu adoraria que todos vocês fossem. Eu convidaria todos vocês para a cerimônia, mas não tenho convites suficientes. Aqui, deixe-me anotar o endereço. A festa será no sábado às dezessete horas. Haverá comida, então não se preocupem em comer antes.

- Que ótimo! Estaremos lá! - a mãe garantiu - Não temos nada para sábado, não é, querido? - ela olhou para o marido.

- Não, agora apenas a festa do Noah. - ele afirmou.

- Nós vamos passar por aqui também. - Chris apontou para si mesmo e para Gloria - Obrigado pelo convite, principalmente depois de tudo. - ele agradeceu com um olhar preocupado.

- Ei, está tudo bem, cara! Você estava apenas cuidando da sua irmã e eu respeito isso. Já está esquecido e perdoado. Meu carro, porém, não perdoa e esquece tão fácil quanto eu. - ele riu.

Chris riu timidamente em resposta:

- Sinto muito por isso, cara.

- Você nunca mais vai fazer uma coisa dessas, vai? - Gloria perguntou severamente.

- Não, *mamacita*. Não vou não.

Depois de um momento de silêncio constrangedor, Noah finalmente disse:

- Bom, é melhor eu ir. Tenho algumas coisas para fazer e não quero chegar atrasado ao aeroporto.

- Eu te acompanho. - Peyton ofereceu.

Depois de se despedirem, eles foram até o carro e Noah virou-se para olhá-la antes de entrar:

- Então você irá a minha formatura? - ele sorriu para ela e encostou-se ao carro.

- Mas é claro que sim. Fico muito feliz que você quer que eu vá. - ela sorriu.

Noah também sorriu:

- Eu quero!. - ele pegou a mão dela e puxou-a suavemente para seus braços - Significa muito para mim que você vá. Peyton, não quero passar nem mais um dia sem te ver. Francamente, não quero nem ir buscar meus pais porque só quero ficar aqui com você.

- Eu também quero que você fique. Mas não seria justo deixar os seus pais esperando no aeroporto. Aposto que eles estão bem animados em te ver.

Ela não queria que ele fosse embora. Ela sentia-se como se o tivesse de volta, e agora ele tinha que ir embora tão cedo. Isso a deixou tremendamente triste, mas ela não queria que ele soubesse disso.

- Eu não os vejo há um tempo, então vai ser bom. Eles estão muito animados para conhecê-la.

- É sério? Você contou a eles sobre mim? - Peyton perguntou agora se sentindo extremamente nervosa com o que ele havia acabado de dizer.

- Claro que sim. Eu sabia que provavelmente eles iriam ver você neste final de semana, então eu tinha que contar a eles sobre você. Além disso, por que eu não contaria? Você me fez muito mais feliz nos últimos meses do que em toda a minha vida. - Noah a bajulou enquanto acariciava a bochecha dela - Pode apostar que aproveitei a oportunidade para me gabar de você!

- Você é tão querido. Como eu fui ter tanta sorte? - Peyton disse amorosamente e olhou sonhadoramente nos olhos dele.

- Eu me pergunto a mesma coisa. - ele sorriu afetuosamente e inclinou-se para beijá-la. Ele encostou a testa na dela e sussurrou - É melhor eu ir. Vou mandar uma mensagem para você com o endereço da faculdade e aqui - ele fez uma pausa para tirar um pedaço de papel do bolso - está o seu convite.

- Obrigada. - ela ficou na ponta dos pés e deu-lhe um beijo rápido - Mande-me uma mensagem.

- Mandarei. - ele prometeu e com um último beijo, ele foi embora.

CAPÍTULO 20

O sábado chegou rapidamente e Peyton se sentia aliviada e nervosa. Nos últimos dias, Noah não foi capaz de ir vê-la porque ele tinha eventos acontecendo na faculdade que tinha que frequentar, e ele estava tentando passar mais tempo com seus pais. Peyton entendia porque ele não estava por perto desde que a convidou para sua cerimônia de formatura, mas isso a deixou apreensiva. Ela só conseguia imaginar as inúmeras perguntas que seus pais deviam estar fazendo, considerando que ela era uma viúva aos vinte e quatro anos. Ela esperava que ele estivesse preparando eles bem o suficiente para quando eles finalmente se encontrassem.

Além de se sentir preocupada em conhecer os pais de Noah, ela tinha a sensação de que um peso tivesse sido tirado de seus ombros. Ela estava - batendo na madeira - feliz. Ela cantarolava pela casa, conversava alegremente com os pais e mandava mensagens para Noah constantemente. Os últimos dias sem vê-lo não foram tão difíceis quanto nas últimas semanas. Talvez fosse porque eles finalmente se acertaram e sabiam o que queriam. Pela primeira vez em muito tempo, Peyton se sentia confiante em seu relacionamento e sabia que não importava o que acontecesse, Noah sempre estaria ao seu lado. Nos momentos bons e ruins - e isso a deixava à vontade de uma maneira que ela não se sentia desde que Derek esteve em sua vida. Ela se sentia confiante para se abrir com Noah e expressar seus sentimentos, e ela não deixou que o desejo por ele a assustasse, mas sim que a fortalecesse. Ela queria estar com ele, tanto quanto ele queria estar com ela. Ela não estava pronta para admitir isso em voz alta, mas estava começando a achar que as últimas semanas em que eles tinham ficado separados realmente ajudaram seu relacionamento de uma forma positiva. A ausência realmente fez seu coração ter certeza de seus sentimentos. Ela o amava, sem dúvida alguma.

Noah avisou Peyton que a formatura seria às nove da manhã, então ela levantou cedo para correr, tomar banho e se arrumar. Sua mãe fez questão de entrar no quarto para ajudá-la a escolher uma roupa enquanto Peyton enrolava o cabelo e passava a maquiagem. Ela lutou para passar a maquiagem porque ainda estava com calor por causa da corrida, então continuou se abanando para tentar se refrescar. A mãe escolheu um vestido azul marinho de mangas flutuantes para tentar realçar o azul dos olhos dela. Ela também encontrou uma sandália de salto com tiras que Peyton havia se esquecido que tinha e sabia que desta vez, não poderia contestar. Depois de quase cair algumas vezes, ela parou na frente de sua mãe, esperando por uma reação:

- Você está linda! - sua mãe elogiou e começou a chorar.

Peyton revirou os olhos:

- Oh, céus! Que horas são?

- São 8h30. É melhor você ir se quiser chegar a tempo.

- Caramba, mãe, por que você não me avisou antes?! - Peyton saiu correndo do quarto o mais rápido que pôde por causa do salto e agarrou sua bolsa e as chaves enquanto ia até o carro.

A mãe a seguiu e parou quando ela chegou à varanda da frente:

- Vejo você mais tarde! - ela gritou e acenou.

Peyton acenou de volta e dirigiu pela entrada. Pelo jeito que Peyton estava dirigindo, levou apenas quinze minutos para chegar à cerimônia de formatura. Ela começou a entrar em pânico porque percebeu que não sabia como os pais dele eram, mas felizmente, ela avistou o doutor Schoenborn. Ele não era difícil de encontrar no meio da multidão.

Ela caminhou até seu antigo psiquiatra e cumprimentou-o:

- Ei, doutor Schoenborn.

- Peyton, - ele estendeu a mão e ela apertou a mão dele - que bom ver você de novo. Nós guardamos um lugar para você. - ele apontou na direção onde havia duas cadeiras vazias ao lado de um casal que já estava sentado.

O casal olhou para Peyton e sorriu. O doutor Schoenborn continuou:

- Peyton, esta é a minha irmã, Wendy e o meu cunhado, Clark. Estes são os pais de Noah.

Os pais levantaram-se e a mãe de Noah estendeu a mão:

- Oi, Peyton, é um prazer em conhecê-la. Noah falou muito de você para nós. - ela disse com uma voz doce. Ela era baixa e delicada, tinha um cabelo curto pixie cut castanho e olhos castanhos escuros.

- É um prazer em conhecê-la também. - Peyton gaguejou e estendeu a mão para o pai de Noah. Ele era muito mais alto do que sua esposa, facilmente mais de um metro e oitenta. Ele tinha cabelos loiros que pareciam estar lentamente ficando brancos e os mesmos olhos azuis de Noah - Oi, Clark.

- Olá, Peyton. Prazer em conhecê-la. - ele a cumprimentou com sua voz rouca. Parecia que Noah era uma boa mistura de ambos resultando em um homem lindo e inteligente.

Todos eles sentaram-se em suas cadeiras e Peyton ficou sentada entre Wendy e o doutor Schoenborn. Parecia que Peyton havia chegado na hora certa porque a cerimônia começou um minuto depois que eles se sentaram. A música começou a tocar e os formandos começaram a entrar pelos corredores. Peyton viu Noah que piscou para ela ao passar, o que naturalmente a fez corar. Todos os formandos sentaram-se em seus assentos na frente de todos, e a longa fila de alto-falantes foi ligada. O presidente da faculdade, o vice-presidente, o reitor dos alunos e o representante de classe discursaram. Cada um levou de dez a vinte minutos para concluir seus discursos. Eles fizeram um bom trabalho, mas era muito tempo para ficar sentada fingindo que estava comprometida, pois ela não tinha ideia do que a maioria das pessoas estava falando. Ela ficou grata quando o reitor dos alunos se levantou para ler os nomes dos formandos.

- Matthew Albert Harris. - a voz do reitor ecoou pelo microfone - Noah Marcus Hart. - Peyton observou Noah atravessar o palco, receber seu diploma e apertar a mão de uma longa fila de homens bem mais velhos. Ele se virou para olhar para sua família e sorriu. Ao lado dela, a mãe dele começou a tirar várias fotos rapidamente antes que ele caminhasse pelo resto do palco. O resto da cerimônia de nomeação continuou por mais dez minutos, seguido por alguns comentários finais rápidos e então acabou.

Noah percorreu a multidão de graduados e suas famílias até encontrar a dele.

- Oi, pessoal! - Noah os cumprimentou.

- Estamos tão orgulhosos de você! - a mãe o abraçou primeiro.

- Obrigado, mãe. - ele se afastou e notou as lágrimas

nos olhos dela - Obrigado por estar sempre ao meu lado.

- Querido, tem sido um prazer ser sua mãe. - ela disse entusiasmada e beijou a bochecha do filho.

- Eu concordo com os comentários de sua mãe. - o pai dele disse.

- Fico feliz em ouvir isso. - Noah disse e abraçou o pai.

- Você fez um trabalho maravilhoso, Noah. - o doutor Schoenborn o parabenizou.

- Obrigado, tio Walter. Obrigado por tudo o que você fez por mim. - Noah agradeceu e deu-lhe um abraço rápido.

- Estarei sempre ao seu lado, Noah. - doutor Schoenborn assegurou.

Noah se virou para Peyton e sorriu:

- Você está linda!

- Você também não está nada mal, lindo. - Peyton elogiou e Noah se aproximou e deu-lhe um abraço apertado.

- Obrigado por vir, querida. - ele sussurrou no ouvido dela.

- Sempre estarei ao seu lado - ela sussurrou de volta.

- Como você está se sentindo? Você se formou! - a mãe sorriu.

- Sinto-me estranho. Sinto que deveria estar fazendo algo, mas não preciso. - Noah respondeu.

- Você começará a trabalhar em breve. Por enquanto, apenas aproveite a pequena pausa que você tem. - o pai sugeriu.

- Sim! Como ir à sua festa! - a mãe cantarolou - Temos que ir. Seus primos têm trabalhado muito para deixar tudo pronto e estão muito animados por você.

- Então, vamos! Você se importa se eu for com a Peyton? Assim, posso mostrar a ela como chegar até a casa do tio Walter. - Noah perguntou e entrelaçou sua mão na dela. Peyton olhou para ele e sorriu.

- Claro, querido, nos vemos lá! Ah, mas não tire o chapéu e nem a beca porque quero tirar algumas fotos! - ela disse rapidamente.

- Ok, mãe.

Os pais dele foram em direção ao carro deles, o doutor Schoenborn foi em uma direção diferente e Peyton e Noah caminharam de mãos dadas até o carro dela.

- Você fica bem com a beca e com o chapéu. - Peyton reparou em voz alta e sorriu para ele - Parabéns!

Noah passou o braço ao redor dela enquanto caminhavam até o carro e beijou o topo da cabeça dela:

- Obrigado. Tem sido uma estrada longa e estou muito feliz por ter terminado. Estou especialmente feliz por ter me formado com uma linda garota ao meu lado. - ele sorriu.

- Obrigada por me convidar. Foi muito legal ver você no palco. Você conquistou algo que muitas pessoas não são capazes e isso é incrível. Você quer dirigir? - ela perguntou, oferecendo-lhe as chaves - Será mais fácil para você em vez de eu seguir as instruções. Às vezes, juro que ainda não consigo distinguir entre esquerda e direita.

Noah riu alto e respondeu:

- Se você não se importa que eu dirija o seu carro, eu quero sim. A casa do meu tio pode ser um pouco confusa de encontrar.

Eles entraram no carro e Noah dirigiu por cerca de dez minutos pela cidade indo na direção oposta à casa de Peyton, eventualmente passando por um bosque denso. Então, inesperadamente, as árvores se dispersaram e revelaram um lindo lago com uma linda casa nas proximidades. Era uma bela casa de dois andares em estilo colonial que deveria ter uns novecentos metros quadrados. Tinha três garagens, uma longa entrada para carros e até uma rampa para barcos perto de um lago, situada ao lado da propriedade. Tinha todos os recursos adicionais supérfluos que um homem forte e re-chonchudo precisava para viver.

- Caramba! - Peyton murmurou baixinho.

- Sim, com certeza não é pequena. - Noah riu - Ele sempre quis morar perto de um lago para poder pescar quando quisesse e ter uma grande garagem para todos os seus carros.

- Ele coleciona carros?

- Sim. Ele ama e adora trabalhar neles. Ele considera isso como um hobby. - Noah explicou e estacionou o carro na frente da garagem - Você gosta de festas? - ele sorriu seu sorriso torto, que fez o coração de Peyton dis-parar e ela balançou a cabeça.

- Não, particularmente não, mas por você eu aguento. - Peyton suspirou e sorriu.

- Obrigado, significa muito para mim. - ele deu-lhe um beijo rápido e eles entraram na casa para festejar.

A festa durou algumas horas. Os pais de Peyton apa-receram na hora marcada com Chris e Gloria os se-guindo e foram direto em Noah e Peyton. Os pais dela estavam muito ansiosos para conhecer os pais dele e fa-lavam sem parar sobre o quanto amavam Noah. Eles imediatamente se entenderam e começaram a trocar his-tórias sobre seus filhos, e Peyton deixou a conversa rapi-damente para não ouvir seus pais a envergonharem.

Chris se encontrou na mesa de comida, onde havia uma variedade de sanduíches, almôndegas, batatas fri-tas, saladas e sobremesas. Peyton observou Gloria puxar a camisa dele e dizer-lhe para ir mais devagar, mas uma vez que Chris estava perto de alguma comida, não havia como pará-lo. Peyton sabia disso porque ele tinha feito isso constantemente enquanto crescia. Ele se recu-sava a se envolver ou falar com qualquer pessoa, a menos que parasse na mesa de comida e, então, ele aca-bava passando mal. Peyton estava grata por Chris não morar mais na casa de seus pais porque eram noites como aquela em que ele ficava trancado no banheiro.

Peyton conheceu vários parentes de Noah, mas felizmente, ele se recusou a soltar a mão dela, ficando com ela em todos os encontros e cumprimentos. Ela finalmente conheceu a esposa do doutor Schoenborn, cujo nome ela descobriu que era Emily. Ela conheceu as filhas deles, outras tias e tios, vários primos, amigos e até mesmo a pessoa favorita de Peyton em todo o mundo, a Barbie alegre e loira, Brittany. Ela correu para abraçar Noah, o que foi extremamente estranho ver como Peyton estava segurando a mão dele, mas Noah se recusou a soltá-la, então ele a abraçou com apenas um braço. Felizmente, ela foi rápida e amável, e Noah se afastou dela o mais rápido que pôde, se desculpando com o olhar para Peyton. Ela apenas riu da situação para que ele soubesse que estava tudo bem. Cheryl ficou olhando para a filha e sorrindo para ela como se tivesse reparado que Noah se recusara a ficar longe dela a noite toda. Isso não apenas deixou sua mãe feliz, mas também deixou Peyton extremamente feliz. Ela sentia que se encaixava perfeitamente na família dele e, o mais importante, com ele.

Perto do final da festa, quando as pessoas estavam começando a ir embora aos poucos, Noah puxou Peyton de lado:

- Eu adoraria ir a sua casa, mas meus pais vão embora amanhã, então eu vou ficar aqui com eles.

- Ah, não se preocupe com isso! Você tem que ficar com os seus pais. Obrigada por convidar a mim e a minha família. Foi um dia divertido. - ela assegurou

- Foi sim. E consegui passar quase o dia todo com você. - Noah cantarolou e a abraçou.

- É verdade. É, acho que sim. - ela disse, passando os braços em volta da cintura dele.

- Falo com você amanhã assim que eu levar meus pais, ok?

- Tudo bem. Acho que meus pais já foram embora, então eu também vou. Faltando uma semana para o casamento, Gloria e minha mãe estão enlouquecendo aos poucos. Elas provavelmente vão precisar da minha ajuda. Sem falar que os pais de Gloria chegarão em alguns dias, então as coisas definitivamente vão começar a ficar doidas.

- É mesmo, o casamento é na próxima semana. Você está animada? - Noah perguntou e começou a acompanhá-la até o carro.

- Estou muito feliz por eles. Eles parecem se amar de verdade e acho que Gloria vai ser uma boa pessoa para ele. Ela parece mantê-lo na linha. - Peyton riu, lembrando-se de Gloria dizendo a Chris para ele largar os biscoitos.

- Que bom. Eles parecem felizes juntos.

- Sim. - Peyton pegou as chaves e destrancou o carro - Você quer ir comigo?

- Para onde? - ele brincou e sorriu. Ele estava apenas dificultando para ela.

Ela riu e revirou os olhos:

- Você se acha engraçado, né?

- Ah, eu sei que sou engraçado. - ele riu e continuou esperando que ela repetisse a pergunta.

- Você vai ao casamento de Chris e Gloria comigo? Você sabe, como meu parceiro? - ela fez questão de esclarecer e sentiu o rubor chegando, o que fez Noah rir de novo.

- Claro, eu adoraria. Com certeza você demorou para me convidar. - ele disse e ergueu as sobrancelhas - Você estava querendo convidar outra pessoa?

- Sim, havia um outro cara na cerimônia que se parecia muito com você. Eu queria convidá-lo no seu lugar, mas ele já tem compromisso para o próximo sábado. Então, eu tive que me conformar com você mesmo. - Peyton brincou e começou a rir para si mesma.

- Desculpe-me por desapontá-la. - Noah revirou os olhos - Você é impossível.

- Não é a primeira vez que ouço isso. - Peyton o informou, e ele inclinou a cabeça para trás e riu.

- Disso eu tenho certeza. - ele sorriu - Mas de verdade, eu vou amar ir com você. Obrigado por me convidar. - ele beijou a bochecha dela - Tudo bem, é melhor eu ir.

- Nos falamos amanhã. Divirta-se com os seus pais. - ela sorriu.

- Obrigado, Peyton. - ele se inclinou e a beijou novamente - Dirija com cuidado. Mande-me uma mensagem quando chegar em casa.

- Ok, eu te amo. - Peyton congelou e arregalou os olhos - Digo, até mais. - ela gaguejou. Ela não tinha a intenção de dizer isso e não conseguia acreditar que tinha escapado de sua boca.

- O que você disse? - Noah cutucou.

- Até mais? - Peyton mentiu.

- Não, essa parte não, a outra. - Noah persuadiu e caminhou ao redor da porta do carro dela para que ela ficasse cara a cara com ele.

- Olha, eu não queria dizer isso. Simplesmente escapou. Lamento ter tornado tudo estranho. - Peyton balbuciou e tentou sentar-se em seu carro, mas Noah segurou a mão dela e passou os braços nos dela.

Noah riu e sorriu torto para ela:

- Peyton... - ele disse enquanto a puxava para perto.

- Sim? - ela choramingou, se sentindo perplexa e envergonhada.

- Eu também te amo. - ele respirou fundo e a beijou, pressionando o corpo dela contra o dele.

Noah estava movendo suavemente sua boca sobre a dela e ela podia sentir uma das mãos dele em seu cabelo. Ela sabia que o amava e, nos últimos dias, se perguntou se ele também sentia o mesmo. Agora ela sabia que sim e, quando o ouviu dizer isso, ela se sentiu tão feliz que pensou que seu coração fosse explodir.

- Ah, Noah! - Peyton exclamou baixinho assim que Noah se afastou.

- Sim? - Noah expirou baixinho.

- Eu te amo, de verdade. Eu já sabia disso há um tempo, só estava com medo. Mas cada vez que te via e passava um tempo com você, eu me apaixonava cada vez mais e sinto sua falta quando você tem que ir embora. - ela passou os braços em volta do pescoço dele.

- Eu sei, eu sabia que você estava preocupada com o tempo e é por isso que tentei não te fazer se sentir pressionada. Tentei ir o mais devagar que pude, mas quanto mais eu te via, mais queria estar com você. Quanto mais eu queria estar com você, mais eu percebia que estava me apaixonando por você e, baby, eu realmente me apaixonei.

Desta vez, Peyton pressionou os lábios contra os dele, e eles se beijaram com mais paixão do que antes. Ela permitiu que suas mãos brincassem no cabelo dele, e Noah manteve os braços apertados em volta da cintura dela, enquanto a pressionava contra o carro. Quando eles finalmente se afastaram, eles estavam silenciosamente ofegantes. Ela descansou a cabeça no peito dele que subia e descia suavemente sob sua bochecha.

- Eu realmente tenho que voltar. Meus pais vão começar a se perguntar onde eu estou, embora eu realmente não queira ir. - ele suspirou e colocou a mão na bochecha dela - Com toda a certeza que irei ligar para você amanhã.

- Que bom! - Peyton cantarolou - Esperarei ansiosamente.

Noah beijou-a rapidamente nos lábios e finalmente a soltou.

- Tchau, Peyton.

- Até mais. - ela riu sabendo que era o que ela queria ter dito antes, mas agora ela estava grata por não ter dito.

Ela não sabia como chegara em casa. Parecia que sua cabeça estava em uma névoa e ela só pensava em Noah. Felizmente, ela voltou para casa em segurança, onde sua mãe estava esperando na mesa da sala de jantar, pronta para perguntar por que ela tinha demorado tanto para voltar para casa. No entanto, assim que ela contou à mãe o motivo, ela começou a chorar e abraçou Peyton dizendo repetidamente:

- Eu te disse que você não iria ficar sozinha! - Peyton deixou sua mãe apertá-la e dizer isso porque, honestamente, Peyton estava tão aliviada quanto ela.

CAPÍTULO 21

No dia seguinte, o celular de Peyton tocou e seu coração disparou. Noah ligou exatamente como havia prometido perguntando se poderia ir até à casa dela. Peyton o avisou que, quando ele chegasse, ele estaria se sujeitando aos preparativos do casamento, mas ele não se importou. Nas semanas seguintes, Noah decidiu fazer uma pequena pausa antes de começar a trabalhar e fez questão de dizer que isso significava muito tempo com ela. Com o que, é claro, Peyton não teve problemas.

Isso se tornou um padrão ao longo da semana. Noah ligava depois do café da manhã pedindo para ir, Peyton dizia "sim" e então ele ia e era colocado para trabalhar pela mãe dela. Peyton se sentiu mal por Noah estar passando seu tempo livre consertando cercas com seu pai, pintando e ajudando a equipe do aluguel a montar uma enorme tenda branca, mas Noah não parecia se importar. Pelo contrário, ele parecia feliz em ajudar. Ela e Peyton constantemente se olhavam e sorriam um para o outro, e eles tinham muito tempo para conversar e rir. E, a certa altura, Noah perseguiu Peyton com a mangueira.

Eles estavam apreciando todo o tempo que passavam juntos. Não foram só os dois que amaram isso, mas os pais dela também. Sempre que Noah não estava olhando, eles olhavam para Peyton e sorriam para ela ou levantavam o polegar. Uma vez, Noah a beijou enquanto plantavam mais flores no jardim da frente, e Peyton viu sua mãe pulando e batendo palmas. Foi completamente constrangedor, mas, ao mesmo tempo, foi hilário vê-la enlouquecer.

Na tarde de quarta-feira, a família de Gloria - pais, irmão e irmã - apareceu e todos foram alertados para se comportarem da melhor maneira. Peyton passou a manhã inteira limpando a casa para que ficasse em ótimo estado enquanto sua mãe corria para se certificar de que as camas estavam com lençóis limpos. E para completar, Cheryl queria fazer parecer que eles estavam em uma pousada fofa, então ela colocou pequenos chocolates e uma rosa laranja como as do buquê de Gloria nos travesseiros. Peyton ria de sua mãe toda vez que a via correndo pela casa. E então sua mãe gritava: *"Cale a boca!"* e continuava correndo na direção pretendida. Seu pai tentava acalmá-la, mas não adiantava. Ela estava bem estressada, mas assim que ouviu a batida na porta, ela imediatamente entrou no modo anfitriã se tornando uma outra pessoa. Isso também fez Peyton rir, mas ela riu baixo para que ninguém pudesse ouvi-la. Bom, exceto por Noah. Ele notou que ela estava rindo e balançava a cabeça rindo dela.

Assim que a família de Gloria chegou, eles conversaram por um tempo para se conhecerem melhor e, em seguida, todos jantaram. Era uma casa bem cheia com os pais de Gloria, seu irmão, Eduardo, e sua irmã, Emilia, bem como Chris, Gloria, seus pais, Noah e Peyton. A casa parecia ter encolhido. Como as mesas e cadeiras haviam chegado mais cedo naquele dia, todos decidiram comer na tenda branca para discutir o que precisariam fazer nos próximos dias. Peyton percebeu que estar na tenda estava tornando tudo muito real para Chris, e que ele estava ficando nervoso. Gloria deve ter captado a energia nervosa dele porque se aproximou e começou a esfregar as costas dele.

Peyton gostou dos pais de Gloria. Eles eram pessoas divertidas, despreocupadas e descontraídas. Foi estranho no início porque os pais dela não sabiam muito bem o idioma, mas Gloria ajudava a traduzir quando precisava, e as coisas começaram a relaxar mais quando eles conseguiram se comunicar com mais facilidade.

No dia seguinte, todos entraram no modo casamento. Os meninos, incluindo Noah, foram enviados para colocar os cordões de luz na tenda branca e as meninas ficaram encarregadas de montar os buquês. Quando Gloria não estava prestando atenção, a irmã dela e Peyton estavam organizando a despedida de solteira dela. A família de Peyton não bebia e, felizmente, a de Gloria também não, então seria uma festa relativamente calma. Emilia e Peyton decidiram fazer uma noite de Spa em um resort local que incluía manicure, pedicure, máscaras faciais e massagens. Então, no meio da noite, elas estavam pedindo pizza e frozen yogurt no Spa. Emilia pegou uma tiara e uma faixa nupcial para Glória e faixas nupciais para todas as damas de honra. Felizmente, os pais de Gloria estavam ajudando a pagar pela despedida de solteira, então nem tudo estava saindo do bolso de Peyton. Gloria tinha cinco damas de honra - Emilia, três amigas da faculdade e Peyton - e o resort não era barato, por isso que Peyton gostou da contribuição dos pais de Gloria. Com toda a honestidade, ela não queria ir ao Spa. Ela só queria passar um tempo com Noah, mas sabia que significava muito para seu irmão passar um tempo com sua futura esposa, então ela não reclamou.

Quando chegou a hora, Peyton se despediu de Noah que acabou sendo convidado para a despedida de solteiro de Chris. Peyton tinha ouvido rumores de que a festa dele consistia em paintball, top golf e karts. Aquela foi a melhor despedida de solteiro segundo o que ela ouviu de alguns amigos de Chris. Como Peyton não conhecia nenhuma das garotas muito bem além de Gloria, ela era meio estranha. As garotas eram simpáticas e faziam perguntas a ela, algumas sobre ela e Noah, mas era só isso. Elas estavam entusiasmadas com Gloria e o dia de seu casamento, exatamente como Peyton achava que deveria ser. Tudo o que significou para Peyton foi que, apesar das gargalhadas estridentes e grandes risos, ela foi capaz de relaxar e se perder em seus pensamentos. Com todo o planejamento e a preparação do casamento, ela estava constantemente lembrando de seu casamento com Derek e se havia a possibilidade de ela ter outro...

Na noite anterior ao casamento, ela estava sentada nos degraus da varanda da frente com Derek, olhando para as estrelas. Estava ficando tarde e sua mãe estava expulsando Derek porque ele estava brincando com ela sobre tentar encontrar o vestido de noiva. Peyton sabia que ele realmente não queria encontrar, pois ele apenas gostava de irritar a sua mãe, o que fazia Peyton rir.

- Não acredito que vamos nos casar amanhã. - Peyton estava eufórica.

- Eu também não. Parece que foi ontem que nos conhecemos e agora vamos ficar juntos para sempre. Uau, é tarde demais para desistir? - ele provocou e Peyton deu uma cotovelada nas costelas dele.

- Muito engraçado! - ela disse sarcasticamente.

- Você sabe que estou brincando. - ele passou o braço ao redor dela - Mal posso esperar para amanhã... acabar. - Derek riu.

- Derek!

- Você entendeu o que eu quis dizer. Assim que a cerimônia acabar, iremos para o México e, então, seremos só você e eu. Mal posso esperar até que possamos passar algum tempo juntos, só nós dois. Sem minha mãe ligando e me importunando para ter certeza de que meus padrinhos tiraram as medidas dos smokings ou a sua mãe te incomodando sobre onde arrumar a mesa de sobremesas. - ele explicou e beijou a testa dela - Estou pronto para terminar todo esse planejamento e voltar a ser só nós dois saindo e curtindo um ao outro.

- Eu entendi o que você quis dizer. Eu não sabia que havia tanta coisa para fazer antes de um casamento. Fiquei tentada a dizer a todos para esquecerem da festa porque iríamos casar em segredo! - ela admitiu e começou a rir - Minha mãe teria surtado.

- Não é tão tarde! - Derek acenou com os braços animado - Vamos!

- De jeito nenhum, já estamos tão perto! E isso é para as nossas famílias tanto quanto é para nós. Não seria justo com eles. Além disso, será divertido.

- Como sempre, você está certa. Ainda bem que terei você por perto. Não sei o que eu faria sem você.

- Eu sei exatamente como você se sente. - ela sorriu e beijou-o pela última vez como sua noiva...

O resto da noite foi exatamente como Emilia e Peyton planejaram. Enquanto estavam com as manicures, a pizza e o frozen yogurt chegaram e elas terminaram a noite com máscaras faciais e massagens. Elas ficaram tão relaxadas que todas as gargalhadas e os gritos finalmente haviam cessado e todas foram para casa, prontas para dormir. Assim que Peyton encostou a cabeça no travesseiro, ela apagou como uma luz.

Na manhã seguinte, Peyton desceu as escadas e ficou surpresa ao ver Noah e Chris sentados no sofá.

- O que vocês estão fazendo aqui?

- Trouxemos o irmão de Gloria para casa na noite passada. Estávamos cansados demais para dirigir, então resolvemos dormir no sofá. Sem mencionar que o carro de Noah também estava aqui. - Chris respondeu a ela.

- Vocês dormiram no sofá? Vocês dois passaram a

noite aqui? - Peyton ficou surpresa ao saber que Noah havia ficado na casa dela sem que ela soubesse. De repente, ela se sentiu um pouco insegura e torceu para não ter roncado na noite anterior.

- Você está bem com isso? - Noah riu e levantou-se para se aproximar e abraçá-la.

- Ah sim. Foi inteligente da parte de vocês ficarem aqui porque estavam exaustos demais para voltarem para suas casas. A que horas vocês chegaram?

- Às duas da manhã. - Noah informou e coçou a cabeça.

Peyton riu:

- Bom, não me admira que vocês estejam tão cansados. Provavelmente não foi a coisa mais inteligente, já que a mãe provavelmente tem uma lista enorme de coisas para vocês fazerem. Sem mencionar que temos o jantar de ensaio esta noite. Mamãe fez uma reserva no Felipe's.

- Sim, provavelmente deveríamos correr para casa para tomar banho, trocar de roupa e depois voltar. - Chris gemeu - Gloria se divertiu ontem à noite?

- Sim, ela foi perfeitamente mimada e se divertiu muito com as meninas.

- Parece que sim. Não consigo lembrar da última vez que te vi com as unhas pintadas. - Chris observou em voz alta.

Peyton riu e olhou para seus dedos dos pés:

- Sim, já faz um tempo. Bom, vejo vocês daqui a pouco. Eu preciso encontrar a mamãe.

- Tchau, querida. - Noah beijou ela na bochecha e seguiu Chris pela porta da frente.

- Vejo você daqui a pouco, mana. - Chris acenou e saiu.

Peyton acenou de volta e foi até a janela da frente e viu os dois carros partirem imediatamente. Assim que viu que os dois já haviam partido, ela correu para procurar pela mãe nos fundos. Ela caminhou pelo jardim e a encontrou perto dos tomates, arrancando as ervas daninhas.

- Ei, mãe! - ela gritou.

- Bom dia, querida. Ficou surpresa ao encontrar alguns meninos lá embaixo? Eu fiquei. - ela riu e continuou arrancando as ervas daninhas.

- Sim, me pegou um pouco desprevenida. Mas acho que estou feliz porque foram espertos o suficiente para saber que estavam cansados demais para dirigir. - ela disse se inclinando para ajudar sua mãe.

- Concordo. As meninas se divertiram ontem à noite?

- Ah sim, nunca ouvi tantos risos e gritos na minha vida.

- Não duvido. Elas pareciam bem animadas e barulhentas quando entraram em casa. Mas estou feliz em saber que elas se divertiram. Gloria merece. Ela parece tão feliz por ter sua família aqui com ela. Tenho certeza de que é difícil para ela viver tão longe deles.

- Aham, isso fez eu me lembrar da minha despedida de solteira e da noite anterior ao casamento. Você se lembra de quando Derek ficou tentando achar o meu vestido de noiva só para te deixar louca?

A mãe riu:

- Ah, sim. Aquele menino era tão mau. Ele adorava me deixar louca, assim como você. Vocês realmente foram feitos um para o outro.

- Ele era incrível. Sinto falta dele.

- Claro que sente. - a mãe deu um tapinha na perna da filha - Mas posso te dizer uma coisa?

- Vá em frente. - Peyton se preparou.

- Acho que as pessoas entram nas nossas vidas em momentos muito específicos, para não dizer perfeitos, que é quando precisamos delas. Naquela época da sua vida, acho que Derek era perfeito para você. Mas depois que ele se foi, algo em você mudou, mas não de um jeito ruim. E acho que agora se você me perguntasse quem é o seu par perfeito, eu diria que é o Noah. Vocês se complementam tão bem que isso me surpreende.

- Sabe, mãe, acho que há três meses, se você tivesse me dito isso, eu teria ficado bem chateada. Mas agora, com Noah, acho que você está certa.

- Você percorreu um longo caminho, meu amor. Estou orgulhosa de você.

- Obrigada, mãe. Acho que preciso fazer algo. Acho que preciso consertar as coisas com a Lucy.

- Eu sabia que uma hora você iria me dizer isso. - sua mãe sorriu.

- Como você poderia saber disso? - ela questionou e levantou-se do chão de terra.

- Eu simplesmente sei dessas coisas. - ela deu de ombros e levantou-se com Peyton.

- Bom, enquanto os meninos estão voltando para casa para tomar banho eu vou até à casa de Lucy.

- Você está pronta para isso? - a mãe olhou para a filha com cautela.

- Sim, é algo que sinto que preciso fazer e sei que não vou ser capaz de deixar isso de lado.

- Bom, dirija com segurança. Deixe-me saber como foi. - a mãe beijou a filha na bochecha e voltou a cuidar do jardim.

- Ah, pode deixar. - Peyton prometeu e saiu do oásis pessoal de sua mãe.

CAPÍTULO 22

*P*eyton estava estacionada em frente à antiga casa de Derek, mas não conseguia encontrar forças para sair do carro. Ela ficou encarando a casa por um tempo, e depois ficou encarando o volante se perguntando o que diabos ela estava fazendo ali. Ela se perguntou se Lucy estaria ou não em casa, mas então ela olhou em volta e viu seu carro estacionado na garagem. Ela respirou fundo, saiu do carro, foi até a porta e bateu.

Ela ouviu um movimento vindo do outro lado e então a porta se abriu e Lucy engasgou:

- Peyton? O que você está fazendo aqui?

- Precisamos conversar.

Ela bufou:

- Ok, tudo bem. Entre. Mamãe e papai não estão aqui agora.

- Eu vim aqui para falar com você. - ela declarou e seguiu Lucy até o sofá.

Ela começou a ter vários flashbacks de quando ela, Derek e Lucy sentavam-se naquele mesmo sofá onde passaram várias noites assistindo filmes, se divertindo e dando risadas.

- Ok, pode falar. - Lucy disparou, mas Peyton não deixou que isso a incomodasse.

- Eu vim aqui para me desculpar. Eu nunca deveria ter ignorado você ou os seus pais do jeito que eu ignorei. É que toda vez que eu pensava em vir ver vocês ou ligar, eu não conseguia porque vocês eram lembretes constantes de Derek. - Peyton explicou tristemente.

- Eu entendo, Peyton, mas você não acha que você também era um lembrete para nós? Mas ainda assim entramos em contato e queríamos te ver, e foi como se você tivesse simplesmente desaparecido. Depois que Derek foi embora, você também foi. Parecia que estávamos de luto por duas pessoas. - ela fungou.

- Hoje eu enxergo, mas eu nunca tive a intenção de fazer isso. Eu tive que viver o luto do meu próprio jeito e eu só queria ficar sozinha para processar e superar. Durante todo o ano, eu não falei com ninguém e quase não saí de casa, exceto para os compromissos dos meus pais e para ver o meu psiquiatra. Eu juro que não tive a intenção de ofender ou de te machucar de forma alguma. Eu estava apenas tentando lidar com a situação e viver um dia de cada vez. - ela assegurou, mas Lucy ainda parecia chateada.

- E aquele cara do restaurante?

- Ah, você quer dizer aquele que estava comigo quando você gritou comigo na frente do restaurante todo? O que, aliás, não foi nada legal! - Peyton esbravejou.

- Tanto faz. - Lucy revirou os olhos.

- Eu o conheci em uma das minhas consultas. Ele é sobrinho do psiquiatra e ajudou na recepção por algumas semanas e me convidou para sair.

- Você não acha que foi um pouco rápido? - ela cortou.

- Você não acha que isso não é da sua conta? - Peyton desviou - Lucy, eu amei o seu irmão. Eu sempre amei e sempre amarei. - ela fungou, sentindo as lágrimas brotarem em seus olhos - Acredite em mim, eu debati sem parar sobre se deveria ou não nutrir a ideia de namorar outro cara apenas um ano depois do falecimento do Derek. Mas minha mãe me disse que há um tempo para viver o luto, e que então há um tempo para seguir em frente e Derek não gostaria que eu ficasse tão infeliz. - Peyton deu de ombros, tentando formar palavras entre suas lágrimas - Eu sabia que ela estava certa. Você não acha? - ela olhava fixamente para Lucy que estava lutando para não falar consigo mesma.

- Não, ele não gostaria. - ela balançou a cabeça - Ele gostaria que todos nós estivéssemos felizes e nos divertindo.

- Isso é o que eu também acho. - Peyton sorriu e assentiu com a cabeça - Eu realmente sinto muito.

- Tudo bem. Eu também sinto muito. Eu nunca deveria ter repreendido você da maneira que fiz durante o seu encontro. Foi horrível da minha parte. Eu simplesmente surtei quando vi você com aquele cara. Meu sangue ferveu, principalmente porque não tivemos notícias suas por praticamente um ano. Mas ainda assim, eu não deveria ter feito aquilo e estou me sentindo mal por isso. - ela se desculpou e baixou a cabeça.

- Tudo bem, eu entendo. - Peyton a abraçou e as duas choraram por um tempo. Enquanto choramingavam, elas tentavam falar uma com a outra, mas não conseguiam se entender. Peyton sabia que era isso o que ela tinha que ter feito. A última peça do quebra-cabeça para que ela se sentisse realmente completa de novo. Ela odiava a ideia de machucar alguém, especialmente a família de Derek. Ela sabia que precisava encará-los para se desculpar.

Depois de alguns minutos chorando, elas se afastaram e começaram a rir.

- Bom, espero não ter arruinado completamente o seu encontro. - ela lamentou.

- Você não arruinou. Nós conversamos e ficou tudo bem. - Peyton assegurou e sorriu.

- Qual é o nome dele? Ele parecia ser muito bonito. E

foi quando ele se levantou - ela assobiou - que reparei nos músculos daquele homem! Nessa hora, eu já tinha parcialmente te perdoado quando vi ele se afastando. - ela riu.

Peyton caiu na gargalhada e assentiu com a cabeça:

- O nome dele é Noah. Ele acabou de se formar em odontologia semana passada.

- Lindo e inteligente? Uau, parece que você conseguiu um bom partido. Como você teve a sorte de encontrar dois homens incríveis? Eu não consigo nem encontrar um! - ela brincou.

- Não sei. - Peyton deu de ombros - Eu sinto que não mereço nenhum deles. Alguém lá em cima deve estar cuidando de mim.

- Provavelmente Derek agora. - Lucy disse e ficou quieta.

- Eu também acho. Ele era incrível. Meu irmão vai se casar amanhã e eu estava na festa de despedida de solteira da noiva dele ontem à noite, e tudo o que vinha em minha mente eram as cenas do meu casamento com Derek. - ela admitiu e Lucy começou a rir - Não tinha como negar, ele amava atazanar as nossas mães.

Lucy riu:

- Sim. Lembra quando ele escondeu todas as gravatas e minha mãe ficou procurando por todos os cantos por uma hora, e ele caiu na gargalhada? Ela queria matá-lo. Eu acho que ele fez isso apenas algumas horas antes do casamento, e ela já estava super estressada tentando acertar todos os detalhes enquanto ele estava apenas causando problemas.

Peyton caiu na gargalhada:

- Meu Deus, eu tinha me esquecido completamente disso! Aquilo foi muito engraçado. Claro que eu só soube do ocorrido depois, porque eu estava fazendo o cabelo e a maquiagem. Lembro-me de sua mãe entrando no meu quarto e me perguntando se eu sabia onde elas estavam e, quando eu disse a ela que eu não sabia, ela arregalou os olhos e saiu correndo. Só de ver a cara dela já me deu vontade de rir. Ah, Derek! - Peyton balançou a cabeça, sorrindo com a lembrança.

- Ah, Derek! Ele realmente sabia como colocar um sorriso no rosto das pessoas. Você se lembra da sua despedida de solteira, quando fomos fazer bronzeamento artificial e minha prima pediu o bronzeado da cor errada e acabou ficando completamente laranja? - Lucy deu uma risadinha e continuou - Ela estava tão chateada que passou a maior parte da noite esfregando o corpo, mas não adiantou. Ela fez de tudo para ficar de fora do máximo de fotos possível, mas por estar na festa de casamento, felizmente conseguimos eternizar esse erro.

- É mesmo! Ela me implorou para que o fotógrafo editasse as fotos porque ela estava muito envergonhada por causa do bronzeado, mas Derek não concordou de jeito nenhum. Foi muito engraçado. - Peyton riu.

- Eu sinto falta disso. - Lucy disse em voz baixa.

- Eu também. É bom ter uma conversa só de garotas. Eu não tinha isso há muito tempo.

- Sim, eu também não.

- O que você acha de uma vez por mês nos reunirmos para termos uma noite de garotas e nos certificamos de acompanhar os acontecimentos da vida uma da outra? Assim, nunca perderemos o contato e nos veremos sempre. - Peyton planejou.

- Eu adoraria! Vamos sim! - empolgada, Lucy bateu palmas e abriu um sorriso - Obrigada por ter vindo, Peyton. Isso significou muito para mim.

- Eu deveria ter feito isso há muito tempo, mas estou feliz por finalmente ter feito. - Peyton sorriu e Lucy sorriu de volta.

Era como se elas nunca tivessem ficado longe. Elas continuariam de onde pararam e Peyton não poderia estar mais feliz.

Peyton ficou lá por mais uma hora conversando com

Lucy colocando o papo em dia. Ela se arrependeu de não ter ido vê-la antes porque ela sentia falta dela. Mesmo que Lucy tenha gritado com ela da última vez, ela percebeu o quanto sentia falta da amizade delas. Peyton acabou convidando Lucy para o casamento, ao qual ela ficou animada, já que ela e Chris haviam se formado no colégio juntos. Ela saiu da casa de Lucy com um sorriso no rosto e uma sensação de realização. Alguns relacionamentos valiam a pena lutar e ela estava muito feliz por ter recuperado a amizade de Lucy.

Quando Peyton estacionou na garagem, ela notou que o carro de Noah também estava lá.

- Droga, ele chegou primeiro. - ela murmurou baixinho e estacionou ao lado do carro dele.

Ela entrou em casa e viu sua mãe na cozinha fazendo o almoço.

- Você ficou fora por um tempo. Pelo visto a conversa foi boa.

- Foi sim. Está tudo bem novamente. Vamos tentar marcar de nos vermos à noite uma vez por mês para mantermos o contato.

- É uma ótima ideia, Peyton! Você precisa de um tempo só de garotas. Não sei quando foi a última vez que você teve uma noite assim antes da despedida de solteira de Gloria. Estou tão feliz que vocês duas se acertaram. Vocês costumavam se divertir tanto!

- Obrigada, mãe. Hum, onde os meninos estão? - Peyton olhou em volta, procurando por Chris e Noah.

- Eles estão lá fora com a Gloria e sua família arrumando as mesas para a recepção. Preciso ligar para o Maxwell's para ter certeza de que eles irão chegar a tempo com toda a comida. Ah! E também preciso ligar para a padaria e ter certeza de que eles irão entregar o bolo hoje para que possamos colocá-lo na geladeira. - ela divagou.

- Mãe, por que eu não faço isso? Vá ver se os meninos estão deixando as mesas bonitas. - Peyton ofereceu e pegou seu celular para começar a procurar pelos números - Você tem as notas? Para eu saber o que exatamente você pediu.

- Tenho sim! Elas estão na mesa da sala de jantar. Muito obrigada, querida. Eu preciso levar esses sanduíches lá para fora para todo mundo mesmo, só que eu continuo me distraindo. - ela comentou parecendo aliviada.

- Sem problemas, é para isso que estou aqui. Por favor, você pode dizer a Noah que estou aqui?

A mãe sorriu:

- Claro que sim. Ele tem ajudado tanto! Eu simplesmente amo aquele garoto.

- Eu também. - Peyton sorriu.

A mãe foi até a filha e deu-lhe um grande abraço de urso:

- Fico muito feliz em te ver feliz! Principalmente depois deste ano que passou, você merece a felicidade e alguém para cuidar de você. E agora, acho que você conseguiu isso! É tão bom, Peyton! Tudo bem, já estou indo. Espero voltar logo. Avise-me se o Maxwell's ou a padaria lhe derem muito trabalho. - ela disse e então saiu apressada pela porta dos fundos para entregar os sanduíches.

Peyton foi direto ao trabalho e ligou para o restaurante para se certificar de que o serviço de bufê estava dentro do cronograma. Para a sorte deles, eles estavam e planejavam aparecer na hora certa, algumas horas antes do casamento. Chris e Gloria queriam que a comida fosse servida na hora do jantar, então eles entrariam no altar às dezessete horas e teriam a recepção logo depois, já que os pais de Gloria estavam pagando centenas de dólares pela comida. Peyton se sentiu mal porque sua mãe acabou planejando o casamento todo sozinha, mas como os pais de Gloria moravam no México, era difícil para eles ajudarem. Mesmo que a mãe de Peyton planejou e organizou o casamento, ela estava grata que os pais de Gloria estavam dispostos a lhe entregar um bom cheque para cobrir todos os custos.

Depois de ligar para o restaurante e verificar o pedido, ela ligou para a padaria para ter certeza de que estavam terminando o bolo. Enquanto ela falava com o atendente da padaria, Noah entrou e sorriu o sorriso favorito dela. Peyton achou ele parecido com um supermodelo desfilando com sua calça jeans justa e sua camiseta com o logotipo da faculdade de odontologia. Ele parecia casual sem fazer nenhum esforço. Peyton não pôde deixar de se sentir atraída por ele e sentiu seu rosto enrubescer quando ele entrou. A primeira coisa que ele fez foi se aproximar dela e abraçá-la enquanto ela ainda falava ao celular, o que não ajudou ela a manter o foco na conversa. Quando Peyton perguntou a que horas eles planejavam entregar o bolo, Noah começou a beijar a cabeça dela e Peyton estava tendo dificuldade em manter sua linha de raciocínio.

Assim que recebeu a confirmação de que entregariam o bolo dali a algumas horas, ela conseguiu encerrar a chamada e se concentrar em Noah.

- Você não facilitou em nada para mim. - Peyton afirmou e guardou o celular no bolso.

Noah riu:

- Eu estava te distraindo?

- Sim, estava.

Noah a beijou carinhosamente nos lábios e manteve os braços ao redor da cintura dela. Peyton se afastou levemente para que pudesse falar:

- Agora você definitivamente está me distraindo. - ela sussurrou e o beijou novamente.

Desta vez, foi Noah que se afastou:

- Desculpe-me, você precisa fazer outra ligação?

- Não, já terminei. - ela sorriu e o beijou novamente.

Enquanto eles estavam se beijando, alguém entrou pela porta dos fundos, fazendo com que Peyton pulasse para longe de Noah.

- Estou interrompendo algo? - Chris brincou e começou a rir.

- Esta é uma pergunta retórica? - Peyton perguntou sarcasticamente e foi até à cozinha para beber água.

- Isso é com você, mana. Só voltei para pegar um pouco de água para todo mundo. Mamãe e Gloria estão refazendo todas as decorações das mesas. Ela disse que nós homens não temos bom gosto. - Chris riu e ergueu as mãos - Por mim, tudo bem. Eu não quero ter gosto nenhum. Eu só quero me casar com a minha mulher amanhã!

- Devo contar a Gloria que você se referiu a ela como "mulher"? - Peyton ameaçou e começou a rir.

- Você gosta de me ver tendo problemas com ela, não é mesmo?

- Para falar a verdade, gosto sim. A mamãe está precisando de mim lá fora?

Chris deu de ombros:

- Provavelmente sim e estou com medo de voltar lá sozinho.

- Covarde. - Peyton murmurou e Chris jogou uma bolinha de papel nela.

Peyton voltou para perto de Noah que sem dúvida estava se divertindo com a conversa entre os irmãos:

- Nunca há um momento de tédio quando estou aqui. - ele admitiu e todos riram.

Chris voltou para ver no que poderia ajudar, o que deixou Peyton e Noah sozinhos novamente:

- Eu já te disse o quanto você é incrível? Você tem ajudado tanto com o casamento, embora nem precisasse com o tanto que você já ajudou. - ela pegou a mão dele e sorriu - Você poderia passar seus dias relaxando e fazendo o que quisesse, mas em vez disso, você tem deixado minha mãe colocá-lo para trabalhar. É tão legal de sua parte fazer tudo isso pelo Chris e pela Gloria.

- Você sabe que eu não fiz isso apenas por eles. - Noah insinuou com sua voz profunda.

- Ah, é? - Peyton flertou.

- Sim, ajudar sua família não tem sido cansativo e também posso ficar com você a semana toda. Para mim, vale a pena. - Noah cantarolou, dando-lhe um beijo rápido - Está tudo bem com você?

Peyton assentiu com a cabeça:

- Adorei ter você aqui. É bom ver você todos os dias, te conhecer melhor e ficar ao seu lado.

- Eu me sinto do mesmo jeito. - ele sorriu.

- Que bom. Devemos voltar para lá? Preciso avisar minha mãe que o bolo será entregue daqui a algumas horas. - Peyton e Noah saíram de dentro de casa e caminharam de mãos dadas em direção a grande tenda branca.

- Hoje à noite não vai ter um jantar de ensaio? - Noah perguntou.

- Vai sim. Acho que será às dezoito horas e, na verdade vai ser no Felipe's. - ela olhou para Noah, que estava sorrindo para ela e de repente ela entendeu. Ela parou de andar e se virou para encará-lo, agarrando os braços dele e, então, ele parou também - Oh, meu Deus, Noah, você quer ser o meu acompanhante esta noite e durante todo este final de semana? - Peyton implorou.

- Sim, quero sim. - ele sorriu seu sorriso torto e continuou - Eu não estava tentando insinuar o convite.

- Não, eu sei. Eu ia te convidar! Só que eu me perdi completamente e esta manhã eu fui visitar a Lucy... - Peyton parou de falar quando percebeu que Noah tinha uma expressão confusa no rosto.

- Espere, Lucy, a do restaurante?

- Sim, eu fui à casa dela esta manhã.

- É sério? E como foi? É por isso que você não estava aqui quando cheguei? - Noah perguntou e eles começaram a caminhar novamente em direção à tenda.

- Sim. - Peyton confirmou e começou a contar a ele sobre sua manhã com a Lucy. Ele não disse nada até ela terminar de contar toda a história.

- Você está se sentindo melhor agora? - ele perguntou pensativo.

Peyton assentiu com a cabeça lentamente:

- Estou. Foi bom eu ter ido e finalmente ter esclarecido tudo. Desde aquela noite no Maxwell's, a ideia de ela estar chateada comigo tem me consumido. Então, eu esperava que ela pudesse me perdoar e, felizmente, deu tudo certo.

- Que bom! Fico feliz que vocês se acertaram. - Noah passou o braço em volta dela e beijou o topo de sua cabeça.

- Eu também. - Peyton sorriu e eles entraram na tenda.

CAPÍTULO 23

Todos continuaram decorando e adicionando os detalhes de última hora até cerca das dezessete e, então, Cheryl fez com que todos se preparassem para o jantar de ensaio. Peyton vestiu um vestido preto, saltos vermelhos e prendeu o cabelo no alto. Ela se sentiu um pouco ridícula por causa de seus trajes para ir a um restaurante mexicano, mas ela sabia que se descesse as escadas usando um jeans e uma camiseta, sua mãe a teria feito trocar de roupa na hora.

Ela começou a descer as escadas e viu Noah esperando por ela. O queixo dele caiu. Ela ficou mais à vista e sentiu seu rosto enrubescer. Com os olhos de Noah a observando, ela teve que se concentrar ainda mais para descer as escadas de salto alto. Assim que ela colocou o pé no primeiro andar, Noah passou o braço em volta da cintura dela e a beijou.

- Você está linda! - ele sussurrou no ouvido dela e beijou sua bochecha.

- Obrigada. - Peyton ergueu os olhos timidamente, sorrindo para ele.

- Vão para um quarto! - Chris gritou.

- Ou, não - o pai disse de surpresa.

- Não vamos não. - Peyton esclareceu e lançou um olhar para seu irmão irritante.

- Podemos ir agora, por favor? - a mãe implorou, abrindo a porta e gesticulando para que as pessoas saíssem. Todos fizeram o que lhes foi dito e se dirigiram para o jantar de ensaio.

O jantar durou cerca de duas horas e passou rápido porque todos estavam se divertindo muito. Gloria e seus pais pareciam que estavam em casa com o restaurante, e a família de Peyton adorava ver a família de Gloria se abrir para conhecê-los melhor. A mãe alugou um grande salão de festas onde todos comeram quantidades infinitas de batatas fritas e salsa mexicana, conversaram e riram muito.

A família de Peyton pôde conhecer mais alguns parentes de Gloria que haviam chegado para celebrar o lindo casal. Gloria convidou alguns tios e tias, o que significava muitos primos. Peyton esqueceu os nomes deles nos primeiros cinco segundos depois de conhecê-los. Os pais de Peyton estavam adorando toda aquela agitação e risos, e conversaram muito com a família de Gloria.

Chris parecia muito feliz - e Gloria também. Peyton poderia dizer que ela estava mais em sua zona de conforto com sua família por perto, e ela parecia genuinamente cheia de felicidade e alegria. Peyton acreditava que Chris estava feliz porque Gloria estava. Ele ficou ao lado dela o tempo todo e conversou com todos da família dela. Houve um breve momento em que Peyton sentiu um certo orgulho de seu irmão. Ele havia crescido muito no último ano, e ela poderia dizer que ele realmente amava Gloria.

Peyton observou a mesma coisa em Noah. Ele era tão bom em seguir o fluxo e ser amigável com todos que isso o tornava fácil de amar. Ela estava se apaixonando tanto por aquele homem, e ela estava feliz por ele ter ido com ela ao jantar. Noah e Peyton ficaram sentados um ao lado do outro o tempo todo, certificando-se de que alguma parte de seus corpos estivessem sempre se tocando, fosse uma mão na perna, o braço de Noah em volta do corpo de Peyton ou de mãos dadas. Isso manteve a frequência cardíaca de Peyton acelerada, mas ela não se importava. Ela tinha um cara incrível que amava estar com ela, e ela nunca tinha se sentido tão especial.

Depois que todos decidiram que já haviam comido batatas fritas com salsa mexicana o suficiente, as pessoas começaram a voltar para suas casas para se prepararm para o dia seguinte, incluindo Noah. Por mais que Peyton não quisesse que ele fosse embora, ela sabia que fazia sentido que ele voltasse para casa, para que ele não dirigisse tanto. Os pais de Gloria a fizeram dar boa noite ao Chris, para que ela pudesse dormir o suficiente para o dia seguinte, e Chris voltou para casa com Peyton e seus pais. Depois que os pais de Gloria e os de Peyton foram para a cama, Chris e Peyton sentaram-se no sofá em transe.

- Eu não acredito que vou me casar amanhã. - Chris olhava para o vazio sem expressão.

- Nem eu. - Peyton riu.

- Você acha que estou pronto? - ele perguntou nervosamente olhando para a irmã.

- Com certeza. - Peyton assentiu com a cabeça - Vocês dois são perfeitos um para o outro - ela o assegurou.

- Ela é incrível, minha pequena *mamacita*. - ele sorriu e parecia estar sonhando acordado - Bom, é melhor eu dormir. Vejo você de manhã. - ele começou a se deitar no sofá e cobriu-se com um cobertor.

- Boa noite, mano. - Peyton deu um tapinha na perna dele e foi para sua cama.

$\mathscr{N}$a manhã seguinte, a casa estava um caos completo. A mãe de Gloria saiu mais cedo para encontrar Gloria no salão de cabeleireiro, e a mãe de Peyton estava importunando Chris para que ele tomasse banho, mas Chris continuou comendo uma tigela de cereal após a outra para combater seus nervos. O pai passou a camisa dele e a de Chris, e Peyton se encarregou de colocar flores nos vasos e de terminar todos os retoques de última hora para a recepção. Gloria só apareceria um pouco antes do casamento em uma limusine que também levaria Chris e Gloria ao aeroporto para pegarem o voo para o Havaí. A mãe de Gloria não queria arriscar que Chris tentasse dar uma espiada na noiva antes que ela subisse ao altar. O que com certeza ele faria. Todas as damas de honra, exceto Peyton, estavam se arrumando com Gloria e chegariam na limusine com ela. Elas convidaram Peyton para ir junto, mas ela sabia que sua mãe iria precisar de sua ajuda.

As horas passaram rápido e às dezesseis horas, os fornecedores estavam começando a chegar com a comida. Os padrinhos chegaram para vestir seus smokings e, finalmente, receberam o selo de aprovação da mãe de Peyton. Peyton decidiu que era hora de se vestir também com seu vestido de dama de honra, um maxi vestido rosa claro. Felizmente, não ficou tão ruim nela, mas era um pouco longo, o que a forçou a usar salto.

Quando já estava vestida, ela procurou por sua mãe nos fundos, onde eles realizariam a cerimônia. Após a caminhada pelo jardim onde as pétalas de flores cobriam o caminho, ele se abria para uma centena de cadeiras com um arco coberto de flores no final, onde por acaso, sua mãe estava. Ela ainda estava tentando adicionar mais flores para que muito pouco do metal do arco aparecesse.

- Mãe, está lindo! Pare de mexer com isso. - Peyton disse e sua mãe se virou para repreendê-la, mas então seus olhos brilharam quando a viu com o vestido.

- Peyton, você está linda! - ela elogiou emocionada - Esse rosa fica tão bonito em você! Você não vai tropeçar com esse vestido? - suas sobrancelhas franziram quando ela olhou para os pés de Peyton - Você está de salto, não está?

- Estou sim. - então Peyton levantou o vestido para mostrar seus saltos brilhantes - Viu?

- Oh, céus, ande devagar. Você vai entrar com o Noah, não vai?

Peyton deu de ombros:

- Acho que sim? Eu presumo que sim.

Chris descobriu no jantar de ensaio que um de seus amigos tinha pegado uma virose e que não conseguiria ir ao casamento. Então, Chris pediu a Noah para ser o substituto de última hora por causa do amigo que não poderia comparecer. Peyton ficou surpresa, mas muito feliz por Chris ter pensado em convidar Noah.

- Talvez ele devesse te carregar no colo até o altar. - sua mãe sorriu e continuou colocando as flores no arco - Nossa, estou tão feliz que Gloria decidiu troçar o vermelho e o verde pelo rosa claro e pelo laranja. É muito mais bonito. Sem falar que os vestidos que ela escolheu para vocês são tão soltinhos. E eu amei as mangas três quartos de sino! Você poderá usá-lo em outras ocasiões e não apenas hoje.

- Sim, eu concordo. Hum, mãe? Em breve as pessoas vão começar a chegar e você ainda não está pronta. - Peyton apontou e agarrou a mão dela - Afaste-se do arco.

- Está bem! - a mãe desistiu e saiu pisando duro em direção à casa.

Peyton a seguiu de volta para dentro de casa e viu Noah sentado à mesa da sala de jantar em seu smoking.

- Uau! - Noah levantou-se pasmo - Você está incrível!

- Você também não está nada mal. - Peyton piscou e beijou-o na bochecha - Que bom que você tem uma calça social azul marinho para combinar com os outros meninos. Ah, e eu gostei da gravata rosa também.

Noah sorriu e se inclinou para perto do ouvido dela para que apenas ela pudesse ouvir:

- Eu nunca mais vou usar esta gravata. Só hoje, pelo seu irmão.

Peyton teve que se conter para não soltar uma gargalhada. Felizmente, o pai dela desceu as escadas vestindo seu smoking, e Peyton tinha se esquecido completamente que estava tentando não rir. Ela assobiou:

- Olhe para você, papai!

- Oh, céus! - ele revirou os olhos - Os convidados vão começar a chegar em breve. - ele se virou para olhar para Chris e para todos os padrinhos - Rapazes, eu preciso que vocês fiquem na frente da trilha para ajudar a guiar os convidados até os seus assentos quando eles chegarem. Se vocês se perderem, sigam as pétalas de rosa e as velas. - ele disse sarcasticamente e piscou para Peyton.

- Tudo bem, homens? - Chris bateu palmas - Vamos indo!

Noah beijou a bochecha de Peyton:

- Até daqui a pouco.

- Tchau. - ela acenou e olhou para seu pai - Você realmente está ótimo, papai. Eu não vejo você de smoking desde o meu casamento!

- Não é a minha roupa favorita. - ele admitiu.

Só então, eles ouviram alguém descendo as escadas e viram Cheryl com um vestido borgonha brilhante, com uma maquiagem perfeita que realçava seus olhos castanhos e seu cabelo também castanho encaracolado preso elegantemente.

- Você está absolutamente linda! - Walter elogiou e beijou a sua linda esposa.

- Você também não está nada mal, estranho. - ela sorriu - Mas sua gravata está torta. - ela afrouxou a gravata rosa claro e a endireitou - Pronto, - ela riu - agora você está perfeito.

Olhando para o marido, os olhos de Cheryl pareciam brilhar, e isso fez Peyton ter a esperança de que algum dia, em cerca de vinte anos, ela teria alguém olhando para ela da mesma maneira que sua mãe olhava para seu pai.

- Que horas são? - ela olhou ao seu redor sem rumo em busca de um relógio.

Walter olhou para o próprio relógio:

- São dezesseis e vinte e cinco.

- Oh! Será que os convidados já começaram a chegar? - ela correu até a janela o mais rápido que pôde com seus saltos de dez centímetros e espiou - Já tem vários carros e os meninos estão levando os convidados de um lado para o outro! Espero que Gloria e suas damas de honra sejam pontuais! O pai dela está ajudando os convidados? Eu não o vi... - ela parou.

- Acredito que sim, querida. Não acredito que haja mais ninguém na casa além de nós. A que horas os meninos devem parar de ajudar as pessoas?

- Por volta das dezesseis e cinquenta e cinco. Então os convidados terão que encontrar seus próprios lugares. Gloria disse que queria subir ao altar às dezessete em ponto. Os convidados terão que descobrir sozinhos como seguir as pétalas das flores. Preciso que fiquem na fila para que, quando as damas de honra chegarem, elas possam enganchar os braços e já começarem a andar pelo corredor. Peyton, você pode me ajudar a pegar os buquês e fazer alguns retoques de última hora para que possamos entregá-los às meninas assim que elas chegarem?

- Claro. - ela respondeu rapidamente e dirigiu-se até à geladeira onde estavam os cinco buquês de rosas laranja, rosa e amarela - Cara, eu fiz um ótimo trabalho montando essas coisas. - ela se gabou.

- Fez mesmo. - sua mãe afirmou - Como você está se sentindo?

- O que você quer dizer com isso? - ela perguntou, intrigada.

- Você sabe, com seu irmão mais novo se casando. - ela explicou calmamente.

- Ah, sim. No início eu tive dificuldade, mas agora estou muito feliz por ele. Eles formam um belo casal. - ela respondeu e deu de ombros - Estou feliz que ele esteja feliz. Todo mundo merece ser feliz, não é mesmo?

Sua mãe sorriu:

- Você está tão certa.

Elas terminaram de retirar os buquês e adicionaram os toques finais até que seu pai gritou:

- Dezesseis e cinquenta e cinco!

Os três saíram para encontrar os rapazes que ainda estavam esperando os convidados até que sua mãe os colocou em uma ordem específica - o amigo de infância de Chris, Evan, o amigo de Chris, Brad, seu outro amigo, Nick, o irmão de Gloria, Eduardo e, por último, Noah. Peyton entregou a cada um dos padrinhos um buquê, enquanto Chris e seus pais caminhavam para o quintal.

Em poucos minutos, a limusine estacionou e saíram Gloria, sua mãe e as outras damas de honra. Gloria estava absolutamente linda em seu vestido de noiva sereia tomara que caia, com o cabelo meio preso com cachos caindo sobre os ombros e seus olhos esfumaçados combinando com lindos lábios rosa. Todas as damas de honra estavam com os cabelos cacheados, com cachos caídos livremente sobre os ombros. Peyton se sentiu um pouco culpada com o cabelo preso para cima, com cachos caindo de cada lado do rosto, mas percebeu que era tarde demais para arrumar o cabelo. Até que Gloria olhou para ela e sorriu, então Peyton soube que ela estava bem. A mãe de Gloria beijou a filha e seguiu a trilha de pétalas até o quintal e, então, as damas de honra formaram pares com os padrinhos.

Exatamente às dezessete horas, começou a tocar Cânone em Ré Maior. Evan caminhou primeiro com a amiga de Gloria, Marisol e então Brad e a irmã de Gloria, Emilie, seguiram após cerca de dez segundos. Eles foram seguidos por Nick e Sofia, outra amiga de Gloria. Os próximos eram o irmão de Gloria, Eduardo, e a melhor amiga dela, Megan. E no final estavam Noah e Peyton. Ela podia ouvir o pai de Gloria ficando um pouco emocionado atrás deles, mas ela tentou manter o foco em sua caminhada para não tropeçar em seu vestido.

- Eu já te disse o quanto você está linda? - Noah sussurrou enquanto caminhavam pelo jardim e viam que os convidados estavam observando eles.

- Você pode ter mencionado isso. - ela respirou fundo e continuou olhando para frente.

- Você realmente está muito linda. - ele riu e Peyton riu em resposta.

Eles pararam quando chegaram perto do altar, onde ele a beijou na bochecha antes que cada um fosse para sua fila.

Eles assistiram Gloria caminhando pelo jardim de braços dados com o pai que começava a derramar algumas lágrimas. Ela parecia estar deslizando levemente sobre a grama enquanto caminhava em direção a Chris. Assim que os olhares deles se encontraram, eles não conseguiram parar de se olhar. Eles pareciam tão apaixonados que Peyton pôde sentir seus próprios olhos começarem a lacrimejar.

O pai de Gloria a beijou suavemente na bochecha quando eles chegaram na frente de Chris e, então, ele sentou-se ao lado de sua esposa. Peyton pegou o buquê de Gloria que então deu as mãos para Chris que tinha o maior sorriso do mundo espalhado em seu rosto - tão grande que até parecia um pouco doloroso.

A cerimônia foi linda. Os dois trocaram votos que deixaram os convidados em lágrimas. Peyton não tinha ideia de que Chris poderia ser tão sentimental. Terminada a cerimônia, todos se reuniram na tenda branca onde a comida seria servida em questão de minutos. Peyton fez questão de procurar Lucy e a abraçou, demonstrando que estava feliz em vê-la. Então Peyton teve problemas com sua mãe por ficar perambulando quando ela deveria estar na fila da recepção.

- Alguém se meteu em apuros. - Chris cantou e começou a rir.

- Engraçadinho. - Peyton revirou os olhos e ficou lá como sua mãe havia mandado. Felizmente, sua mãe só fez elas ficarem de pé até o jantar ser servido e então elas estavam livres para sentar e comer. Depois do jantar, o bolo foi cortado, o que acabou sendo hilário porque Chris foi gentil com Gloria a servindo gentilmente um pedaço de bolo, mas então Gloria empurrou o bolo no rosto de Chris quando ele foi mordê-lo. Todos se divertiram com isso e riram. Depois que o bolo foi cortado e distribuído aos convidados, a dança começou. Essa foi a parte em que Peyton tentou se esconder, mas Noah a procurou.

- Aonde você está indo? - ele riu e olhou para ela desconfiado.

- Eu estava indo verificar os fornecedores. - Peyton mentiu e deu um meio sorriso para ele.

- Ah, claro. Eles parecem estar precisando de muita

ajuda. - ele apontou para a equipe de trabalhadores cobrindo a comida e limpando as mesas.

- É, acho que não. - Peyton murmurou.

- Peyton, - ele a chamou pensativo - você dançaria comigo? - ele sorriu seu sorriso torto e seus olhos azuis cintilantes brilharam para ela, o que naturalmente a deixou sem fôlego.

- Claro! - ela sorriu de volta e respirou fundo - Contanto que você não se importe em ter os seus pés pisados porque eu tenho dois pés esquerdos.

Ele estendeu a mão:

- Acho que o amor às vezes dói.

Peyton começou a rir enquanto ele a guiava para a pista de dança ao lado dos pais dela. Ele a puxou para perto e eles começaram a balançar lentamente para frente e para trás. Ela olhou ao seu redor e dezenas de olhos estavam olhando na direção deles. Havia muitos familiares e amigos, e ela tinha certeza de que estava pegando as pessoas desprevenidas por dançar com um homem que não era o Derek. Ela começou a se sentir um pouco sobrecarregada com o número de pessoas olhando para eles e voltou seu foco para Noah.

- Acho que temos alguns fãs. - Noah brincou e começou a rir baixinho.

- Você percebeu? - Peyton perguntou preocupada que ela estivesse tirando o foco de Chris e Gloria.

- Acho que todos estão olhando para nós. - Noah riu.

- Argh, perfeito. - ela gemeu.

- Devemos dar a eles algo para olhar? - ele perguntou parecendo um pouco divertido.

- O que você está querendo dizer?

Assim que ela perguntou, Noah a girou para longe dele - fazendo Peyton quase tropeçar em seus próprios pés - então ele a girou de volta, puxou-a e curvou-se para beijá-la. Ele a puxou de volta para sua posição original com um grande sorriso no rosto.

Peyton, sentindo seu rosto ficar completamente vermelho, ainda estava atordoada e tentou balbuciar as palavras:

- Bem, acho que todo mundo está olhando agora. - Noah riu e segurou ela nas duas canções seguintes e depois a deixou se sentar enquanto uma multidão de familiares e amigos começaram a fazer perguntas.

Chris e Gloria só ficaram por mais uma hora e saíram para trocar de roupa para ir ao aeroporto. Enquanto eles estavam se trocando, todas as damas de honra e a mãe de Gloria começaram a distribuir os sparklers para todos acenderem enquanto os recém-casados caminhassem até à limusine. Quando eles saíram, eles foram completamente surpreendidos por toda a sua família e amigos esperando para acenar para eles. Sorrindo e rindo, Chris e Gloria correram por entre os sparklers antes de se despedirem de seus pais e pularem na limusine para pegar o voo para o Havaí.

O resto da noite consistiu em retirar as mesas e cadeiras e em limpar tudo. Felizmente, muitas pessoas ficaram para ajudar, então a limpeza não demorou muito. Noah encontrou Peyton depois que tudo já estava limpo:

- Posso te ver amanhã?

- Com certeza. - ela respondeu pensativa - Você pode nos ajudar a comer todas as sobras. Espero que não tenhamos que cozinhar nos próximos dias.

- Ótimo! - ele a beijou - Eu tenho algumas coisas para fazer na maior parte do dia amanhã, mas estarei aqui por volta das dezoito, tudo bem?

Peyton ficou surpresa porque ela pensou que ele chegaria mais cedo, mas tentou não deixar transparecer e sorriu:

- Para mim está ótimo. Obrigada por tudo.

- De nada. - ele sorriu e deu um beijo de boa noite antes de ir embora.

CAPÍTULO 25

*N*a manhã seguinte, Peyton e sua mãe dormiram até mais tarde e comeram o bolo no café da manhã. A família de Gloria tinha um voo marcado naquela manhã de volta para o México, e Walter gentilmente se ofereceu para levá-los ao aeroporto. Enquanto eles estavam fora, Cheryl recebeu uma mensagem informando que Chris e Gloria já estavam no Havaí relaxando em uma praia. Isso deixou Peyton incrivelmente com ciúmes. Ela não ia à praia há muito tempo.

O pai voltou para casa por volta das onze, pouco antes de a locadora chegar para pegar as mesas e as cadeiras e para retirar a grande tenda branca. Isso levou algumas horas porque eles tiveram que fazer uma limpeza adicional da noite anterior, carregar as mesas e cadeiras para o caminhão da empresa e depois trabalhar juntos para desmontar a tenda com cuidado.

Peyton poderia dizer que sua mãe estava se sentindo muito melhor. Provavelmente era um item marcado em sua lista mental de coisas para fazer. A próxima coisa que fizeram foi tirar os lençóis das camas de hóspedes para serem lavados e começaram a limpar a casa. Elas lavaram todos os banheiros, aspiraram, varreram e passaram pano no chão e tiraram o pó de todos os móveis. Sua mãe estava determinada a garantir que todos os germes de todas as pessoas que estiveram em sua casa durante toda a semana fossem eliminados.

Quando terminaram de limpar a casa toda, já era hora do jantar. A geladeira estava cheia de peito de frango, bifes, guacamole, arroz, salada, tamales, frijoles refritos, salsa mexicana, tortilhas e muitos temperos e molhos. Peyton sentiu que estava em um bufê, porque eles reaqueceram toda a comida e a colocaram na mesa da sala de jantar. Antes que Peyton percebesse, já eram dezesseis horas e Noah estava batendo na porta.

Peyton abriu a porta e viu Noah usando um jeans escuro e uma camisa de flanela azul e branca. Ele estava parecendo um cowboy muito bonito.

- Ei! - Peyton sorriu.

- Ei! - ele sorriu de volta e beijou a bochecha dela.

- Está com fome? - ela perguntou e acenou para a comida na mesa - Temos comida de sobra, incluindo bolo e biscoitos de sobremesa.

- Parece ótimo, obrigado.

- Ei, Noah, como você está? - o pai gritou.

- Estou bem, e como foi o dia de vocês?

- Ficamos ocupados com muita limpeza e cuidando das últimas coisas do casamento. - a mãe respondeu e entregou um prato a Noah.

- Obrigado, e está tudo incrível! Tudo está ótimo aqui, como sempre, é claro. - Noah elogiou e começou a colocar os frijoles refritos no prato.

- Você é muito gentil. Eu não poderia ter feito o casamento sem você, Noah. Sua ajuda não passou despercebida. Obrigada por estar aqui todos os dias ajudando em tudo e por me deixar mandar em você.

- O prazer foi meu. Fiquei feliz em ajudar. Além disso, eu tenho que ver uma certa pessoa todos os dias. - ele sorriu e Peyton começou a corar.

- Bom, independente, foi muito gentil da sua parte

ter vindo, quer fosse ou não pelo Chris ou para ver a Peyton. Você ajudou muito e estamos muito gratos.

- Sim, obrigado, Noah. - Walter repetiu e enfiou uma colher cheia de arroz na boca.

- Querido, coma um pouco de salada. - Cheryl empurrou a tigela de salada para Walter.

- Eu já comi ontem. - o marido respondeu.

Peyton bufou e sua mãe olhou para o pai.

Depois que terminaram de comer, Peyton e Noah ajudaram a limpar a mesa e a lavar os pratos para não deixarem tudo para a mãe dela fazer.

- Então, o que vocês estão planejando para agora à noite? - a mãe perguntou.

- Acho que seria bom dar um passeio. - Noah sugeriu e pegou a mão de Peyton - O que você acha?

- É uma ótima ideia. Principalmente depois de toda a comida que eu acabei de comer. - Peyton gemeu e esfregou a barriga - Eu não precisava comer quatro tacos, além de mais batatas fritas com salsa mexicana.

Noah riu:

- Ah, Peyton. Bom, nos vemos daqui a pouco. - ele acenou e Peyton sorriu.

- Até logo. - ela calçou seus sapatos e seguiu Noah porta afora.

Eles começaram a andar pelo mesmo caminho e dirigiram-se para os fundos da propriedade onde ficava o rio.

- O que você fez hoje? - Peyton perguntou.

- Eu tinha algumas coisas para fazer na maior parte do tempo. - ele respondeu vagamente, mas Peyton decidiu não importuná-lo.

- Para onde estamos indo?

- Achei que poderíamos ir até o rio. Já faz um tempo que não vamos até lá e seria legal assistir ao pôr do sol.

- É uma ótima ideia... - Peyton parou.

Eles chegaram à bifurcação que levava ao rio e,

assim que pegaram o outro caminho, Peyton começou a ver pétalas de rosas rosa pelo chão.

- Hum, parece que alguém deixou cair essas pétalas aqui sem querer.

- Talvez sim. - Noah deu de ombros e continuou andando.

Depois de cerca de trinta metros, ela viu velas de LED tremeluzindo no chão ao lado das pétalas.

- Espere um minuto, foi você que fez isso? - ela perguntou, confusa.

Ele inclinou a cabeça como se tentasse esconder um sorriso e disse:

- Talvez isso tenha sido originalmente para Chris e Gloria, e seus pais se esqueceram.

- Ok, eu deveria estar sabendo sobre isso. O que é isto?

A trilha se abriu para o rio e no píer havia dezenas de velas acesas com mais pétalas de rosa. Peyton caminhou até o cais e olhou para tudo aquilo.

- Noah...

Noah se virou para encarar Peyton e pegou as mãos dela:

- Peyton, você é a mulher mais incrível, gentil e linda que eu já conheci.

- Obrigada, mas Noah... - ela foi interrompida novamente.

- Você já passou por muita coisa. Mais do que qualquer um deveria passar, mas você lidou com tudo muito bem. Sem mencionar que você é paciente, trabalhadora, sempre está disposta a ajudar a qualquer momento, atenciosa e carinhosa. Você é a mulher dos meus sonhos. Eu sei que nunca poderei substituir o Derek, e eu nunca te pediria isso, mas espero que você possa me dar a chance de ser o homem dos seus sonhos e que me deixe cuidar de você e amá-la do jeito que você merece.

- Noah, você já é o homem dos meus sonhos. -

Peyton sussurrou e acariciou as costas da mão dele com o polegar.

- Eu já esperava que você me dissesse isso. - Noah se ajoelhou e puxou uma caixinha com um lindo anel de diamante - pequenos diamantes entrelaçados ao redor do anel com um grande diamante no meio.

- Oh, meu... - Peyton ficou surpresa enquanto olhava para a pedra que ele estava segurando - O que você está fazendo?

- Peyton, eu te amo. Amo você como nunca amei ninguém. Amo estar com você e passar o tempo com você, amo segurar sua mão e absolutamente amo te beijar. Quando não estou com você, sinto sua falta como um louco. Tudo o que faço é pensar em você e me perguntar quando que eu irei te ver novamente. É mais ou menos nessa hora que te mando uma mensagem tentando fazer planos com você. Não quero passar mais nenhum dia, outro momento ou outro segundo sem você na minha vida. Eu te amo e prometo que cuidarei de você, estarei ao seu lado e a amarei para sempre. Peyton, quer se casar comigo? - Noah perguntou com todo o amor e carinho do mundo.

Peyton olhava para ele completamente maravilhada. Ele olhava para ela como se desejasse agarrá-la e beijá-la. Os olhos dele brilhavam à luz das velas e o sorriso torto favorito dela estava no rosto dele. Peyton mal percebeu que o sol estava se pondo, até que ela notou sombras projetando-se no rosto de Noah. Ela olhou para o rosto dele e sorriu. Ela o amava com todo o seu coração. Ela queria estar com ele, cuidar dele e apoiá-lo, e nunca mais perdê-lo. Ela não conseguia imaginar sua vida sem ele. Em cada situação, pensamento ou esperança que ela tinha, ele sempre estava incluído.

- Sim, eu aceito me casar com você!

Noah tirou o anel da caixa e colocou-o no dedo anelar de Peyton. Ela olhou para a pedra agora em seu dedo e se esqueceu brevemente de como respirava.

Noah levantou-se e girou Peyton. Em seguida, ele a beijou com uma paixão que ela nunca sentira dele. Eles se beijaram por alguns minutos e, em seguida, Noah gentilmente a colocou de volta no chão. Ela definitivamente estava se sentindo tonta, mas de um jeito completamente bom.

- Eu te amo, Noah! - e ela o beijou novamente.

- Eu também te amo, meu amor. Mal posso esperar para passar o resto da eternidade com você. - Noah sussurrou e a beijou novamente.

De repente, Peyton ouviu gritinhos vindos de trás deles e foram atingidos por um corpo que começou a apertar os dois. Peyton conseguiu virar a cabeça um pouco para trás e ver que era a sua mãe segurando o celular na mão, o que fez Peyton presumir que ela estava tirando fotos da proposta.

- Eu estou tão feliz por vocês dois! Ah, Peyton, eu te disse. Eu disse que você nunca ficaria sozinha. Você é preciosa demais para ficar sozinha pelo resto da vida. - ela estava sorrindo com lágrimas escorrendo pelo rosto, parecendo completamente feliz.

- Bem-vindo à família, filho! - o pai dela disse atrás de Noah.

- Walter, ele sempre fez parte da família! - a mãe disse a ele, batendo em seu peito.

- Eu sei, mas, ah, não importa. Estamos muito felizes por vocês! - ele parabenizou.

- Vamos, Walter. Vamos deixá-los sozinhos! Eu preciso fazer algumas ligações! - ela aplaudiu e caminhou de mãos dadas com o marido de volta para casa.

Assim que sumiram de vista, Noah foi o primeiro a falar:

- Você está feliz?

Peyton assentiu com a cabeça:

- Acho que mais do que nunca. Você foi a melhor coisa que já aconteceu na minha vida. Você me tirou de um lugar escuro e me mostrou uma luz da qual nunca mais quero sair. Tenho que te agradecer por isso.

Noah balançou a cabeça:

- Eu não fiz nada, apenas te lembrei da força que você tem e você fez o resto. Você é realmente extraordinária.

- Ainda assim, eu não poderia ter feito isso sem você. E nesse tempo todo você estava terminando sua faculdade. Você é realmente incrível. Não sei o que fiz para merecer você.

- Eu te digo o mesmo. - ele beijou a testa dela - Mas estou muito feliz por ter você em minha vida.

- Concordo. - ela sorriu.

A essa altura já estava escuro e as velas eram a única fonte de luz. Perto dali ela ouviu o chilrear dos grilos e os sapos coaxando nas proximidades, enchendo o ar com uma música doce.

- Devemos voltar? Preciso ligar para os meus pais e contar a eles que você disse sim! - ele disse entusiasmado.

- Sim, vamos voltar e comer mais bolo! - Peyton riu.

Noah passou o braço ao redor dela e os dois caminharam juntos de volta para casa com pais bem animados, prontos para ligar para todos os parentes e fazer planos para o casamento deles. Ela não ficaria surpresa se sua mãe já estivesse ao telefone espalhando a boa notícia. No entanto, Peyton não se importava. Apesar de tudo o que ela já tinha passado, foi lhe dada uma segunda chance no amor. Uma segunda chance de cuidar de alguém e de envelhecerem juntos. Uma segunda chance de viver uma vida cheia de felicidade, risos e amor.

7 ANOS DEPOIS

*P*eyton acordou com o som de seu alarme às seis horas. Ela se virou para olhar para o marido que não estava ouvindo o irritante som do alarme e dormia profundamente. Ela sorriu e revirou os olhos, desejando que ela pudesse ter dormido profundamente como ele, mas ela passou a noite se virando e correndo para o banheiro. Ela rolou para fora da cama, se vestiu e saiu para passear. A temperatura estava fria para uma manhã de agosto, mas ela sabia que mais tarde esquentaria. Ela caminhou apenas cerca de um quilômetro porque seu corpo começou a doer e a pressão em sua barriga a incomodava. Ela então decidiu regar seu jardim antes que o calor chegasse.

Desde que tinha a sua própria casa, ela amava ter um jardim. Ela às vezes comparava suas plantas com seus bebês. Ela adorava plantar as sementes, regá-las e observar os brotos surgirem lentamente do solo. Ela sentia como se fosse uma espécie de realização cultivar algo a partir de uma pequena semente e vê-la produzir abobrinha ou pimentão. Naquele ano, ela plantou morangos que cresceram selvagens por todo o seu jardim. Depois de regar, ela pegou vários morangos, algumas pimentas-jalapeño, alguns tomates cereja e uma abobrinha grande e os levou para lavar dentro de casa.

Assim que entrou, ela decidiu arrumar a casa antes de começar o resto do dia. Ela esvaziou a máquina de lavar louça e, em seguida, colocou os pratos da noite anterior. Ela varreu e passou pano no chão, embora tivesse certeza de que estaria uma bagunça no final do dia. Ela aspirou a sala de estar e tirou o pó de todos os móveis. Seus padrões não tinham mudado completamente desde que ela saiu da casa de seus pais. Ela gostava de começar o dia com um pouco de exercícios físicos e tarefas domésticas, para não ter que se preocupar com isso pelo resto do dia. Ela ouviu passos vindos do andar de cima e percebeu que seu marido finalmente estava pronto para começar o dia. Quando ela olhou para o relógio, ela viu que já passava das sete horas.

- Noah! É o primeiro dia de aula do James e ele vai se atrasar para pegar o ônibus! Você poderia, por favor, certificar-se de que ele já acordou? - Peyton gritou do pé da escada.

- Vou verificar agora. - Noah gritou e ela o ouviu abrir a porta e dizer ao filho que estava na hora de ele se vestir.

Peyton pegou uma tigela e o cereal favorito dele para que, no momento em que o filho descesse as escadas, ele estivesse pronto para começar a comer imediatamente.

- Ele já está pronto? - ela perguntou tentando não ser chata.

- Ele está escovando os dentes e está prestes a descer. - Noah gritou de volta.

- Ele mal terá tempo para tomar o café da manhã. - Peyton acrescentou.

- Estou indo, mãe! - James desceu as escadas.

Ele era a cara do Noah. Ele tinha cabelo castanho escuro que parecia um pouco bagunçado, mas ele tinha puxado isso do pai. Ele também herdou os olhos azuis marcantes dele, porém tinha os cílios grossos de Peyton. Ele era, simplesmente, um garotinho adorável.

- Você gostaria de um pouco de cereal, amigão? - ela perguntou.

- Sim, por favor! - ele respondeu.

Peyton entregou-lhe sua tigela de cereal com uma colher e ele começou a comer.

- Eu ganho um pouco de cereal também? - Noah perguntou enquanto descia as escadas usando uma calça bege e uma camisa de botão azul de manga comprida.

Peyton assobiou:

- Definitivamente, alguém está acabando com o cereal.

Noah riu:

- Bom dia, linda. - ele beijou a esposa e, em seguida, a barriga dela - Como a irmãzinha está nesta manhã? Ouvi dizer que você se levantou quatro vezes na noite passada para ir ao banheiro.

- Ela está bem na minha bexiga. Não consigo segurar. - Peyton reclamou - Eu não estou conseguindo dormir. Estou surpresa que você me ouviu.

- Eu estava um pouco nervoso com o primeiro dia de aula do James e tive mais dificuldade para dormir.

- Sim, eu também estava. Você está animado para o seu primeiro dia no jardim de infância? - ela voltou sua atenção para o filho que acabara de dar uma grande colherada em seu cereal.

- Sim! Mal posso esperar para brincar com todas as crianças! - ele disse com a boca cheia.

- Você vai se divertir muito! Tem certeza que quer ir de ônibus? Se você quiser, eu ou o papai podemos te levar para a escola. - ela ofereceu e secretamente esperou que ele pedisse para que ela o levasse.

James balançou a cabeça:

- Não, eu quero ir de ônibus. Parece tão legal!

- É legal, amigão. - Noah riu

- Mamãe, quando a minha irmã vai chegar?

- Em algumas semanas, querido. Você está pronto para ir? O ônibus irá chegar em dois minutos. - Peyton entregou a James a sua mochila e entregou a Noah uma banana e uma barra de granola.

- Sem cereal? - ele brincou.

- Achei que você não iria querer, já que tem que estar no trabalho em quinze minutos! - Peyton desviou e começou a pegar outra tigela - Deixe-me colocar um pouco de cereal.

Noah começou a rir e fechou o armário:

- Estou só brincando. Você sabe exatamente do que eu preciso. Estou atrasado, tenho um paciente cedo que precisa arrancar alguns dentes. Oh, querida, o ônibus chegou!

- James! - Peyton gritou - Vem, vamos! Noah, prepare seu celular para que possamos tirar fotos!

- Ok!

Os três saíram de dentro de casa correndo em direção ao ônibus e Noah pegou seu celular. Peyton e James tiraram fotos juntos primeiro e depois foi a vez de Noah.

- Mamãe, estou nervoso. E se ninguém gostar de mim? - James perguntou quase à beira das lágrimas.

Peyton se ajoelhou lentamente para que ela pudesse olhar diretamente nos olhos do filho e sorriu:

- Apenas seja gentil e educado que tudo ficará bem. Mostre a eles a sua personalidade divertida e alegre que você fará amigos rapidinho. Eu te amo muito, James Derek Hart. Vejo você à tarde, ok? - ela deu-lhe um grande abraço sentindo as lágrimas brotarem em seus olhos. Então, ele correu e abraçou o pai.

- Te amo, amigão. Você vai se sair bem! - Noah encorajou e beijou o filho no topo de sua cabeça.

James correu para o ônibus e acenou antes de entrar:

- Tchau, amo vocês! - as portas se fecharam e o ônibus partiu.

- Eu não acredito que o nosso bebê está indo para o jardim de infância. - Peyton fungou e Noah ajudou ela a levantar do chão.

- Eu também não. Parece que foi ontem que estávamos trocando a fralda dele ou ensinando ele a andar. - Noah relembrou.

- Eu sei. - Peyton chorou.

Noah esfregou as costas dela e a guiou de volta até a porta da frente.

- Está tudo bem, querida. Lamento que você esteja triste, mas eu tenho que ir. Aquele pobre garoto provavelmente está esperando que eu arranque seus dentes e deve estar uma pilha de nervos.

- Agora você também está me deixando! Eu vou ficar sozinha! O que vou fazer o dia todo? - Peyton lamentou.

Claramente, os hormônios da gravidez estavam a todo vapor.

- Eu sinto muito, querida. O que você precisa fazer é descansar e tentar tirar uma soneca. Lembre-se, mais tarde eu e James estaremos em casa. Toda vez que eu sair, eu sempre voltarei. Você nunca ficará sozinha de novo. - Noah beijou a esposa e caminhou até o carro - Eu te amo! - ele gritou.

- Eu também te amo! - então, de repente, ela se lembrou - Ah, não se esqueça, vamos jantar na casa dos meus pais hoje à noite! Chris e Gloria estão na cidade e James vai brincar com o Mario e o Hector.

- Ok, querida. Tchau! - ele entrou no carro e seguiu para o seu consultório.

Peyton acenou e sorriu. Ela sentia falta dele assim que ele saia, mas ela sabia que ele voltaria. Como ele tinha dito, ela nunca mais ficaria sozinha.

Caro leitor,

Esperamos que você tenha gostado de ler *Uma Segunda Chance*. Reserve um momento para deixar uma crítica, mesmo que curta. A sua opinião é importante para nós.

Atenciosamente,

Morgan Utley e Next Chapter Team

BIOGRAFIA DA AUTORA

Morgan Utley nasceu e cresceu nos arredores da cidade de Portland, no verde exuberante do estado de Oregon. Atualmente, Morgan está morando em Orem, Utah, com seus quatro filhos lindos enquanto apoia seu marido na faculdade de medicina. Ela considera sua fé e sua família as partes mais importantes de sua vida. Se ela não está com seus meninos, você pode encontrá-la curtindo uma corrida ou na cozinha assando algum doce. Uma Segunda Chance é o primeiro romance da autora.

Uma Segunda Chance
ISBN: 978-4-86752-738-2
Livro de Bolso

Publicado por
Next Chapter
1-60-20 Minami-Otsuka
170-0005 Toshima-Ku, Tokyo
+818035793528

5 agosto 2021